물고기는
무리를
지어 산다

물고기는 무리를 지어 산다

1쇄 인쇄 2015년 10월 12일
1쇄 발행 2015년 10월 20일

지 은 이 김용남
펴 낸 곳 도서출판 북캐슬
펴 낸 이 한정희
주 소 서울시 마포구 마포동 324-3 경인빌딩 3층
전 화 02-325-5051
팩 스 02-325-5771
등 록 2004년 3월 12일 제313-2004-000061호
I S B N 979-11-86619-00-1 03810
가 격 13,000원

국립중앙도서관 출판예정도서목록(CIP)
물고기는 무리를 지어 산다 / 지은이 : 김용남. - 서울 : 북캐슬, 2015
p. ; cm
ISBN 979-11-86619-00-1 03810 : ₩ 13000
한국 현대 소설 [韓國現代小說]
813.7-KDC6
895.735-DDC23

물고기는 무리를 지어 산다

학교,
못다 한 이야기들

어느 복직교사의 **교육현장** 소설

김용남 지음

| 추천의 글 |

이 책은 전교조 복직교사로서 학교의 변화를 절실히 원했던 한 교사의 학교 현장의 체험담으로 다가온다.

나와 김용남 선생은 70년대 말 고등학교 선후배로 전북대 도서관에서 만났다. 군대를 마친 나는 취직 준비하면서 도서관에서 시간을 보내던 한심한 백수 처지였고 김 선생은 학생 신분이었다. 처음에는 그냥 여러 선배와 후배 중의 하나로 자주 마주치던 사이에 머물렀다. 시간이 지나면서 학교에서는 이미 늙은 처지인 내가 좌장이 되면서 김 선생을 비롯한 여러 후배가 점심과 저녁 식사 자리에서 도시락 벗으로 어울렸고 때로는 도서관을 벗어나 땡땡이치는 소모임으로 발전됐다.

우리는 개인사에서 시작해 국내 문제와 국제 정세까지 여러 이야기를 나눴다. 우리 근 · 현대사가 대부분 그러했듯이 그 시기 역시 암울한 시대여서 박정희 정권의 독재는 그 끝자락을 짐작하기 어려웠다. 뜻이 있다고 생각하는 사람들은 민주와 자유와 정의를 생각했다. 그리고 무엇을 어떻게 해야 할지 고민했다. 우리는 그 무리 중의 하나였다.

김용남 선생은 그때에도 지금과 마찬가지로 순수한 생각의 소유자였다. 그래서 항상 생각했고 무엇을 해야 하나에 대해 의문을 던졌다. 지나치게 고민을 하는 나머지 도대체 살을 찌울 겨를을 찾지 못할 정도였다. 집안에 여유가 있는 처지도 아닐 것으로 보였지만 먹고사는 문제에 대해 큰 걱정을 하지 않았다. 그러면서 끊임없이 여러 가지 고민거리와 생각 거리를 우리 소모임에 반입해 왔다. 그 특유의 친숙한 화법으로 "형, 긍게 말예요, 그게 이런 것이 아닌가요?" 라고 말을 시작했다. 그는 수십 년이 지난 지금도 가끔 불쑥 전화를 걸어와 여러 이슈를 제기하고 자기 생각을 그런 방식으로 말한다.

김용남 선생은 문제를 제기할 때 처음에 너무나 상식적인 처방으로 시작한다. 나는 주로 제약과 방법을 말하면서 현실적 대안을 논했다. 여러 가지 면에서 우리 두 사람은 접근방법을 달리했지만, 서로의 의견을 묻고 생각을 확인하면서 의견을 존중했다. 우리 소모임은 취직 공부도 열심히 하면서 여러 이슈를 놓고 활발한 토론을 벌였다. 그래서 우리는 단순한 선후배가 아니라 동지적으로 발전해 갔던 것 같다.

1980년 가을 내가 문화방송 기자로 합격하면서 서울로 떠나게 되고 뒤이어 우리 소모임 멤버들도 각자의 분야로 뿔뿔이 흩어졌다. 김용남 선생은 학교에 자리를 잡았다. 나는 그다운 선택이었다고 축하했다. 우리는 그렇게 각자의 자리에서 소모임의 기억을 간직한 상태에서 세월을 보내면서 늙어갔다. 김 선생은 항상 고민했고 고민의 일단을 소모임의 간사 역할을 했던 전봉호 변호사와 함께 시민사회 활동을 통해 풀어나갔다. 고향을 떠난 선배인 나에게는 소회와 평가를 전해 줌으로써 소모임의 좌장으로 대우를 해줬다. 고향의 사정과 이슈를 알아봐야 할 때는 나는 김 선생을 먼저 떠올리고 의견을 구했다.

김용남 선생은 언론에 대한 관심과 이해를 중시했다. 그래서 문화방송의 보도가 잘못되면 신랄하게 비판했고 잘할 경우에는 칭찬을 아끼지 않았다. 내가 지난 2008년과 2009년 앵커로서 이명박 정권의 탄압을 받을 당시 격려를 아끼지 않았다. 나에게 전화를 걸어 "형, 지금 클로징멘트라는 언론의 새로운 장르를 만드는 거요. 어떤 놈이 뭐라고 해도 기죽지 마세요." 라고 한 격려를 지금도 잊지 못한다.

그런 김용남 선생이 어느 날 정년 퇴직할 때가 됐다고 해서 깜짝 놀랐고 원고 뭉치를 건네며 책을 낸다고 해서 또 놀랐다. 생각해 보면 내가 이미 나이 먹어 기자에서 퇴직한 사실을 잊은 채 김 선생은 항상 교사로 남아 있을 것으로 생각했다니 내 우매함이고, 고민 덩어리인 그가 글을 쓰지 않았을 리 없으니 놀랄 일은 아니다.

70년대 말 소모임과 그 이후 이어진 우정 속에서 우리는 여러 이야기를 했지만 결국 어떻게 살아야 하는가를 묻고 답해왔다고 생각한다. 김용남 선생은 이 책에서 그의 방식대로 묻고 답한다. 언젠가 그가 전교조로 해직되었을 당시, '지금 학교사회의 부조리와 불합리에 대하여 어떻게 대처해야 하는가?' 라고 물어본 적이 있다. 그는 '지금 우리 학교사회는 변화가 필요하다. 변화는 사고와 시스템의 변화에서 온다.' 라고 답했다. 그는 학교현장의 구조변화에 대하여 현실적으로 접근해 갔다고 생각한다. 이 책은 그가 교육운동가로서 학교 현장의 교육 시스템의 구조적 문제에 대하여 문제의식을 가지고 몸으로 부딪치는 과정을 쭉 그리고 있다. 그래서 이 책은 그의 삶의 발자취로 보인다. 오랜 교직 생활을 통해 얻은 경험과 식견을 가지고 학교에서 당면한 문제를 고민하는 그의 모습은 70년대 말 도서관에서 토론하던 김용남 선생 모습 그대로다. 우리는 그때 독서와 대화의 중요성을 역설하고 '그러면 어떻게 할 것인가?' 를 논했었다. 김용남 선생은 지금도 그때의 사유를 잊지 않고 있는 것 같다. 그런 점에서 나도 이 책이 나오는데 이바지한 측면이 있다고 생각한다.

김용남 선생이 지치지 않고 고민해 온 데 대해 경의를 표하면서 앞으로도 계속 그래주기를 바란다.

2015년 9월 서울 여의도 의원회관에서 **신경민**

| 시작하며 |

"우리가 교사로서 아이들에게 가르쳐야 할 가장 근본적인 가치는 무엇이지?"

"인간의 존엄성과 인간의 가장 기본적 권리 즉 인권이 아닐까?"

"그러면 우리가 가르치고 키워내야 할 인권의 확장을 구체적으로 말하면?"

"자율적 인간과 창의성 아닐까?"

교사 생활을 시작한 지 얼마 안 되어서 같은 교직에 있는 친구들과 나누었던 대화다.

"외국에서 레스토랑을 가면 한국 사람은 금방 알아볼 수 있다. 한국인은 주로 한쪽 구석에서 벽을 뒤로 등지고 자리를 잡고 앉아 주변을 살피며 조용히 식사한다. 그러나 민주주의가 발달한 나라의 사람들은 레스토랑의 한 중앙에 앉아 편한 상태에서 자유스럽게 대화의 음식을 즐긴다. 즉 그 나라와 그 사회의 분위기에 따라 식사를 즐기는 사람들의 모습이 다르다."

80년대 언론사 외국 특파원으로 나가 있던 한 선배가 말하는 외국에서 보는 한국 사람들의 자화상이다.

80년대 학교사회는 교단에서도 말을 가려서 해야 하는 시절이었다. 사회 전체가 한마디의 말을 할 때도 주변을 돌아볼 수밖에 없는 시절이었다. 교단에서의 말 한마디도 조심스러웠다. 학교의 시스템은 소통이 이루어지지 않는 구조였고 이런 구조 자체는 억압된 사회 분위기의 산물이고 폭력이라고 느껴졌다.

폭력(暴力)의 사전적 의미는 '신체적인 손상을 가져오고, 정신적 · 심리적인 압박을 가하는 물리적인 강제력'을 말한다. 물리적인 강제력은 억압으로 이어지고 억압은 사고의 위축과 행동의 제약을 낳고 창의성을 말살한다. 교육에서는 치명적인 제약이다.

30여 년을 이어온 독재체제를 이어받은 군부독재 정권하에서 사회의 구조가 그랬다. 당시 군부 독재 정권은 정권유지를 위하여 사회 전체를 강압적 분위기로 몰아갔고 교육을 철저히 통제하고 이용했다. 교육계는 정권의 홍보 역할을 거부할 수 없는 구조였고 교사는 그것을 따를 수밖에 없었다.

교단에서 느끼는 제약은 국가라는 거대한 권력의 횡포였고 폭력이라고 여겨졌다.

인류 지성의 발전은 폭력에 대한 저항이라고 해도 과언이 아니다. 특히 국가 권력으로부터의 폭력은 인권의 문제를 끊임없이 제기했다. 교육의 근본적 목적은 인권이다. 인권의 기본은 폭력의 배제이고 인권 신장은 교육에서 시작한다. 그러나 국가 권력에 가장 취약한 곳이 교육분야였다.

당시 학교는 정권과 권력기관에서 내려지는 공문에 의한 명령 이행기관이었고 교사는 그 명령의 수행자였다. 학교 교육의 시스템은 자율성과 창의성을 키우는 교육과는 거리가 멀었다. 명령과 지시일변도의 사회구조는 학교 교육에 그대로 적용되었다. 진정으로 교육을 위한 토론도 없고 소통구조도 없는 시스템이었다. 하라면 할 수밖에 없고 지시하면 따를 수밖에 없었다. 개성을 존중하고 자주적이며 자율적인 정신을 갖는 인간을 키우는 교육과는 거리가 멀었다. 따라서 인간다움과 사고의 자유스러움을 구가하고 비판의식과 창의력을 키우는 교육은 생각할 수도 없었다.

교사의 사고가 경직될 때 아이들의 사고도 고정된 틀에서 한 발짝도 더 나갈 수 없다. 사고의 자유스러움을 구가하지 못할 때 교육 자체가 경직된다. 교직에 대한 회의감이 들었다.

암울한 시기였다. 그러나 무언가를 해야 했다.

차례

차례

1장
교장은 대통령 발령이다

"형 오는 줄 알았어요."

성진영 선생이었다. 환하게 웃으며 반겨준다. 그리고 커피 한 잔을 타 준다.

"앞으로 커피는 내가 타 드릴게요." 대학 다닐 때 전주 팔복동 공단에서 같이 야학했던 국문과 1학년 꼬맹이 여대생이었는데 같은 교사로 다시 만나게 되었다.

그렇게 맛있는 커피는 또 얼마 만인가…….

내 학교구나…….

1994년 3월 10일 드디어 발령이 났다. 공립에서 해직된 교사들은 3월 2일 자로 발령이 났으나 사립에서 해직된 교사들은 일주일을 더 기다려야 했다. 발령 난 공립교사들을 보며 조바심이 났다. 그 일주일은 매우 지루했다. 복직 결정이 된 후 수업준비를 하며 지냈지만 5년 만에 아이들을 만난다는 설렘으로 시간은 정말 더디게 갔다. 발령지는 익산 근교의 서인 고등학교였다.

학교 가는 길은 가슴이 벅찼다. 얼마나 가고 싶었던 학교였고 만나고 싶었던 아이들이었던가….

운전하며 가는 짬짜미에 교직원 노동조합 탈퇴 각서를 쓰지 않았다는 이유로 진행된 5년 동안의 해직생활이 하나씩 머리에 스쳐 갔다. 전교조 유인물을 들고 학교방문을 할 때, 현직에서 근무하는 선생님들의 모습을 보면서 어떤 때는 해직된 자신의 모습이 비참해 보였고, 또 힘들 때는 잘못된 선택이었다고 생각한 적도 있었다. 그러나 스스로 내린 결정이었기에 견뎌낼 수 있었던 것 같았다. 살아가면서 부딪칠 수밖에 없는 선택의 순간순간은 결국 자신의 몫이었다. 더구나 전두환 노태우 정권의 폭압적 독재정권의 행태는 현실을 견뎌내는 커다란 명분이었으리라.

학교가 있는 읍내는 아직 개발이 충분히 되지 않은 그야말로 시골 냄새가 물씬 풍기는 곳이었다. 학교는 익산 외곽에 한적한 곳에 자리하고 있었다. 학생들은 시골아이들답게 순박하리라는 생각이 우선 들었다.

2층 교무실에 들어서니 한 20여 명 교사의 책상이 눈에 들어온다. 차 한잔을 마시고 선생님들과 인사를 나누고 바로 교장실로 안내를 받았다. 교장은 50대 중반으로 보였으며, 키가 크고 마른 편으로 날카로운 인상이었다. 대화가 시작되었다. 첫 대면부터 상당히 긴 대화가 시작되었다.

"오시느라 수고하셨습니다. 버스로 오셨나요? 차를 가지고 오셨나요?"

"예, 차를 가지고 왔습니다."

"3월 10일 자 발령이군요. 왜 그렇습니까?"

"복직 대상 교사 중 공립교사는 3월 2일 자로 발령이 났고 사립에서 해직된 교사들은 3월 10일 자로 발령이 났습니다."

"그렇군요, 교사들은 장관 발령이고 교장은 대통령 발령입니다. 선생님도 앞으로 교감 교장으로 승진도 하시겠지만 교장하기가 쉽지 않아요. 학생들을 가르치는 것도 중요하지만, 학교 경영도 매우 중요합니다. 그런데 학교 경영은 교장 능력에 따라 달라집니다. 경영은 선생님들을 어떻게 배치하고 일을 하도록 하느냐에 따라 달라진다고 생각합니다. 그래서 나는 경영 차원에서 학교를 운영하고 있습니다. 학교에 원로교사 선생님들이 서너 분 계시는데 그 선생님들도 배려하여 본인의 능력을 잘 발휘하도록 하고 있습니다."

말을 마치며 인터폰으로 교감 선생님을 호출한다.

"교감 선생님, 이번에 부임한 윤리 선생님입니다. 인사하시지요, 그리고 서 선생님이 하시는 과학 작품 전람회 출품과 구 선생님이 만들고 있는 진로지도 교과서 작업은 잘 되고 있습니까? 이따가 진행 상황을 알려 주시고 김 선생님 소개를 할 수 있도록 바로 교무회의를 준비해 주세요." 교무회의 준비를 지시하고 다시 말을 잇는다.

"그런데 김 선생님, '로고테라피'이론을 아십니까?"

"예, '죽음의 수용소'를 썼던 빅터 프랭클이 말한 '로고테라피'요? 삶의 의지를 말한 정신분석학의 이론이지요."

"잘 아시네. 내가 가장 좋아하는 책입니다. 연수원에서 교장연수를 받을 때 로고테라피를 주제로 연수를 받은 적이 있어요. 학교도 의지만 있으면 어떤 일이라도 할 수 있다고 생각합니다. 선생님은 인상도 좋으니 학교에서 잘 적응하시리라 생각합니다. 그리고 우리 학교에서는 이런 일들을 유념해 주면 좋겠습니다."

교무회의를 기다리면서도 학교의 상황부터 시작하여 자신의 교육관까지 또다시 긴 설명을 시작한다. 7시 50분경부터 시작하여 무려 1시간가량 일방적 설교에 가까운 첫 대면이다. 9시가 넘어서 2층 교무실에서 교무회의가 시작되었다. 먼저 교장이 소개한다.

"이번에 우리 학교 윤리교사로 부임하셨습니다. 윤리 선생님 소개합니다. 인사 하시지요."

교장은 간단히 학력과 교육경력을 말하고 다른 설명 없이 짧게 소개한다.

"오랫동안 학교를 떠나 있다가 다시 학교에 오게 되었습니다. 감회가 새롭습니다. 선생님들과 아이들을 보니 정말 기쁩니다. 선생님들과 함께 재미있고 즐거운 학교생활이 되도록 노력하겠습니다. 그동안 교육환경도 많이 바뀌었다고 생각합니다. 선생님들의 많은 도움 부탁합니다." 다른 말없이 짧게 인사했다.

교장의 인사말 후 교무회의가 계속되었다. 교무주임의 일정 발표 이후, 학생주임이 담임 선생님들에게 학생들의 생활지도를 부탁한다. 교감의 야간 자율학습에 대한 학생들 참여와 수업시간을 지키고 수업에 충실히 임해 달라는 당부에 이어, 끝으로 20분 이상의 교장의 긴 훈시가 이어졌다. 거의 40분 이상이 걸리는 지루한 교무회의였다. 수업은 9시 40분쯤 1교시가 시작되었다.

교사는 장관 발령이고 교장은 대통령 발령이라….

"왔구나, 그래 잘 왔다. 우리 학교 부임을 환영한다." 이대운 선생님이었다. 89년 해직되었을 때 전교조 전주지회 사무실에 오셔서 눈물을 흘리고 아픔을 서로 나누며 해직 기간 동안 힘든 일들을 함께하면서 항상 물심양면으로 도와주셨던 10년 연상의 정말 큰형님 같은 선생님이다.

"형님 반갑습니다. 근데 저 오늘 1시간 이상 벌섰습니다."

"왜?"

"교장의 교육관부터 학교 경영철학까지, 오자마자 교육받았습니다."

"그래? 그 정도는 약과야, 있어 보면 알거야……."

학교를 잘못 왔나?

생각을 다시 정리해야 했다.

그동안의 투쟁이라는 싸움을 그만두고, 아이들과 함께 그리고 선생님들과 같이 학교현장에서 다시 재미있게 학교생활을 할 수 있겠다는 바람이 한순간에 날아 가 버리는 것 같은 순간이었다.

수업이 없는 선생님들이 반갑게 인사를 하며 맞아준다. 이대운 선생의 제안으로 1층 과학실로 몇 선생님들이 내려갔다. 차를 마시며 얼굴이 익은 선생님들과 처음 인사하는 선생님들이 함께 복직 축하 인사를 나누었다. 정말 기쁘고 즐거운 시간이었다. 그동안 고생한 이야기와 학교와 아이들에 대한 이야기를 주고받으며 1교시를 보냈다.

2교시부터 교실에서 교무주임 선생님의 소개와 함께 수업을 시작할 수 있었다. 아이들은 순해 보였다. 아이들의 모습을 바라보니 만감이 교차했다. 멀고 먼 길을 돌아서 온 기분이었다.

교단에서 아이들을 볼 수 있다는 것이 이렇게 좋구나….

2장

학교는 그대로였다

학교 교육환경은 5년 전이나 마찬가지로 거의 변함이 없었다.

교무실 칠판을 바라보니 월중행사계획과 금주 생활목표와 전달사항, 학생현황 및 출결 사항, 시정표가 적혀 있다. 그리고 근태가 눈에 들어온다. 교사들 근무태도를 적는 곳이다. 지각과 외출, 조퇴와 결석이나 병가, 연가를 한 교사들을 교무실 칠판에 공개적으로 기록한다. 아직도….

서인 고등학교는 한 학년이 인문과와 상과가 세 반씩 18학급으로 시골학교로서는 그리 작지 않은 적당한 규모의 종합고 형태의 학교다. 학급 학생 수는 35명 정도다. 컴퓨터는 2개 교실에 70대 정도가 설치되어 있으며 TV는 교무실과 특별실 몇 곳에만 비치되어 있다. 교실의 비품은 칠판과 책상 그리고 청소함이 전부다. 기숙사를 비롯하여 학교 전체를 둘러보고 학교 환경과 수업상황을 파악하며 첫날을 보냈다. 전주에서 카풀하는 선생님들과 함께 퇴근했다. 복직 첫 퇴근길의 발걸음은 정말로 가벼웠다.

다시 돌아온 학교는 변한 것이 거의 없었다. 8시까지 등교한다. 대부분 교사는 카풀로 출근한다. 많은 인문고는 바로 0교시에 들어가지만, 서인고는 아직 0교시는 하지 않고 있다. 이른 등교 시간에 교문 앞에서 학생부 선생님들과 선도부 학생 몇몇이 등교지도를 하고 있다. 그나마 다행히도 완장은 규율부 완장이 아니라 선도부 완장이다.

"너 이리와 이 녀석, 복장이 이게 뭐야? 그리고 머리는? 저번 주에도 걸렸잖아? 그리고 너는? 교복 안에 와이셔츠와 넥타이는 어디 가고 티셔츠야? 그리고 너, 너도 이리와. 왜 구두를 신고 다녀? 어제도 지각했지? 선도부장, 애들 다 이름 적고 명단 나에게 가져와!" 학생주임 선생님의 지시가 있자,

"몇 학년 몇 반 이름?" 선도부는 위세를 부리며 걸린 학생들 이름을 적는다.

대부분 학교는 학생부 선생님들이 아침부터 고생을 많이 한다. 걸린 학생들의 얼굴을 쳐다보며 빠르게 교무실로 발걸음을 향한다. 교무실에 들어가자마자 교감의 책상 앞에 놓여 있는 출근부에 도장을 찍으며 하루를 시작한다. 시간이 지나면 교감은 출근부를 치워 버리는 경우도 있다. 지각했으면 지각한 대로 도장을 찍으면 되는데도 말이다. 출근하자마자 출근부에 도장 찍는 일이 우선이므로 바삐 이 층 본 교무실로 가서 출근 도장을 찍고 자리에 앉는다.

8시 20분부터 교무회의다. 교무회의는 매일 한다. 교장이 자리에 앉으면 교무주임의 사회로 교무회의가 시작된다.

"교무회의를 시작하겠습니다."라는 말과 함께 먼저 주번교사가 '주생활 실천목표'를 발표한다.

"이번 주생활 실천목표는 '실내 환경을 깨끗이 하자'입니다. 학생들

이 오기 전에 교실 앞과 뒤를 깨끗이 하도록 각반 주번 학생들을 지도하겠습니다. 담임선생님들께서는 각 교실의 쓰레기통을 잘 비워주시기 부탁합니다. 물론 주번 학생들에게 지시하겠습니다만 특히 복도 청소에 신경 써 주시길 부탁합니다."

다음으로 연구주임을 비롯한 주임 선생님들이 전달할 공문이나 선생님들에게 협조 사항을 말한다. 그중에서도 학생주임은 교무회의 때 대체로 부탁 말을 많이 할 수밖에 없는 직책이다.

"요즈음 학생들의 복장이 많이 흐트러져 있습니다. 특히 교복 안에 규정에 어긋난 티셔츠를 입고 다니거나 바지통을 줄여 몸에 꽉 끼는 당고바지를 입고 다니는 학생이 있습니다. 선도부 학생들과 함께 아침에 교문 앞에서 지도하겠습니다만, 담임 선생님들도 학급에서 조·종례 시간에 꼭 좀 지도 부탁합니다."

주임교사들의 전달사항이 끝난 후 다음은 교감의 발언 차례다.

"저번 주에 서편 2층 복도와 계단 청소가 제대로 안 되는 경우가 있었습니다. 이번 주는 주생활 실천목표도 '실내 환경을 깨끗이'이니 주번 교사는 특별히 청소에 신경 써 주시기 바랍니다. 그리고 학생들 수업태도를 새 학기부터 바로잡아 주시기 바랍니다. 3월 시작부터 수업태도가 흐트러지면 담임 선생님이 1년 내내 고생합니다."

교장이 마지막 총정리를 한다. 먼저 교감의 말에 힘을 보태 준다.

"교감 선생님이 말한 바와 같이 새 학기부터 수업태도를 잡지 못하면 1년 내 잡기 힘듭니다. 이전 학교에서는 이런 교사가 있었습니다……."

말이 길어지기 시작한다. 전에 근무하던 학교에서 눈에 거슬렸던 교사들의 근무 태도를 예로 들어 교사들에게 근무 기강을 강조한다. 출근

시간 지키기부터 숙직근무 철저까지 무려 20분 이상의 지시에 가까운 지루한 교무회의 시간이다.

“교무회의를 마칩니다. 수업시간 조정은 바로 방송으로 하도록 하겠습니다.”

교무주임의 말로서 교무회의를 마친다. 1교시는 9시부터 시작인데 30분을 넘겼다. 복도로 나오면서 옆에 앉아 있던 이주엽 선생에게 신학기라서 이렇게 교무회의가 길고 수업시간이 늦어지냐고 묻자, 교무회의 때 교장 선생의 말이 너무 길어 30분씩 늦게 시작하는 때가 많다고 한다.

이해가 되질 않았다. 교장의 설교 때문에 1교시 수업시간이 30분씩 늦어진다니….

여전히 교무회의는 회의가 아니라 교장과 교감 위주의 권위주의적 지시 · 전달회의다. 권위주의적 학교 운영은 5년 전과 같다. 주번교사의 ‘주생활 실천목표’ 발표부터 그렇다. 주번교사는 월요일부터 다른 교사보다 일찍 와서 주번 학생들을 집합시키고, 일주일 동안 중점적으로 해야 할 일을 주지시킨다. 주번들에게 책임진 구역의 청소와 환경정리를 시키고, 잘못한 주번은 종례 후 검사하고 집에 늦게 보내겠다고 엄포를 놓는다. 일주일 동안 학생들 청소감독을 비롯하여 교무실이 비지 않도록 교무실을 지키고 학교의 잡스러운 일은 그 주 주번교사의 책임이다.

담임은 담임대로 반 학생들에게 청소와 복장과 수업태도, 교우관계를 비롯하여 학생들의 학교생활을 지도한다. 물론 주번교사도 담임을 한다. 그래서 주번교사는 다른 교사보다도 일주일이 더 바쁘다. 관리자의 마음에 들지 않는 교사는 교무회의에서 공개적으로 지적을 당하기도 한다. 지적당한 교사는 자신에 대한 교사로서의 능력을 의심하기도 하고 교직 자체에 대한 회의감을 느끼기도 한다.

학교의 환경과 수업 분위기 조성은 한 교사의 책임이 아니라 모든 교사가 함께하면서 만들어 갈 문제이고 학교 경영자의 책임이 가장 크다. 그런데도 주번교사라는 제도를 만들어 놓고 많은 책임을 주번교사에게 떠넘긴다. 교사들을 통제하고, 관리하기 쉽고 편하게 학교를 운영하는 방안으로 주번교사 제도를 적극적으로 활용한다. 즉 권위주의적 명령 체계로 학교를 쉽게 운영하기 위하여 만든 제도가 주번교사 제도다.

수업도 그렇다. 5년 전과 비교하여 크게 변한 것이 없다. 윤리수업은 1주일에 1시간씩으로 한 학년이 6학급이므로 18시간이지만, 담임교사를 비롯한 대부분 교사는 학급활동과 특별활동 세 시간을 합하면 스무서너 시간이 되는 경우가 다반사다. 담임 일과 학교 업무, 학생상담과 지도 등을 하다가 보면 하루해가 훌쩍 지나간다. 더 큰 문제는 다른 과목을 가르치는 상치 과목이다. 사회과 시간이 너무 많으므로 상치로 지리 2시간을 윤리과에서 지원해 주어야 한다고 한다.

지리? 고등학교 다닐 때 배우고 쳐다 본적도 없는데…. 처음부터 못한다고 할 수는 없고, 해야지 별수 없지. 그렇지만 아이들에게 미안해서 어떻게 하지? 윤리와 관련 있는 역사과목이라면 혹시 또 모를까…. 하는 생각과 함께 걱정이 앞선다.

사회과 선생님에게 인사하고 조언을 구한다.

"선생님, 지리 상치를 맡으라고 합니다. 저는 지리는 정말 잘 몰라요."

"선생님, 그냥 가르쳐요. 교사 수급이 제대로 안 되어 생기는 문제인데요 뭐, 잘못된 교원 인사수급 문제예요." 더 할 말이 없었다.

먼저 지도안부터 작성해야 한다. 수업시간과 과목이 정해지면 매주 학습지도안을 제출해야 한다. 연구주임이 제출된 학습지도안에 도장을 찍고 교감과 교장 책상에 가져다 놓으면 교장 · 교감은 보지도 않고 확인란에 도장을 찍는다. 아니, 보아도 자기 과목이 아니므로 내용은 잘 알지도 못한다. 그런데도 매주 주간 학습계획안과 학습지도안을 검사하여 도장을 찍고, 지도안을 낸 교사와 내지 않은 교사들을 체크한다. 교사들은 관리자가 내라고 하니까 어쩔 수 없이 작년의 학습지도안을 참고로 다시 써서 결재를 받는, 눈 가리고 아웅 하는 일을 매주 되풀이한다. 모두가 다 아는 불필요하고 형식적인 똑같은 일을 서로 묵인하고 매년 반복하고 있다. 학년 초에 연간 학습계획안만 내부결재를 하고, 어차피 봐도 모르는 학습지도안 결재는 폐지하면 되는데도 그렇다.

담임교사 업무는 또 어떤가? 학생 사안에 대한 모든 책임은 항상 담임의 몫이다. 서무과에서 해야 할 수업료와 육성회비를 비롯한 공납금과 잡부금 재촉은 여전히 담임교사 일이고 저금 독려와 불우이웃 돕기를 비롯하여 학생들에게 걷는 온갖 성금과 국군 장병 위문금과 위문편지, 크리스마스실 판매 등도 담임 몫이다. 학급 주번은 여전히 학급일지를 기록하여 담임교사에게 검사를 맡고 있었다. 담임 업무의 가중과 책임에 대한 보상도 거의 없다. 담임교사 수당도 거의 없으며 주임 교사들에게 주는 승진점수도 없다. 그래서 일만 많고 책임만 있는 담임교사를 맡는 것은 반가운 일이 아니다. 그러나 어떤 선생님들은 담임을 하지 않으면 학교생활에 보람이 없고 아이들과 함께할 시간이 없다며 일부러 맡기도 한다.

작년 학급일지를 살펴보았다. 변한 게 거의 없다. 학생 때 뙤약볕에서 전교생이 모여서 무슨 말을 하는지 들리지도 않는 교장훈화가 끝나야 끝나는 운동장 조회와 애국조회는 계속되고 있었으며, 교무실 칠판을 바라보니 여전히 일 · 숙직 담당 교사가 적혀있다. 이런 불합리한 것들을 호소하고 개선할 장치는 학교 내에 없다. 부당한 것을 지시하고 요구해도 아무도 이의를 제기하지 못하는 교무회의는 일방적인 군대식 상명하복의 복종문화와 똑같다. 사고를 자유롭게 교환하고, 문제에 대한 합리적 해결점을 공통분모로 이루어지는 토론문화는 아예 생각지도 못한다. 학교의 모든 일은 최종적으로 학교장이 결정하여 지시하고 명령하는 대로 해야만 한다.

5년 전과 거의 그대로였다. 숨이 막혔다.

3장

좋은 교장 선생님도 많다

인터폰이 울리고 교장이 호출한다. 윤리주임을 맡아달란다.

"윤리교사이므로 어차피 윤리부 일은 해야 하고 윤리부 기획이 있어야 하니까 선생님이 윤리부 기획을 맡아 주는 게 좋을 것 같습니다."

기획을 맡는다는 것은 결국 윤리부 주임을 맡는다는 것이다. 먼저 학교업무와 윤리부서 일을 파악한 다음 말씀드리겠다고 하니 이번 주 안으로 결정해 달라고 한다. 당근의 제안이다. 교장으로서는 받아들이면 배려를 해준 것이고, 거부하면 다른 교사에게 주임 자리를 주면 된다.

복직 환영자리가 마련되었다.

이대운, 이주엽 선생님을 비롯하여 전교조 가입 선생님들과 후원회원 몇 선생님들이 복직 축하 겸하여 퇴근 후 막걸리 한잔 하기로 하였다.

서로 반기며 그동안의 고생스러움에 대하여 위로와 복직 축하를 하며 김영삼 정권이 들어선 이후, 사회의 변화에 대한 이야기며 서로의 이야기들이 오간다. 그러나 역시 교사는 교사였다. 술이 몇 순배를 돌면서 자연스럽게 학교 이야기들이 나오기 시작한다. 교장의 윤리주임 제안에 대하여 의견을 물었다.

"당연히 해야지요. 선생님도 복직하셨으니 이제 승진도 생각하세요. 그리고 교감 · 교장도 되고요, 선생님 같은 분들이 관리자가 되어야 학교사회가 좀 더 좋아지지 않겠어요?" 옆에 앉은 사회과 고 선생이 답한다. 윤리주임은 윤리교사가 당연직으로 맡게 되어 있고 윤리교사가 없을 경우나 사양할 때 대체로 사회과 교사가 맡는다.

앞에 앉은 이대운 선생님이 말을 잇는다.

"김 선생, 승진할 때 채워야 하는 주임교사 경력 7년 중 1년을 못 채워서 승진 못 한 사람도 많아. 기회가 생길 때 다 채워 놓아. 물론 승진은 교육경력과 농어촌 점수, 연구학교나 개인 연구점수 등이 차야 하고, 또 교장 근무평정 점수가 중요하지만 말이야. 전교조 복직교사라고 해서 승진하지 말란 법도 없어……."

우리 학교에 승진 대상 선생님들이 많으냐고 묻자,

"우선 교무주임이나 연구주임, 학생주임을 비롯하여 주임을 하는 선생님들은 아무래도 생각이 있지 않겠냐? 교사라면 승진을 한 번쯤 생각하는 것은 당연하지 않아? 너 알다시피 나는 교포지만 말이야, 벌써 교장 포기했잖아."라며 빙긋이 웃는다. 그리고 승진에 관하여 자세히 설명한다.

승진 점수는 크게 보면 교장의 근평 점수와 주임교사 경력과 연구점수 · 가산점인데 교육경력이나 개인 연구점수는 시간이 가고 본인이 노력해서 따면 되는 것이지만, 그 학교에 가면 먼저 주임교사를 해야 하는데 자리가 안 나면 주임교사하기가 힘들다. 주임교사는 7년을 해야 경력을 다 채우는데 이 또한 교장이 임명하는 것이고 그중에서도 가장 따기 힘든 건 교장이 주는 근무평정 점수다. 같은 학교 내에서 교사들끼리 서로 경쟁을 해야 하기 때문이다. 그리고 5년 동안 '1등 수'를 받아야만 한다. 주임교사 7년과 근평 점수를 5년 동안 연속으로 '1등 수'를 받아야만 승진자로서 얼굴이라도 내밀지, 그렇지 않으면 어림도 없다는 얘기다. 그래도 다른 점수 0.01점 차로 교감이 되기도 하고 안 되기도 한다.

"이주엽 선생은 점수 많아 땄어요?"라고 국어를 가르치는 시인 선생님에게 묻자,

"저는 별로 관심 없어요. 아이들 가르치고 글 쓰는 재미가 더 커요."

승진에 큰 의미를 부여하지 않는 선생님들도 많다.

학교장의 근평 점수가 승진에 가장 크게 작용한다. 벽지점수가 높은 지역이나 원하는 다른 곳으로 이동할 때도 교장 내신 점수가 크고, 주임 임명도 교장이 하고 더구나 근평은 교감과 함께 평가하게 되어 있지만, 그 역시 교감이 교장에게 위임하는 경우가 많으니, 학교장의 영향력이 가장 크다는 결론이다. 학교에서 일을 많이 하고 업무로 가장 고생을 하는 교사는 교무주임이므로 교무주임이 근평을 제일 잘 받는 경우가 많아서 승진을 생각하는 선생님들은 당연히 교무주임을 하려고 하지만 꼭 교무주임이 '일등 수'를 받지는 않는다고 한다. 학교장은 이런 승진에 관한 점수를 가지고 학교를 운영하는 경우가 많다고 한다.

"일종의 당근이죠, 교장에게 잘 보이고 잘 따르면 당연히 점수를 잘 주고 그렇지 않겠어요? 그래서 점수를 가지고 학교를 운영하는 교장도 많아요." 이주엽 선생이 다시 말한다.

"모든 교장이 그러는 건 아니잖아요?"라고 반문하자,

"맞아요, 좋은 교장 선생님도 많아요. 실제로 아이들 열심히 가르치고 성실히 학교 일하는 데 대하여 충분히 알아주고……, 점수를 주어도

다른 선생님들이 인정할 수밖에 없게 주고…….”

그러면 공립학교에서는 업무를 열심히 하는 선생님들은 모두 점수 때문에 그러냐고 묻자,

“아뇨, 그렇진 않아요. 그러면 학교는 벌써 망해버렸게요. 자기 맡은 일에 충실하고 아이들에게만 관심 쏟는 선생님들이 많아요. 말없이 자기 일 하는 선생님들, 승진에 연연해 하지 않는 선생님들 많아요.”라고 대답한다. 그리고 합리적인 학교 운영에 대하여 가지고 있는 생각들을 말한다.

학교장 독선이 심한 학교일수록 ‘참교육’을 해야 한다는 주장이다. 학교가 민주화되어 선생님들이 자유롭게 토론하고 그렇게 모인 생각들로 학교가 운영되어야 한다는 것이다. 그렇게 되려면 학교의 일들이 교무회의에서 결정되어야 하고, 특히 전교조에서 주장하는 ‘교무회의의 의결기구화’가 되면 좀 달라질 수도 있고 주임 인선도 공개적으로 이루어지고 근평도 제도가 합리적으로 개선되어야 하지 않겠느냐며 술 한 잔을 들이켠다.

“교장이 주는 근평을 아예 없애면 어때요?”하고 묻자,

“하하하~, 없앨 수도 없고……, 그냥 해본 말이죠?” 하며 웃는다.

근평제도 자체가 모두 부정적인 건 아니라는 견해다. 모든 제도가 장 · 단점이 있듯이 근평제도도 마찬가지라는 거다. 교장 · 교감 자리는 한정되어 있고, 그러니 경쟁을 할 수밖에 없으며, 또 경쟁이 없으면 학교에서 힘든 일은 아무도 맡지 않으려 할 것이고, 힘든 교무주임이나 연구주임 · 학생주임 일을 누가 하겠냐는 거다. 다만 학교에서 관리자의 독선에 의하여 불합리하고 부조리하게 운영되고 심지어 당근으로 이용될 때 문제가 커진다는 지적이다.

“그러면 교감의 역할은 어때요?”라고 묻자,

교감의 근평점수도 교장이 좌우한다고 한다. 교육청도 주지만 교감 근평도 교장 점수가 결정적이고, 그래서 어떤 교감은 교사들 근평 점수를 교장에게 일임하기도 하고 교장의 지시에 따르는 경우가 많다는 것이다.

“야, 내가 아는 정말 좋은 교장들도 많아. 교무회의에서는 말도 안 해. 딱 쓸 말 한두 마디만 해. ‘선무당이 사람 잡는다’고, 웃기는 교장이나 그렇지…….”

이대운 선생이 분위기를 바꾸려는 듯 좋은 교장에 대하여 말을 꺼낸다.

학교 내부문제가 생기면 대다수 교사가 의견을 모아 오는 대로 처리하고 학부형이나 교육청 관련 문제는 자신의 책임이라고 여기고 혼자 조용히 처리하고, 외부 문제는 절대로 선생님들이 신경 안 쓰게 하고, 선생님들은 가르치는 데만 전념하게 한다고 한다. 자신의 판공비로 학년별로 또 부서별로 돌아가며 식사하면서 학교 문제에 대하여 허심탄회하게 대화하고 함께 어울리려고 노력하는 교장도 있다고 소개한다. 그 교장은 보충학습과 자율 학습비를 올릴 때 대놓고 ‘교장 · 교감 관리비’도 올려달라고 하더니 그 돈을 학생들에게 ‘사도 장학금’ 명목으로 내놓고 나중에 술 한잔 하면서 ‘내가 돈 먹으려면 제대로 먹지, 그런 푼돈 먹을 줄 아느냐?’ 하고 웃는데, 실제로 그 교장은 재정운영도 깨끗했다고 정색을 하며 말한다.

이성영 선생도 좋은 교장 선생님의 예를 덧붙인다.

“이런 교장도 있어요. 전에 근무한 학교 교장인데요, ‘환경정리 하려고 힘들게 고생하고 애쓰지 마라’고 해요. ‘꼭 하려면 정말 잘하고 그렇지 않으면 아예 벽을 깨끗하게 그냥 놓아두라.’고 해요. 신학기가 되면 교실 환경정리가 얼마나 신경 쓰여요? 그렇지 않아도 3월이면 너무 바쁘잖아요? 그 바쁜 와중에도 환경정리를 해야 하고 또 환경정리 심사까지 받아야 하고……. 학급 게시판은 반 학생들이 알아야 할 것도 있고 담임으로서 아이들에게 제시할 것도 있으니까 해도 괜찮다고 저는 생각하지만, 선생님들 힘든 걸 알고 학교장이 배려하는 거죠."

듣고 있던 고 선생도 얼굴에 웃음을 띠며 자기가 겪은 교장에 대하여 말한다.

"그런데 웃기는 교장도 있어요. 아파서 조퇴 결재를 맡으러 가니까 아파서 조퇴하는데 결재를 왜 내? 아프면 그냥 조퇴하고 편하게 쉬면서 치료받아야지……." 하면서 결재 상관없이 그냥 가서 쉬라고 한다는 것이다.

"어 정말 웃기네, 그러면 출 · 퇴근이나 조퇴에 대해서 전혀 상관 안 해요?" 여선생인 이성영 선생이 정말 의아해 하며 다시 묻자,

"일종의 자율 출퇴근제죠" 말하며 계속 설명한다. 교사 체벌이 문제가 되어서 교육청 감사가 나왔을 때도 '괜찮아, 가르치다 보면 그럴 수도 있지, 학부모나 교육청은 내가 다 알아서 할 테니까 걱정하지 말고 애들이나 잘 가르쳐.' 하고, 대신 일은 빡세게 시키되 필요한 것이 없는가 물어서 불편한 것은 다 해결해 주고 보상은 반드시 해준다는 것이다. 그러다 보니 어떻게 보면 시키는 것도 아니고, 애들 가르치는 일이나 학교 일에 교사들 스스로 알아서 전념하게 한다고 겪었던 좋은 교장 선생님의 예를 든다.

"불편하다고 해서 해결해 준 것은 어떤 것들이 있는데?"

듣고 있던 다른 선생님이 묻자, 담임교사들이 야간 자율학습과 심화학습 때문에 밤늦게까지 있다 보니까 너무 피곤하다고 쉴 곳을 만들어

달라고 했을 경우, 담임이 아니더라도 쉬어야 할 선생님들이 있으니까 담임교사 전용 숙직실을 따로 만들어 주고 교사들의 불편한 점들을 해결해주고 관심을 기울여 주니까 선생님들이 말 안 해도 추석날 빼놓고 다 나와서 애들 지도하고 근무한다는 것이다. 자율학습 오후 10시까지, 영재반 밤 12시까지, 인문계 고등학교인데 그렇게 해도 선생님들이 불만이 없다고 한다. 술잔을 건네면서 물었다.

"정말 불평이 없어요? 그렇게 빡세게 시키는데?"

"아니, 선생님. 인문고에서 성적을 올리려고 대부분 교장이 욕심을 내지만, 이런 교장은 강요하지는 않잖아요. 결과적으로 교사들이 스스로 알아서 하는 거잖아요. 하기 싫으면 안 하면 되지만, 안 할 수 없는 분위기가 교사들 사이에 형성되는 거죠. 담임회의에서 결정해서 하는 거니까요. 절대로 강요하지 않고 스스로 하게 내버려 둬요."라고 상황을 설명한다.

"대단하네, 그러면 불평불만을 말할 수 없지. 힘든 일도 스스로 하면 힘들지 않은 거니까." 듣고 있던 한 선생님이 말하자 모두 고개를 끄덕인다.

"웃기는 교장이 아니라 훌륭한 교장이네…….

정말 좋은 교장 선생님도 많은 것 같았다.

전임 근무지는 여상이었다. 8년 동안 사립 고등학교에서 근무했었다. 복직은 공립학교다. 교장이 전권을 가지는 학교 체제는 공 · 사립이 똑같았지만, 공립의 상황은 승진과 이동, 근평의 문제가 얽혀 있었다. 공립학교 상황을 들어서 예상은 했지만 잠시 머릿속이 복잡해졌다.

지금부터 무엇을 어떻게 해야 하지? 다른 것은 신경 쓰지 말고 그냥 아이들이나 열심히 가르치고 즐겁게 생활할까?

4장
재미교포 · 재일교포 · 재중교포

전교조 전북지부에서 연락이 왔다.

교육청서 복직 결정이 난 후 복직교사들은 1주일 동안 연수를 받았다. 연수비가 학교마다 차등 지급되고 있으니 상황을 알려 달라는 거였다. 인근에 있는 중학교의 복직교사에게 연락하여 비교해 보니 서인 고등학교는 70%만 지급되었다. 연수비는 교통비와 출장비 명목이다. 옆에 있는 소경은 선생님에게 학교 출장비 지급에 대하여 물어 보았다.

"웃겨요, 출장비를 60%밖에 안 줘요. 그리고 보충수업비도 전주보다 30%나 적게 줘요."

"예? 왜 그래요?"

"몰라요. 학교에 예산이 없어서 그렇데요."

"그래요? 학기 초인데도 예산이 없다고 출장비를 60%밖에 안 줘요? 왜 항의 안 해요?"

"이런 돈 이야기를 어떻게 해요?"

"그렇겠네요. 나도 이번에 연수비를 70%밖에 못 받았는데……. 알았습니다."

교장실로 내려갔다.

"교장 선생님, 다른 학교와 비교해 보면 이번 제 복직 연수비가 70% 밖에 안 되던데요?"

"그러나요? 학교에 예산이 없어서 선생님들에게 출장비를 충분히 못 드리고 있습니다. 교장인 저도 90%를 받고 있어요.

"보충수업비도 전주의 70%라고 하던데요…."

"보충수업비는 전기료와 냉 · 난방비, 시설비와 교장 · 교감 · 서무과장 관리비를 떼니까 그렇게 됩니다."

이해가 가질 않았다. 불합리하다고 느껴졌다.

"교장 선생님, 출장비는 공무원 여비규정에 따라 지급해야 합니다. 예산이 없다고 교장 선생님 마음대로 출장비를 적게 주어서는 안 됩니다. 교사들 출장비를 제대로 못 주는 예산편성은 잘못된 예산편성입니다. 그리고 교장 선생님이 90%를 받는다면 선생님들도 90%를 받아야지요. 예산편성을 다시 하셔서 출장비는 다음 달부터 제대로 지급해 주십시오. 그리고 보충 수업비는 선생님들과 같이 회의에서 다시 공식으로 논의하십시다. 그렇게 해 주십시오"라고 말하며 출장비의 원칙적 지급을 요구했다.

금액이 그리 크지도 않은 출장비와 보충 수업비임에도 편법운영이었다. 학교의 독단적 운영은 여기저기에 배여 있었고, 학교예산도 불투명하게 느껴졌다. 수업에 대한 열의와 학생지도도 교사들 간에 차이가 큰 것 같았다.

과학실에서 전교조 분회원을 비롯하여 몇 선생님들과 함께 우선 눈에 뜨이는 문제점을 말하고 대책을 논의했다. 일단 문제 제기가 되었으니 상황을 지켜보고 추이를 살펴보기로 했다.

문제는 학교의 민주화였다. 학교가 민주화되려면 의결기구는 아니더라도 교무회의가 활성화되어야 한다. 교무회의가 활성화되려면 선생님들이 자유스럽게 말할 수 있는 분위기가 조성되어야 한다. 먼저 교사들이 공식 석상인 교무회의에서 입을 열어야 한다. 그래야 학교가 민주화되고 학교가 산다. 그러려면…….

교무실 인터폰이 내내 신경이 쓰였다. 언제 부르긴 부르겠지….

해직 5년 동안 가르치지 못했던 것을 마치 한꺼번에 하려는 듯이 수업준비를 하고 교재를 정리해 나갔다. 주임회의에 참석하며 학교 돌아가는 것과 상황을 파악하고 살펴나갔다.

한 달이 지나자 교장의 호출이 왔다. 교장실로 가보니 연구주임과 교장이 함께 앉아 있다. 함께 학교 성교육을 논의하자는 것이다. 학생부에서는 따로 성교육 계획을 세우도록 했으니 윤리부에서도 학생들에게 성교육 설문 조사를 하고 교무회의에서 성교육 연수를 시키라는 지시다.

'드디어 시작인가?'

항상 공격보다 수비가 마음이 편했다.

복직 연수비는 해결이 안 되었지만, 교사들 출장비는 정액이 지출되었다. 출장비와 보충 수업비는 싸움이 아니라 부당한 대우에 대한 당연한 권리 요구일 뿐이었다. 교장의 성교육 설문 조사와 연수 지시는 일부러 일을 시키고 능력을 보려는 의도일 수도 있지만, 교장으로서 당연히 할 수 있는 지시이고 학교 교육현장에서 해야 할 일이라고 생각하기로 했다. 그러나 연구주임이 함께 있었다는 것이 아무래도 찜찜했다.

다른 학교로 간 전임 윤리교사에게 연락하여 작년의 성교육 자료를

구하고 새로 설문과 연수 안을 짰다. 설문지는 실제로 고등학교 학생들이 관심이 있는 부분들만을 간략하게 물었다. 성에 대한 지식(性知識) 수준과 습득 방법에 관한 내용을 주제로 음란물 접촉 정도와 접촉 장소, 이성 교제의 정도에 관한 내용과 성 충동의 경험 정도 및 해결 방법에 관한 내용, 그리고 성 접촉의 경험 중 시기와 장소, 대상과 이유 등을 구체적으로 물었으며 성병 감염 여부에 관한 내용과 성추행이나 성폭행에 관한 인식 정도를 답하도록 했다.

이를 토대로 선생님들을 위한 성교육 자료로서 '청소년, 그들이 서 있는 자리와 그들을 둘러싼 문제들, 그리고 그들을 위한 몇 가지 조언들'이라는 제목으로 연수 자료를 만들었다. 주요 내용으로 요새 우리 아이들의 특성을 '알 것은 다 알아요'와 '어른들은 다 하는데 나는 왜 안 되나요'에 맞추었고 이미 '성 상품'에 노출된 아이들의 현실을 부각했다.

그리고 성교육에 있어서 청소년들을 다룰 전략으로

첫째, 기다려라.

둘째, 절대 성급하게 부정적으로 다루지 마라.

셋째, 서로의 대화 속에서 타협점을 찾아내라.

넷째, 대화 시 표정은 부드럽게, 음성은 낮추어서 말하라.

다섯째, 기회는 주되 감독하라.

여섯째, 순결교육을 가르쳐라.

일곱째, 책임질 수 없는 실수를 저지르지 않도록 철저히 가르쳐라.

여덟째, 성 문제 처리에서 자기 스스로 이기는 자제력을 길러 주어라. 라는 내용을 상담 자료로 정리했다.

교육의 기본이 그렇듯이 성교육도 '자기가 책임을 질 수 있는 범위

안에서만 행동해야 한다.'는 것을 강조시키고, '우리는 관찰하고 반드시 주의를 시켜야 한다.'로 결론을 맺었다. 마지막으로 연수를 비롯하여 회의 시 발언들은 간결하고 명료해야 재미있고 지루하지 않다는 말로 연수를 마쳤다.

일종의 시험대였다. 어느 정도 교사인지 파악하는 것 같았다. 여러 가지로 신경이 쓰였다. 내용은 괜찮은지, 아니면 다 아는 이야기를 반복하지는 않는지, 그리고 정말로 지루하지는 않은 지, 과연 연수의 의미가 있는지, 또 수업시간 시작 전에 연수를 마칠 수 있는지….

주로 연수 자료를 읽어보도록 하고 중점사항만 간략하게 설명했다. 교장과 교감을 비롯하여 교무회의에 참석한 선생님들은 말없이 듣고 있었다. 다행히 1교시 수업 시작종 3분 전에 마칠 수 있었다.

"연수 내용에 참고할 것이 많습니다. 설문통계 자료와 연수 내용을 선생님들께서 활용해 주시기 바랍니다." 교장의 평가로 연수가 끝났다.

일단 한 걸음을 내디딘 기분이었다. 평가받는 느낌은 언제나 부담으로 다가온다. 평가를 잘못 받았을 때는 다음 일을 할 때 걸림돌로 작용하니까….

수업이나 때때로 책임지고 하는 연수 외에도 교사들에게 학교의 일상 업무는 끊임이 없다. 윤리부의 일만 하더라도 평화통일 협의회의 안보 강연회 준비, 청소년 선도 캠페인, 준법 생활 강연회, 스승의 날과 어버이 달 행사, 장한 어버이 표창, 효도 · 선행학생 표창, 민방위 훈련, 국악 감상회 참여, 농번기 일손돕기, 통일안보 나의 주장 발표대회 참가, 현충일 현충탑 참배, 통일 글짓기와 표어 · 포스터 그리기 대회 참가, 끊임없이 내려오는 각종 공문서 처리들….

학교 내 · 외적인 행사를 주관하고 참석하고 공문서를 처리하다 보면 가르치는 것이 우선인지 행사나 수업 외의 일이 우선인지 헷갈릴 때가 많다. 윤리부만 그런 것이 아니라 다른 부서도 마찬가지다.

바쁘고 업무가 힘들 때는 동료 교사들과 같이 회포를 푸는 것도 하나의 방법이다. 동병상련이니까. 자연스레 가까운 선생님들과 함께 서로 일상의 힘듦을 나누는 시간을 가진다. 저녁을 함께하며 막걸리도 기울인다. 그러면 자연스레 학교와 아이들의 이야기가 항상 주제다. 그렇게 한주의 정리를 서로 나눈다. 전교조 선생님들을 비롯하여 이야기가 통할만 한 선생님들과 함께하는 시간을 많이 갖도록 노력한다. 토요일이면 종종 함께할 수 있는 선생님들과 같이 가까운 주변의 명승지를 돌아보고 또 1박 2일 여행도 한다. 되도록 꼭 가보아야 할 지역의 유적지를 찾는다. 수업시간에 자료로 쓸 수 있는 곳이 좋으니까. 유홍준의 '나의 문화 유적 답사기'를 읽고 가는 것은 이미 보편화 되었다. 같은 생각을 하는 선생님들과 함께 이야기와 시간을 나누는 것이 그렇게 편하고 좋을 수가 없다. 가히 일상 속에서 삶의 여유를 즐길 수 있었다.

토요일 점심을 서둘러 먹고 이대운 · 이주엽 · 서재복 선생님과 함께 신성리 갈대밭을 둘러보고 웅포 나루 주막에 마주 앉았다. 금강 하구의 신성리 갈대밭은 봄바람과 함께 몸과 마음을 간지럽히는 듯했다. 웅포 나루 한 마을의 정자에서 바라보는 금강은 저녁노을을 받아 붉게 물들어 눈부시게 반짝이고 있었다.

복직 후 두어 달이 어느새 가버렸다. 바빴다. 막걸리 한 잔을 마시고 학교에서의 일들을 돌아보며 서로의 이야기를 나눈다.

"선생님, 승진 포기하고 아이들 가르치면서 이렇게 생활을 즐기는 것도 괜찮지요?"이대운 선생에게 묻었다.

"편하지, 더는 알탕갈탕 하지 않고……. 무엇이 되려고 하면 그에 따른 중압감과 주변의 여러 걸리는 것들 때문에 항상 마음이 편칠 않지. 학교에서 승진하려고 마음먹으면 생활 자체를 즐기지 못하는 경우가 많아."

"오늘 금강을 둘러보니 우리 산하가 너무 이뻐요, 이렇게 즐기면서 사는 것도 괜찮지요. 아이들 가르치면서 심심하면 글이나 읽고 끄적이면서……. 서재복 선생님은 독문학을 전공했다.

"선생님, 교포도 여러 종류가 있어요." 이주엽 선생이 웃으며 말한다.

"어떤?" 되물었다.

"교포도 미포 · 일포 · 중포가 있어요."

"그게 뭔데?"

"교장 · 교감을 미리 포기하면 재미교포, 일찍 포기하면 재일교포, 중도 포기면 재중교포요."

"맞네, 근데 어떤 게 가장 편해?" 이대운 선생이 다시 묻는다.

"내가 생각하기엔 미포요."

"나는 미폰데……."

"그게 대운이 형의 문제예요. 해보지도 않고……"

"거기에 그렇게 큰 의미가 없더라, 애들하고 그리고 선생님들하고 이렇게 생활을 즐기는 게 훨씬 더 좋아.

"저도 그래요, 근데 중포가 가장 안쓰러워요. 노력하다가 중도 포기하려면 그동안 노력해 온 것이 아깝고, 들자니 무겁고 놓자니 깨지겠고……, 계륵이죠." 이주엽 선생이 계속 말을 잇는다.

"여기는 모두 미포네?" 서재복 선생이 말한다.

"세상에 처음부터 미포가 어디 있냐? 누구나 한 번쯤 승진을 생각해 보지……"

이대운 선생의 말에 모두 웃음을 짓고 잔을 서로 건넨다.

그렇게 지나가는 시간이 너무 좋았다.

갑자기 머릿속에 선생님들이 했던 승진 점수에 관한 이야기들이 떠올랐다.

승진에 관한 근무 평정점은 크게 경력 80점, 근무성적 80점, 연수 40점으로 총 200점 만점이다. 경력점수는 25년을 채워야 80점이 다 차는데 기본경력 15년과 초과경력 10년으로 다시 나눈다. 그리고 기본경력 15년은 1기 10년과 2기 5년으로 나누고 1기 10년은 월별로 0.45점, 2기 5년은 0.30점이고 초과 경력 10년은 월별로 0.06점이다. 연수점수는 연구실적과 가산점이다. 연구실적은 10점으로 2점에서 4점까지 3등급으로 나누고 석사학위를 딸 경우 4점, 박사학위는 6점을 추가한다. 동일교과가 아닌 연구실적과 학위 점수는 50%만 준다. 경력은 시간이 가면 채울 수 있지만 따기 힘든 것은 가산점이다. 가산점은 표창 점수와 도서 벽지나 특수학교 근무점수, 연구학교 점수로 딸 수 있다. 표창점수는 승진에 매우 크게 작용을 한다. 훈장은 5점, 대통령상은 4점, 국무총리상은 3점, 장관이나 총장상은 2점, 교육감이나 학장상은 1점, 교육장상은 0.5점이다. 도서벽지 근무는 15점까지 받을 수 있고 특수학급을 맡을 경우 1점에서 5점까지 받을 수 있다. 문교부 지정 연구학교는 1점에서 5점까지 주고 도 교육청 지정 연구학교는 0.5

점에서 1점까지 준다. 여기에 주임교사는 1점에서 10점까지, 장학사는 1점에서 3점까지 받을 수 있다.

학교장이 주는 교사 근무성적 평정표도 세분화하여 점수화했다. 먼저 평정요항으로 자질 및 제도와 근무실적으로 크게 나눈다. 자질 및 제도는 교육관과 교육자로서의 품격, 책임성, 봉사성, 창의성으로, 근무실적은 학습지도, 생활지도, 학급경영, 담당사무와 교육연구의 항목으로 평정요소를 정한다. 평정표는 이를 다시 더 세분화한다. 교육관은 국민교육철학과 겨레의 스승으로서의 자세로, 교육자로서의 품격은 교육애의 발양과 일상 언행 및 성격과 자기수양으로, 책임성은 지시명령 수행과 제반복무 수행 그리고 준법성으로, 봉사성은 교내의 협동과 지역사회 계도로, 창의성은 창안제출과 개선의 적극성으로, 학습지도는 교재연구(지도안)와 지도목표 및 방법과 수업의 질 평가로, 생활지도는 계획 및 방법의 합리성과 학생 및 가정의 이해와 학생의 인성 및 진로지도나 문제 성향 학생지도로, 학급경영은 경영안 활용과 경영방침 및 실천과 환경구성으로, 담당 사무는 계획처리의 정확성 및 신속성으로, 교육연구는 연구수업과 연구발표 및 자기연수로 세분화해서 평정기준을 정해 놓았다. 그리고 학교 교사 수에 비례하여 72점 이상 되는 10%는 수, 64점에서 71점까지 30%는 우, 56점에서 63점까지 50%는 미, 53점 이하 10%는 양을 준다.

이 점수들을 따려면 몇 년 걸리지? 그리고 근무평정 요소로만 점수가 매겨지나? 학교근무의 근평은 거의 절대적으로 교장에 의하여 좌우되는데….

머리가 무거웠다.

언뜻 언젠가 신문 지상에서 읽은 어느 노동자의 이야기가 생각이 났다. 노동쟁의로 농성하다 구속되어 재판을 받는 노동자 이야기였다.

“당신은 임금투쟁을 하다 구속이 되었는데 어느 정도의 임금이면 만족합니까?”

재판장이 물었다.

“물론 돈을 많이 받으면 좋겠지요. 그러나 저는 회사에서 열심히 일하면서 최소한도의 먹고 살 돈은 받아야 한다고 생각합니다.”

“그것이 얼마라고 생각합니까?

“아이들 학원에 보낼 돈은 생각지도 않습니다. 전세방을 얻고, 먹고 사는 기본 생계비는 있어야 하지 않겠습니까? 그리고 좀 아껴 써서 할 수 있다면 한 달에 적어도 한 서너 번은 가족들과 함께 돼지고기 찌개를 상위에 올려놓고 먹으며 소주 한잔 하고 싶습니다. 또 서너 달에 한 번씩 책을 사서 읽을 수 있고, 시간이 나면 아내와 함께 어쩌다가 한 번씩 영화관도 가고 싶습니다. 그리고 과분한 생각인지 모르겠지만 가능하다면 가족들과 함께 1년에 한 두어 차례 기차여행이라도 했으면 좋겠습니다.”

생활 속에서 최소한의 삶의 기본을 말하고 있었다.

‘너는?’ 곱씹어 자신에게 반문해 본다.

아! 나는 지금 어디에 서 있고 무얼 생각하고 있지?…. 그냥 주는 대로 월급 받고 아이들을 가르치고, 대충 편하게 사는 것도 괜찮지 않을까?

5장

저항은 분노에서 시작한다

"김 선생, 내가 부탁 하나 하자."

"뭔데요? 선생님."

"복직해서 학교에 가면 한 6개월 동안만 말없이 좀 참고 학교에 적응하면 안 되겠냐?"

공이찬 선생님이었다. 고등학교 때 은사님이다.

복직 면접이었다.

정권과 협상 과정에서 탈퇴각서를 내면 복직시키겠다는 정부 차원의 결정이 나고, 모두 복직해야 한다는 전교조 중앙 집행부의 결정에 대하여 치밀어 오르는 화를 참기 힘들었다. 전교조 인정과 합법화는 그만두고라도 탈퇴각서를 쓰고 들어가야 한다니…. 1,500여 명 해직교사들의 5년 동안 해직생활이 이렇게 정리되나? 기왕 힘들었던 거 조금만 더 버텨도 될 것 같은데…. 하지만 현실을 인정해야만 했다. 분루를 삼키고 탈퇴 각서를 쓸 수밖에 없었다.

복직하기 위해서는 도 교육청 차원의 면접을 받아야만 했다. 면접관은 주로 교장 선생님들이었다. 한 여교장 면접관이 묻는다.

"해직 5년 동안 고생하셨습니다. 힘드셨지요? 복직하셔야지요. 그런데 이거 하나만 묻고 싶습니다. 학교에 복직하시면 학교장의 명령에 잘 따르겠습니까? 법적으로 교사는 학교장의 명령에 따라 아이들을 가르치게 되어 있습니다. 교육법에 그렇게 되어 있습니다."

'교육법 75조'

몇 번을 다시 보고, 생각하고, 되씹어 보았던 법 조항이다.

'교사는 교장의 명에 따라 학생을 교육한다.'

학교장의 기본적인 권한과 책임은 학생 교육권이다. 이를 위하여 학교장은 장학하고 행정 관리를 하게 된다. 즉 장학권과 행정 관리권은 교육을 위한 수단이고 학생 교육이 최종의 목적이다.

그러나 교육은 다른 직종과는 달리 인간을 대상으로 하므로 교사는 각기 특정 분야의 고도의 전문적 지식과 식견, 높은 수준의 도덕성과 인격적 품위가 요구된다. 이런 바탕 위에서 교사의 전문성이 최대한 보장될 때, 어떤 지배나 간섭의 제한에서 벗어나 인격적이고 자율적인 교육의 바탕이 확립될 때, 인간 교육이 이루어질 수 있다.

'교사는 교장의 명에 따라 학생을 교육한다.'는 법 조항은 교사의 전문성과 자율성을 전혀 고려하지 않은 위헌적 요소라고 생각되었다. 만약 교장이 부조리하고 부당한 명령을 교사에게 한다면? 부당한 명령에 대하여 교사가 거부할 수 있는 명시된 교육법 조항은 없지 않은가?

그런데도 기득권을 가진 일부 관리자들은 '효율적인 학교 운영을 위해서는 교장의 강력한 지도력이 있어야 한다'고 말하며, 행정 관리권과 장학권을 더 강화해야 한다고 주장한다. 그러나 이런 사고는 학교 민주화가 올바르게 확립되어 있지 않으면 바로 권위주의로 직결된다. 권위주의적 교장은 교사들에게 '시키면 시키는 대로 하라'고 들이대기도 하고 한 발 더 나아가 '학교에서는 학교장의 말이 법이다.'라고 생각하고 부당한 명령을 지시하는 경우도 생긴다.

학교 부조리의 예들은 주변에 수없이 널려 있었다. 반 학부형 총회를 소집하여 '학교 발전기금을 한 반에 20만 원씩을 걷어 내라고 하는데 어떻게 하면 좋겠냐?'고 하소연하는 친구 교사를 비롯하여, '교사의 자율성을 침해하는 출근부 날인과 형식적인 학습지도안 검열은 폐지되어야 한다.'라고 주장하며 항의해서 교장의 명령을 거부했다는 이유로 파면과 정직 · 감봉을 받는 경우(94년 2월 모 교육청)도 있고, 외부 손님이 왔을 때 여교사에게 교장실로 커피를 타오라는 지시를 거부하거나, 그 외에 다른 이유로 교장의 명을 어겼다고 징계를 받는 경우는 허다했다. 이처럼 교육법 75조에서 부여한 교장의 권한은 무소불위로 작용하여 학교 민주화에 심각한 걸림돌이 되어 온 것이 사실이었다.

'교사는 교장의 명에 따라 학생을 교육한다.'는 교장의 권한도 법적으로 부여된 것이다. 법에 의한 권한과 책임이다. 따라서 교사도 법에 따라 학생들을 가르치도록 법률이 개정되어야 한다. 물론 학교장의 장학권과 행정 관리권은 권한과 책임의 차원에서 필요하다. 하지만 이것이 교사의 교육권과 충돌하면 충분히 서로 협의하고 상의해서 해결될 수 있는 문제다. 만약 교장의 장학권과 교사의 교육권이 부딪쳐서 갈등이 생길 경우에는 상부 기관에 조정 기능의 체계를 두면 될 게 아닌가? 그리고 또 민주적인 사고의 교장이 운영하는 학교라면 과연 이런 일이 얼마나 일어날 것인가?

교육법 75조는 '교사는 법률이 정하는 바에 따라 교육한다.'라고 개정되어야 한다.

사립학교에서 첫 교직 생활을 시작하면서 처음 몇 년 동안은 학생들을 가르치고 학교 분위기에 적응하느라 정신없이 보냈다. 학교생활에 순응하며 결혼을 하고 바쁜 일상에서 세상 돌아가는 것에 관심을 가질 여유는 없었다.

그러나 전두환 군부독재 정권의 폭압적 사회상황과 지시 일변도의 학교문화는 주변을 돌아보게 했다. 독재권력은 국가보안법과 집시법이라는 실정법을 앞세워 저항하는 세력들을 무차별 구속하고 무자비한 폭력을 휘두르고 있었다. 이에 대한 분노는 학교 민주화 운동과 연결이 되었고 자연스럽게 '교사협의회' 모임에 나가면서 부딪친 것이 '교육법 75조'였다. 박정희 군부독재 정권하에서 정권유지의 차원에서 제정된 75조를 비롯한 교육법도 군사문화의 잔재로 폭력적이라고 느꼈다.

폭력에 대한 분노는 저항을 불러온다. 저항은 분노에서 시작한다. 분노할 때의 저항은 강렬하다. 악법은 저항할 때 비로소 깨진다. 악법은 정당치 못한 법에 대한 많은 사람의 저항으로 그 실효성이 상실될 때 비로소 폐지된다. 역사 속에서 수많은 악법은 그렇게 폐지되었다. 교육 민주화 운동의 중요한 사안 중 하나는 잘못된 교육법 개정이었다.

"정당한 명령이라면 거부할 수 없겠지요."

"알겠습니다. 학교 교장 선생님들도 부당한 명령을 내리지는 않을 것입니다. 선생님은 인상도 좋으시고, 좋은 선생님인 것 같습니다. 과목은 뭐지요?"

"윤리입니다."

면접관으로 옆에서 지켜보시던 공이찬 선생님이 바로 끼어드신다.

" 제 제자입니다. 고등학교 때 제가 가르쳤습니다."

"그래요? 공 선생님 제자예요? 어쩐지 분위기가 비슷하네요. 선생님 과목이 역사지요?"

"예 그래요, 김 선생은 학생 때 역사를 좋아했고 사회과목에 관심이 많았던 학생이었지요. 그래서 더 잘 기억합니다."

"더는 물어볼 필요가 없겠네요." 옆 좌석의 면접관이 마무리한다.

"김 선생, 시간 나면 나에게 전화 한 통화 해 주소"

"예, 알겠습니다."

그렇게 면접을 마쳤다.

근무학교 발령이 난 후 공 선생님께서 술좌석을 만드신다.

"그동안 고생 많았다. 김 선생 친구 기정이를 통하여 말은 듣고 있었다. 오늘 술 한잔 하자. 그리고 내 부탁 하나 들어줄래?"

"예, 말씀하십시오. 선생님."

"학교에 있다 보니까 전입해 간 학교에 가자마자 자기주장을 강하게 하고 마찰을 빚는 선생님들을 종종 봤다. 네 생각은 잘 안다. 하지만 학교에 가면 한 6개월 정도만 마음에 안 드는 일이 있어도 관리자와 부딪치지 말고 아이들 가르치는 데만 전념했으면 싶다."

"6개월 동안 만요? 무슨 뜻인지 알겠습니다. 생각해 보겠습니다. 그런데 선생님께서는 학교생활 어떻게 하셨어요?" 라고 궁금한 것을 묻자,

"우리 때는 그냥 교장이 하라는 대로 한 것 같아. 그 당시에도 왜 불

만이 없었겠냐? 그런데 내가 교장이 돼서는 평교사일 때 생각하고 그냥 선생님들 말을 들어주었어."라고 말문을 여시며 전에 있었던 학교의 기억을 되살리신다.

학교 문제에 불만이 있고 불편해하는 선생님이 있으면 술좌석을 만들어 한잔하면서 그 자리에서 하고 싶은 이야기 전부 다 하게 하고, 학년 단위나 부서별 문제이면 학년이나 부서별로 회식자리를 따로 만들어 소통의 기회를 가졌다는 것이다. 자신의 판공비로 식사하고, 교사들을 이해해 주고 할 말을 들어주며 서로 인간적인 공감대를 형성하려고 노력했다고 회고하신다. 그리고 교장이 한 잔 낸다는데 싫어할 사람은 없더라고 크게 웃으신다.

"교무회의에서는 어떻게 하셨어요?"

다시 궁금한 점을 묻자, 교무회의는 교사들에게 맡겼고 학교 전체 일이 걸린 아주 중요한 문제 아니면 되도록 말을 줄였다고 방법을 말씀하신다. 교장이 교무회의에서 길게 말해 봐야 의미가 별로 없다고 말씀하시며 '사람이 말이 많으면 쓸 말이 적은 법이지. 말은 촌철살인이어야 해. 그냥 선생님들 의견을 듣는 거지. 해야 할 말이 있으면 개인적으로 불러서 상의했어. 교장실로 오라고 할 때도 있지만, 되도록 선생님들 빈 시간에 학년 교무실로 찾아갔지. 교장이 교무회의에서 말하기 시작하면, 아무리 좋은 말이라도 공개석상에서 하면 지시라고 느끼고 간섭이라고 생각하잖아, 나도 그랬으니까.'라며 너털웃음을 터트리신다.

"그러면 지시 전달 사항은 어떻게 하셨어요? 주임회의에서 할 것도 있고 전체 교무회의에서 할 것도 있잖습니까?"라고 다시 묻자,

회의가 길면 모두가 피곤하니까 교무회의에서 제발 말 좀 많이 하지 말고 문건으로 처리하라고 하고, 공문처리는 어쩔 수 없으니까 공문이

나 전달할 일이나 학교 선생님들 모두가 알아야 할 사항들이 있으면 되도록 유인물로 하라고 주임회의 때 몇 번을 강조했다고 한다. 그랬더니 선생님들이 다 알아서 하고, 그럴 때 학교는 더 잘 돌아가고 교장도 편하더라는 경험담을 펼쳐 놓으신다. 그리고 다시 한 번 다짐을 말씀하신다.

"그건 그렇고, 그래 딱 6개월이다. 김 선생, 술 한잔 받아라, 내 부탁하마."

말씀하시는 가운데 걱정해주시는 모습이 표정에서 묻어난다.

"예, 선생님 무슨 말씀인지 알겠습니다. 잘 될지 모르겠지만 모든 일을 천천히 살펴 가면서 하도록 노력하겠습니다. 깊이 새기겠습니다. 그런데 선생님, 버릇없이 아무거나 물어봐도 됩니까? 저희 선생님이시지만 또 친구 기정이 장인어른이시니까 어렵습니다."라고 조심스럽게 말하며 표정을 살피자,

"이 사람아, 제자고 사위 친구면 자식 아닌가? 무어든지 말해."

"선생님께서는 교장 선생님을 오래 하셨잖아요. 학교에서 잘못된 관행이나 일들이 있을 때 어떻게 하셨어요?"

"학교에 잘못된 관행들 많이 있지." 웃음을 터트리며 말을 꺼내신다.

한 10여 년 전 교육청 장학사일 때, 익산 근교의 도시에서 좀 떨어진 학교에서 일어난 일을 예로 설명하신다. 학교가 교외에 있어서 선생님들이 대부분 자가용으로 출 · 퇴근을 하는데 교사들이 지각하면 800원, 결근하면 1,000원을 벌금으로 내도록 했다고 한다. 그 당시 월급이 대충 11만 원이나 12만 원 정도 됐었는데 교사들이 결근은 거의 없지만, 지각도 몇 번 쌓이다 보니 제법 커지는데 그걸 월급에서 공제했다는 거다.

"그럴 수도 있어요? 월급에서 뗄 수가 있는 겁니까?"라고 어이없다

고 묻자,

"그러니까 화가 난 교사가 '너나 가져라.' 하면서 교감 책상에다 월급 봉투를 집어 던졌다는 거야. 지금 같으면 어림도 없는 일이지. 당시엔 월급이 봉투로 나오는 시절이었지. 자네도 월급이 지금처럼 통장으로 들어오는 게 아니라 봉투로 받아 보았지?"하는 물음에,

"예 선생님, 80년대 초에 교직에 들어왔으니까, 그때는 월급봉투였죠."

"월급봉투 타면 집에 가지고 가서 집사람에게 "아껴 쓰소." 하면서 무게 잡던 시절 아닌가? 그때가 참 좋은 시절이었지, 하하하. 월급날 집에 가서 목에 힘주고 큰소리칠 수도 있었고……, 그런데 모자란 월급봉투를 집에 가지고 가는 데 좋아할 사람 누가 있겠냐? 당연히 화가 나지. 그러나 그런 것보다도 더 큰 문제는 월급에서 벌금을 떼는 그런 사고의 발상이지, 그따위 생각 속에서 운영되는 학교가 애들을 제대로 교육할 수 있겠나?"

"그러면 학교에 갈등이 없이 아이들 교육만을 생각하고, 또 교사들이 근무하고 싶은 학교를 만들려면 어떻게 해야 한다고 생각하세요?"

"이 사람아, 자네도 잘 알다시피 학교도 사람 사는 세상 아닌가? 사람들 사이에는 별별 일이 다 있지. 그러나 나보고 공적 차원에서 학교 운영을 말하라 한다면 먼저 관리자가 잘해야겠지. 학교의 모든 결재권한은 교장이 가지고 있으니까 말이야. 마음 아픈 일이지만 자네들 해직 때문에 관리자들의 사고도 조금씩 바뀌고 있는 것은 사실이야."라고 말씀하시며 관리자 책임론을 앞세우신다.

"선생님께서는 학교장의 가장 큰 문제는 무어라고 생각하세요?"라고 다시 묻자,

"김 선생도 앞으로 관리자가 되어야 하니까 들어 두는 게 좋아."라며 진지한 표정을 지으신다.

관리자로서 교장이 조심해야 할 가장 큰 문제는 학교라는 기관의 장으로서 관료화되는 거라며 잘못된 관료화는 곧 권위주의로 연결되어 독선을 가져오고, 학교장의 독선이 심해지면 구성원들의 인격이 무시되기 쉽고 따라서 상명하복의 지휘체계가 강해져서 자율성이 사라지게 된다는 점을 지적하신다. 그러면 학생들을 가르치는 데 중요한 교사의 전문성과 창의력은 발휘될 수 없고, 더 중요한 것은 그 과정에서 교사의 열정이 무너지며 그러면 학교는 끝이라고 확언을 하신다.

"선생님, 정말 죄송한데요……."하며 다시 자세를 고치며 물었다.

"뭔데? 말해 이 사람아. 내가 선생질하는 내 제자 앞에서 학교 이야기하는데 못할 말이 뭐가 있는가?

"선생님은…… "

"아! 나는 어땠냐고? 하하하……." 크게 웃으시며 말씀을 계속하신다.

"나라고 무슨 용빼는 재주가 있겠는가? 무슨 다른 특별한 방법이 있을 수는 없지, 그런 시대를 살았으니까. 다만 아까 말 한대로 교장으로서 들으려고 노력은 했지. 좋은 교장의 덕목은 이미 자네들이 전부 다 정리해 놓지 않았는가? 나도 읽어 보았네. 그래, 그렇게 해야지. 교장은 실력이 있어야 하고, 정확한 정보를 획득하여 제시하고, 교사들과 협의를 통해 민주적으로 의사를 결정하고, 장학이나 경영을 혁신적으로 개선하려고 노력하고, 규제나 강제가 아니라 자율적인 학교 운영을 위하여 힘쓰고……. 왜 모르겠는가? 그러나 개혁은 변화를 말하는데 보수적 성향이 강한 교육계가 쉽게 변화를 수용하겠는가? 알다시피 교감 · 교장 되는 길이 얼마나 험난하고 힘든가? 그 힘든 과정을 거쳐 그 자리까지 왔는데 쉽게 기득권을 포기하려고 하겠는가? 또 그래, 사람들은 어떤 변화에 대하여 불안해하고 겁을 먹는 경우가 많지. 익숙해져 있는 사람들이 바뀌기는 어렵고……, 물론 학교라는 교육 현장은 끊임없이 변화되고 바뀌어야겠지만 말이야."

"그러면 선생님, 아이들은 어떻게 가르쳐야 잘 가르쳐요?"

아이들 가르치는 거야 나 같은 구닥다리보다 김 선생이 훨씬 더 잘 가르칠 테고……. 교육은 관심이야. 가장 중요한 것은 아이들을 잘 살펴보아야 해. 지켜보면서 끊임없이 교사의 관심이 투입되어야 하지……"

"예 선생님, 마음 깊이 새기겠습니다."

그렇게 학교 때 은사님과의 술좌석이 끝났다.

6장

남자의 성기는 해면조직이야!

“오늘 점심은 밖에서 하지 마시고 과학실에서 해요. 이대운 선생님과 5교시 수업 없는 선생님들 몇 분 함께 식사하게요.”

여선생님들이 직접 음식을 제공한다는 제안이다. 소경은, 성진영, 이성영, 구순애 등 여선생님과 서재복 선생님을 비롯한 교사 7~8명이 과학실에 모여 앉았다. 학교급식은 아직 시행되지 않고 있었다. 20년 이상 된 학교건물은 노후화되어 무척 낡았고 변변한 휴게실도 하나 없어서, 교사들은 주로 밖에서 식사하거나 교무실이나 특별실에서 도시락을 먹는다. 돼지고기 볶음과 상추, 된장, 마늘, 풋고추를 비롯하여 머우와 취와 두릅나물 등 늦은 봄을 느끼게 하는 온갖 풋나물과 밑반찬들이 차려져 있다. 모처럼 여선생님들 정성이 가득 담긴 푸짐한 점심을 즐긴다.

함께 한 식사에서 음식보다 더 푸짐한 것은 함께 나눈 대화와 시간이었다.

“형, 학교생활은 어때요? 성진영 선생이 식사를 권하며 묻는다.

'애들은 도시 애들 보다 억세지는 않은 것 같은데…….

"이곳은 도시 근교의 농촌 지역이잖아요. 도시 애들보다 아직 순진한 면이 많이 있죠. 그래도 애들은 애들이에요. 사건 터지기 시작하면 정신없이 터져요."

"그래? 어떻게 터지는데?"

"대부분 사건이 어느 학교나 비슷하죠. 폭력사건도 있고 가출도 있고 왕따도 있고 여자애들과의 사건도 있고……, 얼마나 많이 그리고 어떻게 터지느냐? 가 문제죠."

"학교에서 일어나는 사건들이 대충 그렇지. 그런 종류의 사건들이 얽히면서 학부모들이 개입되면 사건이 증폭되고, 그러면 그때부터 문제가 커지고 복잡해지지."

"세상일이 대체로 그런 것 아냐?" 이대운 선생이 나이 든 여유의 웃음을 짓는다.

"근데 남학교에서는 여학생들과 문제가 생길 때, 어떤 경우가 가장 힘들어? 나는 전엔 여고에 있었고 남고는 처음이라서……."

"가해자 · 피해자 문제? 학생들 성 문제가 터지면 주로 여학생이 힘든 경우가 많지, 우리 애들 그럴 때 아냐? 여고생과 가출 사건도 종종 있고, 우리 때도 그랬잖아, 하하하."

"그런데 선생님, 여학생과 남학생 문제가 일어나면 언제나 더 속상한 것은 여고 선생님들이에요, 그 나이에 성에 대한 관심은 당연하지만요." 이대운 선생 웃음에 소경은 선생은 쓴웃음을 짓는다. 30대 중반의 여선생으로 아이들 성 문제에 관심이 많은 교사다.

"이성영 선생이나 성진영 선생은 여고 때 연애해 봤어?" 이주엽 선생이 화제를 돌린다.

"저희는 고등학교 들어갈 때부터 입시였잖아요. 찌든 입시세대예요. 저희 참 불쌍했어요. 지금 생각하면 고등학교나 대학 생활을 왜 그렇게 했는지 모르겠어요. 생각할수록 약 올라요." 성진영 선생이 한숨 쉬듯 대답한다.

"그럼 성 선생은 대학 때도 연애 안 했어?"

"왜요, 그런데 대학 3학년 때, 그때까지도 못 했어요"

"이런 일이 있었을걸, 성 선생은 대학 1학년 때, 야학할 때 나랑 만났지? 그런데 그후 나는 학교에 근무하면서 대학원에 다닐 때지. 계절학기제로 방학 때 수업하는 교육대학원도 아니고, 학교에 있으면서 일반 대학원을 다니니 얼마나 힘들었겠어? 학교 근무 후 밤늦게 대학 도서관에 갔었는데, 거기서 종종 성 선생을 만났지? 그때 어느 날 저녁에 성 선생이 다가와, '형, 무슨 공부해요?' 하면서 종알거리던 기억이 나."

"생각나요, 벌써 10년도 훨씬 더 된 옛날얘기네…… ."

"그때 성 선생 매우 귀여웠는데……."

"저 그랬어요? 지금이라도 고마워요. 그러면 그때 바로 차 한잔 사 주시지 그랬어요?"

"전봉기 변호사 알아?"

"전에 형에게 들은 기억이 나요"

"그 선배 참 재미있는 분이거든, 하루는 선글라스를 끼고 도서관에 나타나더라고. 그때 그 선배도 법대 대학원에 다니면서 도서관에서 사법고시 준비를 하고 있었거든."

"선글라스는 왜요?"

"사시에 떨어진 게 창피하다는 거야. 다른 사람 보기 미안하고, 또 자신의 부끄러운 얼굴 보이기 싫다고……."

"재미있네요. 그런데요?"

"그때 성 선생하고 이야기하고 있는 걸 보고 봉기 형이 누구냐고 물어. 야학할 때 후배라고 했더니, 데리고 나가서 차도 사주고 저녁도 사주라는 거야. 그래서 용기가 없다고 하니까 무슨 말이네, 그러면서 사나운 여학생이냐고 묻는 거야?"

"저 사나웠어요?"

"아니 그게 아니라 순진한 여학생 책임도 못 지려면서, 잘못해서 마음 아프게 하는 게 싫다고 그랬지. 그래서 용기를 못 내겠다고 했던 거야."

그랬더니 봉기 형이 그러면 저 여학생은 '야성의 엘자'라고 하자, 하는 거야."

"엘자?"

"응, 그때 성 선생은 청바지에 붉은 티셔츠를 입고 프리하고 좀 터프하게 보였거든. 때 묻지 않은 순진하고 싱싱한 여대생 스타일 말이야. 그때 3학년인가 4학년이었지 아마?"

"책임져야 할 것 같아서 차도 안 사줬어요? 참 별 걱정도 다 했네. 형은 그게 문제예요. 좀 건넘어서 자기 마음대로 생각하는……, 책임은 본인이 지는 거지 뭐……, 에이 술 얻어먹을 기회 놓쳤네."

"그게 아니라 야학에서 1학년 때 처음 보았던 그 쬐그만 여학생이었잖아. 그래도 그 기억이 있는데 딴생각이 쉽게 들겠냐?"

"야성의 엘자? 어쨌든 재밌네, 그런데 여대생이 낡고 헤어진, 드문드문 구멍이 뚫린 청바지를 입으면 좀 섹시해 보이지 않나요?" 성진영 선생이 웃음을 띠며 다시 묻는다.

"섹시 뜻이 뭐예요? 소경은 선생이 따라 웃으며 대화에 참여한다.

"Sexy는 영어에서 본래 성적 매력을 풍긴다는 말 아닌가요?"

국어교사 구순애 선생이 자기 전문 분야인 듯 계속 설명을 한다.

"영어 표현은 그런 뜻으로 알고 있는데 '매력적'이라는 말로 전이되고 있는 것 같아요 ."

"그게 문제가 된 적이 있어요." 소경은 선생이 표정을 고치며 말한다.

"그 말이 무슨 문제가……" 듣고 있던 서재복 선생이 의아해한다.

"전에 있던 여선생 한 분이 교실에 들어가, 아마 3학년이었을 거예요, '나 섹시하니?'하고 애들에게 물었다는 거예요?

"당시 그 여선생 짧은 미니스커트 입었나?"

"그랬죠, 아마"

"그래서?"

"애들이 그 말 듣고 그 여선생 별명을 '섹시걸'로 부른 거예요."

"그래서?" 서재복 선생이 계속 웃음을 지으며 재미있어한다.

"그 말이 남선생님들 귀에 들어갔고, 그리고 남교사들이 뒤에서 흉을 본 거죠. 애들 말로 뒷담을 깐 거죠."

"그래서 어떻게 됐어요?" 구순애 선생이 놀란 얼굴로 물어본다.

"마침 그 선생님은 지역 만기였어요. 바로 2달 후인가? 다른 학교로 자연스럽게 전출 갔죠. 그래서 별 탈 없이 지나갔지만……. 남선생님들도 그래요, 그것이 어때서 뒤에서 험담하고 그래요?"

"큰 문제는 아니지만, 애들 앞에서 '나 섹시하지?'는 좀 그러네, 더구나 교단에서……. 아무튼 남선생님들도 같은 교사들끼리의 이야기는 조심해야지. 남 · 여를 떠나서 애들 앞에서 생각 없이 말하다가 문제가 생기는 경우가 많아."

이대운 선생이 조용한 어조로 정리한다.

"저는 지금 어때요?" 성진영 선생의 말에 모두 웃음을 터트린다."
모두 웃고 즐기며 유쾌하게 식사를 하는데 노크 소리가 들린다.

"선생님 질문이 있습니다."
1학년 두 녀석이 들어온다.
남자 성기는 뼈입니까? 근육입니까?"
질문하는 아이들을 보고 있던 교사들 모두가 뻥하니 쳐다본다.
"왜 그러지?"
모두 멈짓한 순간에 이성영 선생이 바로 질문을 받는다. 30대 중반의 단아하고 차분한 성격으로 젊고 여성스러운 과학 선생님이다.
"저희끼리 내기를 했거든요, 선생님. 재는 뼈라고 했고요, 저는 근육이라고 했어요. 어떤 게 맞아요?"
표정이 매우 진지하다. 잠시 머뭇거리며 생각하던 이성영 선생이 바로 114에 전화를 걸고 익산의 비뇨기과 병원 전화번호를 묻는다.
"익산 비뇨기과 병원이죠? 저는 서인 고등학교 과학 교사입니다. 사람의 몸에 대하여 질문이 있어 전화했습니다. 말씀해 주실 수 있습니까? 예, 고맙습니다. 지금 애들이 남자의 성기가 근육인지 아닌지 묻고 있는데, 무엇이죠?
"…………".
"예, 알겠습니다."
그 자리에 있던 교사들 모두 이성영 선생의 입을 쳐다보고 있다.
"너희, 뭣 내기했어?"
"저녁 때 라면 사주기요."
"둘 다 틀렸으면 어떻게 할래? 라면 나에게 사야 해?"

"예, 알겠습니다."

"공부하다가 의문이 생기면 그 분야의 전문가에게 확인해 보는 게 가장 빠르고 정확해. 너희는 지금처럼 선생님을 찾아오면 되지만 물어볼 선생님이 없을 때는 이렇게 전문가를 찾아, 알았지?"

"예"

"남자의 성기는 세포가 수축과 이완을 한다. 뼈도 아니고 근육과는 다른 세포로 이런 조직을 해면조직이라고 해. 스펀지 티슈라고도 하지. 이 해면조직의 세포와 혈관이 함께 수축과 이완을 하면서 성기가 팽창하는 거지. 해면조직은 뼈도 아니고 근육과는 다른 조직이야. 알겠어? 그래서 둘 다 틀린 거야, 라면 나에게 사야 해?"

"예 알겠습니다."

"나는 기름 덩어리인 줄 알았네." 두 녀석이 나가자 서재복 선생의 말에 모두 참지 못했던 웃음을 터트린다.

"그런데 이 선생, 그 비뇨기과 의사 아는 사람이야?" 서재복 선생이 다시 묻는다.

"아니요, 저는 과학 교육과이지만 생물 전공이 아니잖아요. 대충 알고는 있었지만, 애들이 진지하니까 일부러 확인해 본 거죠. 탐구 정신이 이쁘잖아요."

"애들이 장난으로 한 것은 아닌 게 분명해. 표정을 보면 알 수 있지." 이주엽 선생이 확인하듯 말한다.

"그래요, 선생님을 놀리려고 한 게 아닌 것이 분명하니까 전문가에게 전화하고 해결 과정을 보여준 거였어요. 수업시간에 교사를 우습게 보고 장난치려는 녀석들이 있거든요. 과학 시간에 특히 성적 농담으로요. 여선생이라고 우습게 아는 거죠."

"어떻게? 예를 들어서 설명해 줄 수 있어?" 이주엽 선생이 궁금한 듯 바로 묻는다.

"예를 들어 '십이지장'을 설명할 때 십을 강조해서 '야, 씹이~지장이야, 씹이~지장.' 한다든지, 또 배설의 중요성을 설명할 때 '야, 배설을 잘해야 한데 배설을, 근데 남자는 배설이 여러 가지이잖아.' 하고 수업 내용의 용어를 성적으로 끌고 가 킥킥거리고 농담 식으로 수업 분위기를 이상하게 만드는 애들도 있어요."

"또 다른 경우는?" 이주엽 선생이 정색하며 듣는다.

"식물구조를 설명할 때 줄기부터 관다발 등 여러 용어가 나오죠, 그때 뿌리털까지 설명해요. 그러면 뿌리털을 보고 '꼭 뭐 같다.'고 소리 내고 떠들고 그래요. 거기까지는 그래도 참을 만한데, '누구 것은 티코다.'라며 다른 친구를 놀리고 그러죠. 그래서 화가 나서 그럼 너는 뭐냐? 라고 면박을 주면 저는 '트럭이요 트럭'이라고 거침없이 말해요. 그리고 쉬는 시간에 복도에서 지퍼를 열고 자기 걸 내놓고 애들에게 보여주면서, 조그만 애들 기를 죽이는 어처구니없는 애들도 있어요. 성에 대한 호기심이 강하고 매우 민감한 아이들이 짓궂은 장난으로 하는 것 같은데 그냥 장난으로 볼 수만도 없고……."

"그러면 어떻게 해요?" 다시 이주엽 선생이 묻는다.

"어떻게 하기 곤란한 경우도 많아요. 막 화를 낼 수도 없고……, 정말 약 오르는 경우도 많죠. 그런데 아까 질문하러 온 아이들은 안 그랬어요. 정말 궁금한 표정이었거든요, 이뻐요" 말하며 성진영 선생이 웃는다.

"그런 경우가 계속되면 학생부에 보내세요. 성교육과 생활지도를 함께 지도하게요." 이주엽 선생이 말을 마친다.

"그런데 이 선생 어떻게 생판 모르는 남자 의사한테 전화해서 남자 성기를 물어봐? 대단하네! 이 선생, 유약하게 생겼는데 보기와는 다르네?"

"저도 교사예요. 아직 선생님들같이 경력이 많지 않지만……, 그리고 애들 질문이잖아요. 해면조직인 줄 알고는 있었지만, 다시 한 번 확인하고 싶었고, 또 애들에게 의문이 생겼을 때 어떻게 해결해야 하는지 보여주고 싶어서 일부러 전화했어요."

"그래도 그렇지." 서재복 선생이 말을 마치자 이주엽 선생이 입을 쩍 벌리며 감탄한 듯 덧붙인다.

"정말 대단하네! 그 탐구정신과 실험정신. 이 선생은 연약한 줄 알았는데, 그런데 그 녀석들 정말 엉뚱하네……. 아무리 자기들 가르친다고 하지만, 이쁜 여선생에게 그걸 물어볼 생각을 다 하고, 그것도 정말 진지하게……."

그제야 얼굴을 붉히는 이성영 선생을 바라보며 모두 박장대소한다.

함께 한 식사는 우리 모두의 마음을 풍요롭게 했다.

7장

전주 막걸리 집

"환영합니다. 우리 여선생님들, 모두 잘 찾아오셨네."

과학실에서 너무도 맛있고 우아한 점심을 얻어먹은 고마움에 남선생들이 저녁을 내겠다고 했더니 여선생들의 막걸리 집 제안으로 늦은 저녁에 다시 모여 서로를 반긴다.

"남선생님들 웬만하면 여기 삼천동 막걸리 집들, 몇 번 정도는 다 와 보셨을 거 아녜요? 대충 다 알잖아요."

"그렇지, 근데 성 선생도 여기 많이 와 봤어?" 성 선생의 말에 서재복 선생이 웃으며 되묻는다.

"아니요? 하지만 전부터 와 보고 싶었어요. 전주에서 여기 삼천동 골목 막걸리 집이 제일 유명하잖아요. 싸고 맛있고……. 그리고 이런 분위기 재밌잖아요."

"성 선생은 국어선생이라……, 소설에 이런 분위기 많이 나오지." 서재복 선생이 추임새를 하니

"자, 먼저 한 잔씩 들자." 이대운 선생이 권한다.

"대운이 형님이 먼저 한잔 하셔야 먹지요. 막걸리는 전주 명물이지.

그리고 막걸리는 역시 생 막걸리야! 효모가 살아있는 생 막걸리가 제맛이지. 게다가 전국에서 전주처럼 막걸리 안주가 좋은 곳이 없거든." 말하며 남선생들이 계속 너스레를 떤다.

상추와 파 무침부터 머위 · 취 · 미나리 · 고춧잎 · 가지무침 · 배추무침 · 초간장과 함께 두릅 같은 나물들이 익은 봄과 초여름의 맛을 느끼게 한다. 여기에 아욱국과 빨갛게 끓고 있는 조기매운탕이 상 한가운데에 놓여 입맛을 돋우고 한 사발의 막걸리를 단숨에 비우게 한다. 한 주전자를 더 시키면 안주가 다시 바뀐다. 계란말이와 꼬막 · 고등어 · 홍어회 · 전어도 나오고 낙지볶음과 갈치조림도 나온다. 또 한 주전자를 시키면 이번엔 게장에 김과 밥을 비벼 요기를 시킨다.

"무엇부터 먹어야 할지 고민이네……." 이성영 선생이 젓가락을 집으며 망설인다.

"전주에 이런 막걸리 골목이 몇 군데 있지. 여기 삼천동 말고 서신동도 있고, 여기도 잘되는 집은 잘되고 안 되는 집은 잘 안 되고 그래. 이 집 '곡주마을'도 안주가 괜찮아. 나는 중화산동 '사람 사는 세상' 막걸리 집도 잘 가. 음식이 깔끔해. 서민들 막걸리 집은 요기를 할 수 있도록 안주가 좋아야 하지만 또 음식이 깨끗해야 하거든. 두 번씩 내놓지 않고, 잘되는 집은 그렇게 하지……. 그런데 그 집은 깔끔하면서도 또 특징이 있어."

"어떻게요?" 이주엽 선생이 분위기를 즐기는 시인의 눈을 반짝이며 묻는다.

"봄 · 가을에는 부추전을 내놓고 여름에 비 오는 날에는 파전, 겨울에는 매생이 전이 나오지. 안주가 괜찮아. 막걸리 한 됫박 시켜놓고 가까운 사람들과 세상사는 이야기하는 거지."

"언제 한번 같이 가 보게요." 이대운 선생의 말에 이주엽 선생이 잔을 권하며 말한다.

"전국 어디에도 전주같이 이렇게 싸고 한 주전자 더 시키면 안주가 계속 나오는 곳은 없죠?" 소경은 선생이 막걸릿잔에 입을 대며 묻는다.

"아마 그럴걸, 다른 곳은 안주 하나하나 시킬 때마다 다 돈이잖아. 아무튼, 전주 주당들은 싸고 맛있게 술 먹을 데가 많아 행복할 거야." 서재복 선생이 한 사발 들이키며 웃는다.

"우리는 주인장에게 그렇게 요청을 해, 술을 더 먹게 하려면 안주를 잘 주어야 더 먹지 않겠느냐고……." 라고 옆에서 살을 붙인다.

"이렇게 해서 남아요?" 소경은 선생이 묻는다.

"박리다매야. 그리고 우리 숫자가 몇이냐? 8명이잖아. 막걸리 몇 주전자는 먹을 거로 생각하고 잘 차려 내놓는 거지."

"전주가 인심이 좋고 음식이 풍요롭긴 하지만 전주 막걸리 집이 예전부터 그랬어요?" 소경은 선생이 다시 묻는다.

"이주엽 선생, 전주 동문 사거리 막걸리 집들 알아? 김 선생은 알지?"

"문학 하는 선생님들과 술 한잔 먹다가 들어 본 적 있어요. 70~80년대 동문사거리에 막걸리 집이 몇 집 같이 붙어 있었고, 거기에 교사들이 많이 모였다는……, 유명했던데요."

이주엽 선생의 말을 듣고 있던 이대운 선생이 옛날 동문 사거리 막걸리 집 정취를 막걸릿잔에 담는다.

그 동문사거리 막걸리 집들에 교사들의 애환과 정담이 담겨 있었다. 그때는 대부분 교사들이 자가용이 없었고 자전거를 많이 타고 다녔다. 퇴근해서 6시쯤 되면, 또 보충수업이 끝나 밤 9시쯤 되면 교사들이 하나둘 그리로 모였다. 자전거 뒤에 도시락과 가방을 싣고 동문사거리 막걸리 집에서 술 한잔 하며 불평도 토하고 하루의 피곤을 풀었다. 그땐 안주가 지금같이 많지 않았는데, 먼저 고추와 마늘종이 나오면 막걸리 한잔 마시고 그걸 된장에 찍어서 안주로 삼는다. 술국은 콩나물 국이고 강냉이 · 땅콩 · 다슬기 · 꼬막 등이 나왔다. 안주가 별로 없어도 같은 선생들끼리 학교 이야기하다 보면 온몸의 피로가 슬슬 풀리기 시작한다. 그때 수업 시간은 보충수업까지 하면 일주일에 스물대여섯 시간은 보통이고 서른 몇 시간까지도 했다. 수업이 30시간이면 1단위 과목은 성적 단표가 30장이고, 거기다가 학급 성적 단표까지, 모두 다 일일이 계산기를 두드려 가로세로 숫자 맞추고 총점과 평균 내는 일이 보통 힘든 것이 아니었다. 힘든 하루의 학교 일을 마치고 자전거 뒤에 도시락 가방을 묶고 막걸리 집에 모이는 걸 보고, 사람들이 '그럴듯한 곳에서 술 한잔 제대로 못 먹는 꾀죄죄한 선생들'이라고 뒷말을 하는 경우도 있었다. 그러면 '누가 좋은 술집에서 한잔 거나하게 먹을 줄 몰라서 그러나? 학교 일은 힘들고 월급은 박봉이고 그러니 막걸리 먹는 건 당연하지. 또 항상 아이들과 함께 생활하니까 대화가 학교와 아이들 이야기이고, 그러니까 그렇게 보이겠지.' 하면서 막걸리 한 사발 들이키고 자조적인 대화를 하곤 했다.

"70~80년대 교사 봉급이 매우 적었죠. 그런데 다른 직종도 마찬가지 아닌가요?"

이대운 선생의 이야기를 듣고 있던 이주엽 선생이 다른 직종도 마찬가지라고 거든다. 은행원들은 단돈 1원만 틀려도 그것 못 맞추면 밤늦게까지 퇴근도 못 하고, 또 사업하는 사람들도 없을 때는 돈 만 원이 없어서 어음 못 막고 쩔쩔맬 때가 한두 번이 아니고 월말 때는 교사인 자기보고 돈 좀 없냐고 전화를 해온다는 거다. 그리 큰돈도 아닌데 그런다고 한다. 그런 걸 보면 마찬가지라고, 스케일이 크다 작다 그것 별거 없고 꾀죄죄하게 사는 것이 좀 불편하지만, 머리 아프게 사는 것보다는 훨씬 낫다고 말하며 막걸리 한 사발을 들이키며 껄껄거리며 웃는다.

"살아가는 과정 자체가 꾀죄죄해지는 것 아닌가? 꾀죄죄해질 수밖에 없지. 세파에 찌들어 가는……"

같이 쓴웃음을 지으며 공감을 표하자, 바로 이대운 선생이 말을 건넨다.

"김 선생, 여고에 총각으로 근무했었지? 어땠어?"

"여고에 근무할 때요? 한 15년 전 일인데요, 여고에서는 잘생겼건 못생겼건, 키가 작건 크건 간에 총각이라는 이유 하나만으로 인기 짱이죠."

"그리고 학교생활은?"

"어이쿠, 정말 힘들 정도였죠." 대답하며 기억을 꺼냈다.

여상에 근무할 때 그랬다. 아침에 교무실에 가면 선생님들 책상이 깨끗이 정리되어 있고, 장미 · 백합 등 정말 예쁜 꽃들이 꽃병에 가득 꽂혀 있다. 주번들이 월요일 아침 일찍 담임 선생님 책상을 정리하고 새 꽃을 꽂아 놓는다. 일주일에 한 번씩, 일 년 내내 책상 위에 꽃이 피어 있다. 또 책상 서랍도 내 서랍이 아니다. 내 얼굴 사진 오려서 저희 사진과 붙여서 갖다 놓고, 시집 한 권을 이쁜 글씨로 베껴서 갖다놓고, 자신의 일기장을 갖다 놓기도 한다.

"여고 시절 얼마나 예민한 때예요? 중 · 고등학교 때 대부분 문학 소년 · 소녀 한 번쯤 안 해본 사람 없잖아요. 그리고 특히 여고생들은 호박만 둥글어 가도 웃는 때잖아요. 그 공세를 어떻게 당해요? 어떤 때는 전출 가고 싶을 정도로 귀찮을 정도예요. 그러나 지금 생각하면 그때가 참 좋았던 것 같아요. 아무런 걱정도 없었던 것 같았어요. 새내기 교사일 때요."

손을 내저으며 말하자 주변에서 웃음소리가 터져 나온다.

"우리 여고 때도 그랬어요. 그때 총각 선생님 한 분 있었는데, 애들이 난리를 쳤죠." 성진영 선생이 다시 웃음을 머금으며 끼어든다.

"그래서 어떻게 했어?" 이대운 선생이 재차 묻는다.

"시간이 약이려니 하고 모른 체했죠, 뭐. 조금만 건드려도 터지게 생겼는걸요."

"터지면 어떻게 되는데요?" 성진영 선생이 재미있는 듯 놀리듯이 묻는다.

"잘못되면 큰 스캔들 터지는 거지 뭐. 그리고 신세 조지는 경우도 생기고……."

"형, 그거 신세 조지는 것이 아니라 신세 활짝 피는 거 아냐? 늙은 노총각이 아주 싱싱한 이쁜 색시 얻는 건데……." 성 선생의 놀림에,

"어~휴, 술이나 한잔 받아."하고 말머리를 돌리자,

"그럴 거야. 나 전에 있던 학교에서 여고에 근무하다 제자하고 결혼한 선생이 있었지." 하며 이대운 선생이 제자와 결혼한 교사의 예를 들려준다.

초대를 받아서 그 집에 가 보았더니 애 낳고 사는 아내가 된 제자가 집에서 남편이랑 같이 술 한잔 대접하면서 '이런 줄 알았다면 선생님에게 시집 안 왔다'고 남편에게 세게 불평을 말하더라는 거다. 여고생이었을 때 그렇게 멋있게 보였고 동경했던 선생님이 남편이 되고 보니 생활에 찌들린 그야말로 꾀죄죄한 모습이 아니었겠느냐고 술 한잔을 마

시면서 웃는다.

“생각해 보세요. 그렇게 멋있게 보였고 동경했던 선생님이, 결혼해서 본 일상생활 속에서의 모습은 여고생의 순수한 감수성에 심각한 타격을 입히고 기대감을 깡그리 무너뜨리는데 어쩌겠어요?” 성진영 선생이 여고생 때 자신의 심리를 들여다보듯 설명한다.

“선생이 속이야 편하지, 학교 관리자들이 조금만 생각을 열어주면, 애들 가르치면서 마음 편하게 한세상 살 만하지. 돈이야 없지만, 이렇게 막걸리 집에서 애환을 나누고 속상한 것들 털어버리고……, 나는 이게 좋아.” 듣고 있던 이대운 선생이 경험담을 말하자, 나이 든 교사의 지난 이야기를 들으며 모두 고개를 끄덕인다.

“선생님 그런데요, 이런 분위기에서는 재미있는 이야기를 해야 하지만 다른 말 해도 돼요? 다시 학교 이야기가 나와서 그러는데요, 수업시간에 교장이 교실에 그냥 막 들어와도 돼요?”

소경은 선생이 묻는다.

“교내 장학 말이지? 사전에 예고도 없이? 수업시간은 담당교사의 허락 없이는 대통령도 들어 올 수 없다고 하지.”

이대운 선생이 소경은 선생에게 잔을 권하며 자신의 경험담을 말한다.

관리자는 교내 장학으로 교사들 수업을 참관할 수 있지만, 미리 수업 전에 담당 교사에게 말하고 교실에 들어가야 하는데 30대 때 불쾌한 경우를 당한 적도 있다고 한다. 수업 중 애들이 하도 떠들고 딴짓들을 해서, 한 7~8분 아무런 말도 하지 않고 그냥 쳐다보고만 있었는데, 그때 교장이 들어와서 보고 나중에 부르더니 왜 수업을 안 하고 그냥 서 있었냐며 질책을 했다고 한다. 어이가 없고 화도 나서 그냥 교장실에서 나와 버렸다고 경험했던 일을 말하자, 옆에 있던 서 선생이 장학지도에 대해 자세한 설명을 한다.

교내 장학은 학교 내외의 장학 담당자가 교사에게 지도 조언하는 활동인데, 학교에선 주로 교사의 수업기술을 개선하려는 활동으로 많이 이해된다. 학생의 교육적 성취와 직결되는 교육활동, 즉 학습지도 · 교육과정개발 · 생활지도 · 학급경영 등이 주 영역인데, 교내 장학은 학교장을 비롯하여 교감 · 주임교사 · 동료교사나 외부 장학 담당자들의 협동을 기반으로 할 때, 즉 교사와 장학 담당자와의 상호작용이 잘 이루어질 때 효과적이지만, 학교장이 이것을 빌미로 교사들을 압박하는 경우도 있다. 교내 장학도 권위주의적이고 일방적일 때는 아무리 좋은 장학을 해도 교사들은 지시 · 명령 · 통제로 받아들이기가 쉽다. 이것이 전통적 장학 개념인데 대체로 기술적 전문화와 조직 규율을 강조하는 개념이기 때문에 상하 위계 관계 속에서 교사를 관리의 대상으로 보고 통제 · 책임 · 능률을 장학 활동의 핵심으로 보는 경향이 강하다.

그래서 새롭게 인간관계론 장학개념이 대두하고 있다. 교수 · 학습 활동에 있어서 교사들 서로 간에 상호 작용할 기회를 제공하고 의사결정 과정에 함께 참여해서 토론하고 평가할 때, 교수 · 학습 활동의 창의성과 효율성이 향상되고 이를 바탕으로 장학은 강제적 · 통일적 장학에서 인간적이고 민주적인 장학으로 그 개념이 변하고 있다는 관점이다.

"너무 길고 복잡한 이야기네요." 구순애 선생이 피곤한 듯 말한다.

"특히 경력이 얼마 안 된 교사들은 알아 두어야 하지. 얼마 전 우리 학교도 장학지도가 나왔을 때, 그때 시끄러웠잖아." 이대운 선생이 말하자,

"아 참, 그때 교무회의에서 안 좋은 이야기가 나왔지, 근데 왜 그랬어?" 이주엽 선생이 이성영 선생에게 묻는다.

"과학과 장학사예요. 공개 수업이 끝나고 과학과 평가회를 하면서 도 교육청 장학사가 수업이 '섦다'고 했거든요."

'섦다'가 무슨 말이에요?" 구순애 선생이 고개를 갸웃거리며 묻는다.

"나도 과학 선생이라 그 자리에 있었어. 나중에 찾아보았는데 '섦다'라는 말은 없고 '설다'라는 말은 있더라고. '낯설다'라는 말인데, 그 장학사가 '설다'를 '섦다'로 말한 것 같아."

"그래서 어떻게 됐어요?" 계속된 물음에 이대운 선생이 당시 상황을 자세히 설명한다.

"공개 수업을 한 정 선생이 성질을 내고 장학사에게 쏘아붙였지. '그러면 당신이 직접 수업을 한번 해 보시지요.' 라고 말이야."

"그래서 교감이 교무회의에서 그랬구먼요." 구순애 선생이 말하자,

"교감이 뭐랬는데요? 저는 그때 없었거든요, 애들 상담하느라고." 이주엽 선생이 흥미로운지 계속 묻는다.

"장학사도 무안했는지 가버리고 전체 평가회를 교무회의에서 하는데, '그 사람들 우리보다 교육경력도 훨씬 많고 전문성도 많은 사람인데, 장학지도 평가회에서 그렇게 말하는 법이 어디 있느냐?'고 교감선생이 대놓고 질책을 하던데……."

"그런 일이 있었네요." 이주엽 선생이 혀를 찬다.

"나중에 들은 이야기인데 도 교육청에서 그런 말들이 나왔데요. 장학지도를 가서 평가했더니 '그러면 당신이 한번 직접 수업해 봐라.'라고 했다고, 이런 경우도 있으니 장학사들은 앞으로 조심하라면서 대표적으로 우리 학교를 실제 예로 거론했다고 해요." 서재복 선생의 말에,

"교감이 성질 낼 만도 하구먼." 하고 이주엽 선생이 혼자 말 비슷하

게 말한다.

"간단히 말해서 외부에 하는 공개 장학에서도 중요한 것은 수업에 지장이 없는 범위 안에서 해야 하고, 외부인사가 참여하는 교외 장학도 평가할 때 교사들의 피부에 직접 와 닿는 평가가 중요하다고 생각해요. 말들도 중간에 왜곡되거나 변질하기 쉽지 않은 말로 말이죠. 특히 말을 정말 조심해야 해요."

서재복 선생이 이제까지 했던 말들을 다시 간략하게 정리하자, 그렇다는 표정으로 모두 공감을 표하고 고개를 끄덕인다.

"너무 진지하다. 우리 다 같이 한잔 마시자." 라고 말하며 분위기를 바꾸려는 듯 이대운 선생이 모두에게 잔을 권한다.

모두 술잔을 기울이며 다시 주변의 일상을 나누고 웃고 떠들며 막걸리 집의 분위기를 즐긴다. 막걸리에 취하고 안주에 취하고 서로의 이야기에 취한다. 전주 막걸리 골목의 정취가 그렇다.

8장

돼지고기 반 근

고등학교 은사의 6개월 제약이었다. 그래서 한 학기가 그냥 흘러갔는지 모른다. 추석이 일주일 남았다. 교무회의 시간에 마지막으로 친화회 간사 선생님이 일어선다.

"이번 추석에도 작년과 같이 교장 · 교감 선생님과 서무과장님, 학교에서 기능직으로 일하시는 분들과 그 외 몇 분에게 조그만 선물을 하려고 합니다. 선물은 어떤 거로 해야 할지 좋은 생각이 있으면 말씀해 주시기 바랍니다. 의견이 없으면 그냥 작년과 같이하겠습니다."

마지막으로 교장이 정리 발언을 한다.

"학교에서 궂은일 하시는 분들에게 명절을 챙겨주는 것은 참 좋은 미풍양속입니다. 우리 학교도 이런 미풍양속의 아름다운 전통이 계속 이어지길 바랍니다."

순간 조용해졌다. 모두 교장의 얼굴을 쳐다보고 있었다. 그리고 교무회의가 끝났다. 1교시 후 선생님들이 이야기를 나누기 시작했다. 교장이 꼭 미풍양속이라는 말을 할 필요가 있었느냐는 의견과 순수한 의미에서 한 말 아니겠냐는 의견이었다.

'미풍양속…….'

몇 년 전에 어떤 학교에서 추석을 앞두고 교무회의 때 교장이 했다는 발언이 생각났다.

"추석 연휴에 선생님들 건강 주의하시기 바랍니다. 그런데 추석이 되어도 나에겐 돼지고기 반 근도 가져오는 사람이 없어요."라고 말하자,

"뭐, 돼지고기 반 근?"

"뭘 가져오라는 말이야? 아니면 자기는 아무것도 안 받는다는 말이야? 도대체 무슨 말이야?"

"아무것도 주고받지 말라는 말이겠지."

"에이, 농담이겠지. 웃으려고 한 말이잖아?"

"뭘 가져오라는 말로 들릴 수도 있잖아? 명절이 되면 선생이 교장에게 꼭 뭘 갖다 주어야 해?"

"교무회의에서 그런 말 하는 사람이 어디 있어."

"꼭 뭘 받고 싶어서 하는 말은 아니지만, 어떤 학교에서는 교장이 교사들에게 추석 선물을 주던데…."

당시 선생님들의 의견은 분분했다.

'돼지고기 반근…….'

그때 여러 생각이 들었다. 다른 뜻 없이 한 말이라고 생각되지만 공개석상에서 하기에는 적절한 말이 아니었다. 공식 석상에서는 오해를 일으킬 만한 말은 삼가는 것이 원칙이다. 명절이 되면 다수인 교사들이 서무실의 기능직 교직원이나 교무실에서 교무보조 업무 일을 하는 분들을 챙기고, 교장과 교감 · 서무과장에게 명절 인사를 하는 것이 관례

인 학교가 많았다. 그러려니 했지만, 공식 석상에서 '돼지고기 반 근'을 농담 식으로라도 말하는 경우는 그때 처음 들어보았다. 오해의 소지가 너무나 큰 발언이었다. 말은 상황에 따라 그리고 상대방에 따라 다르게 받아들여질 수 있다고 생각했다. 그래서 당시에 학교 최고 책임자의 공식 석상의 발언은 매우 신중해야 한다고 느꼈었다.

"친화회 규약 볼 수 있습니까? 친화회 회장은 누구로 되어있습니까?"

친화회 간사 선생님에게 물었다.

"왜 그러세요? 여기요, 회장은 교장 선생님이고 부회장은 교감 선생님입니다."

"학교 친화회는 법적 기구가 아니지요? 친화회는 말 그대로 선생님들이 친목을 도모하기 위하여 학교 선생님들이 자체적으로 만든 거잖습니까?"

"그렇죠."

"그럼 다음부터 친화회 회장과 부회장을 투표로 뽑으면 어때요? 본래 친화회는 친목 도모가 목적이니까 회장은 돌아가면서 할 수도 있고, 또 친화회 총회에서 추천하거나 투표를 해서 뽑을 수도 있는 것 아닙니까?"

"선생님 말씀 듣고 보니 그렇습니다만, 어느 학교나 친화회 회장은 당연직으로 교장이 맡는 것이 관례예요."

"우리 이것부터 학교를 한번 바꾸어 봅시다."

몇 선생님들에게 의사를 전달했다. 친화회부터 시작하여 학교 분위기를 바꾸어 가자는 제안을 했다. 많은 선생님이 묵시적 동의를 했다.

다시 교무회의 시간이다. 교장의 정리발언이 끝나고 회의를 마치려고 한다. 일어서서 발언을 시작했다.

"교장 선생님, 질문이 하나 있습니다. 교무회의 시작할 때 꼭 애국가를 불러야 합니까? 일주일에 한 번씩 애국조회가 있으니까 애국가나 순국선열에 대한 묵념은 그때하고, 날마다 하는 교무회의에서는 국기에 경례만 하고 애국가는 생략하는 게 어떻습니까? 교장 선생님 훈화도 길고, 교무회의 때문에 수업시간이 늦어질 때도 많습니다."

교장이 말없이 그냥 나간다. 회의는 그렇게 끝났다.

교무회의가 있을 때마다 일어나서 발언하기 시작했다. 한번 시작하기가 힘들지, 일단 말문이 트이면 다음부터는 쉽다. 교사들의 발언이 다 끝나고 교감의 말이 있기 직전에 질의한다.

"교장 선생님, 질문이 있습니다. 전에 교장 선생님께서 학교를 민주적으로 운영하려고 노력하신다고 말씀하셨습니다. 학교 친화회는 선생님들의 친목모임이니 회장은 선생님들의 투표로 뽑으면 어떨까요?"

"선생님들과 의논해 보세요."

교장은 무표정하게 한번 쓱 쳐다보고 고개를 돌리며 의사 표시 없이 그냥 지나친다.

질문은 계속된다. 3학년 야간 보충수업에 관한 문제점을 말한다. 도교육청에서 야간 보충수업을 자율적으로 하라는 공문이 왔는데 먼저 학생들에게 동의서를 받고 하는 게 어떠냐고 묻는다. 야간 자율학습은 말 그대로 자율학습이므로 꼭 하고자 하는 학생들만 하는 게 옳다고 말하며, 지금과 같이하면 자율학습이 아니라 타율학습이라고 말하며 내용을 더 자세히 설명한다. 억지로 자율학습을 시키고 하기 싫은 학생들을 밤늦게까지 붙잡고 있으니 지도도 어렵고, 교실의 학습 분위기가 나빠져 정말 하고자 하는 학생들이 피해를 볼 뿐만 아니라, 하기 싫은 애들에게 자율 학습비를 억지로 걷는 것도 담임들이 매우 힘이 들므로 다른 방법을 찾아보는 것이 어떠냐고 제안을 한다. 질문에 대한 반응은 없다. 교장은 거의 무시 일변도의 태도였다. 그러나 질문은 교무회의 시간마다 계속되었다. 선생님 한 분이 와서 말한다.

"선생님, 질문하는 방법 그거 괜찮은 것 같습니다. 몰라서 물어본다는데 뭐라 하겠습니까? 그런데 교장은 표정이 점점 안 좋아지는데요?"

"어쩔 수 없지요."

"선생님, 교장 선생님 전화입니다."

인터폰으로 교장이 호출한다. 교장실에 연구주임과 교장이 앉아 있다. 먼저 교장이 말문을 연다.

"선생님 요새 학생들의 생활태도가 많이 흐트러져 있다고 봅니다. 어떻게 생각합니까?"

"그래요? 어떤 면에서 그렇습니까? 구체적으로 말씀해 주셔야 저도 말할 수 있지요."

"생활태도 건 학습태도 건 다 엉망이던데요."

"아이들 학교생활 태도에 대하여 꼭 윤리주임인 제가 말해야 하나요? 학생부도 있고 담임도 있지 않습니까?"

연구주임이 끼어든다. 학생부는 아침 일찍부터 교문 지도하고 문제가 터진 학생들 생활지도를 하고 있는데 윤리부는 별로 하는 일이 없지 않으냐며 바로 앞에서 비난을 한다.

"아니 선생님, 아이들 생활태도와 학습태도가 안 좋은 것이 모두 내 책임이라는 겁니까?"

다시 연구주임이 말을 받는다.

"예, 그래요. 윤리부가 하는 일 없이 지도를 제대로 안 하니까 애들이 그러는 것 아닙니까?" 언성이 높아지기 시작했다.

"내가 이 학교의 교장이요? 아이들 잘못하는 것이 모두 윤리부 책임이게……. 그러면 아이들 문제가 모두 윤리부 책임이라면 정말 그런지 교무회의 때 선생님들께 물어봅시다."

"왜 꺼떡하면 교무회의를 들먹이는 겁니까?"

"교무회의에서 말하면 안 되는 거요? 이게 모두 윤리부 책임인지 아닌지, 아니면 누구 책임인지, 선생님들에게 물어보아야 할 것 아니요?" 정색하며 제안하자 교장이 진정을 시킨다.

"자 자, 선생님들 일단 진정들 하시고 다시 이야기합시다. 꼭 윤리부 책임이니 어떤 부서 책임이니 책임 추궁을 하는 것은 아니요. 학교의 전반적인 이야기는 주임회의에서 다시 논의하도록 합시다."

교장이 대화를 정리했다. 어이가 없었다. 전형적인 치고 빠지기 수법 같았다. 교장의 추동인지 아니면 연구주임의 책임 떠넘기기 행태인지는 분명치 않지만, 교장 자신은 공격의 대상에서 빠지고 '노-노' 싸움을 부추기는 식으로 교사와 교사의 다툼으로 끌고 가면서 한번 봐준다는 속셈 같았다. 일단 생각을 정리해야 했다. 그렇지 않으면 근본적인 문제는 사라져 버리고, 계속 개인 대 개인의 다툼으로 치달을 것 같았다. 연구주임은 대학교 몇 년 후배로 승진에 관심이 많은 교사였다. 대학 때 학도호국단 학생회장을 해서인지 리더십을 강조하고 의리를 중시하는 스타일이었다. 인간적으로 접근하는 것이 좋을 것 같았다.

"선생님, 저 좀 봅시다."

운동장 등나무 밑 야외교실이다.

"나에게 왜 이러지요?"

"자기 일은 안 하고 학교에서 문제만 일으키니까 그러지요"

"내가 안 하는 일은 뭐요?"

"여기 이곳은 선생님 청소 지도구역이잖아요?"

"그런데요?"

"여기에 휴지가 널려있고, 저기도 병들이 치워지지 않았잖아요."

"어제 청소지도를 했지요. 그 후 방과 후에 애들이 여기에서 놀지 않았소? 어질어지는 건 당연하고 오늘 청소시간에 다시 청소해야 하는 것 아닙니까? "

"항상 깨끗이 치워 놓아야 하지요. 그리고 선생님이 교무회의 때 너무 나서고 있지 않습니까?"

"김 선생, 왜 이러시오. 이야기해 봅시다. 교무회의 때 일어나서 묻고 발언하고 하는 것은 내 이익을 위해서 하는 것은 아니잖소? 한 번이라도 내 이익을 위해서 말한 적 있습니까?"

"그건 그렇지만 저도 업무상 할 말이 많은데 선생님 때문에 말 못 할 때가 많아요."

잠시 숨을 골라야 했다.

"아, 그렇습니까? 그렇다면 그건 내가 미안합니다. 그런 것까지 배려하면서 발언을 해야 했는데……, 어쨌든 그 부분은 미안하게 생각합니다. 그러나 이 청소 이야기는 선생님이 나에게 할 이야기는 아닌 것 같소, 관리자인 교장 · 교감이면 몰라도……."

"그건 그렇습니다."

일단 한숨을 돌릴 수 있을 것 같았다.

"선생님, 선생님에게 개인적인 이야기를 해도 괜찮겠습니까?

"얘기해요."

"선생님은 내 대학교 후배 아니요? 난 후배들을 대할 때 때때로 '선배에게는 빚이 없고 후배에게는 덕을 쌓아라.'라는 말을 생각해요. 앞으로 어떻게 될지는 모르겠지만, 학교생활 하면서 내가 선생님에게 도움을 줄 수도 있다고 생각해요."

잠시 생각하는 눈치였다. 한 번 더 들이댔다.

"선생님하고 나하고 이런 식으로 다투고 싸우면 학교 선 · 후배끼리 웃긴다고 남들이 비웃을 것 같소."

연구주임이 잠시 머뭇거리다가 말한다.

"그러겠지요……. 죄송합니다. 그런데 이제까지 선생님같이 이런 식으로 말해 준 사람은 없었어요."

"앞으로 나하고 이런저런 이야기도 하고 속 터놓고 술도 한잔 하시게요."

"그렇게 대해주시면 고맙지요."

일단 정리가 되었다. 한숨이 내쉬어졌다. 다행히 말이 통할 수 있을 것 같았다.

한 달 여의 시간이 지나서 회식자리가 마련되었다.

서로 건네는 술이 몇 순배 돌고 교장과 교감은 가고 절반 정도의 선생님이 남아 학교 얘기를 나눈다. 친화회 간사 선생님이 말한다.

"교장 선생님이 다른 건 다 내놓아도 친화회 회장 자리는 못 내놓겠다는데요?"

"다른 어떤 자리는 내놓을 수 있다고 그래요?"

"몰라요, 그러면서 그건 절대로 못 내놓겠대요. 친화회 회장은 자기가 꼭 해야 한다고 그래요."

"친화회 총회는 연말입니까?"

"그렇죠, 그때 간사를 다시 뽑죠."

"그러면 그때 말할 수밖에 없겠네요."

"만약 그때도 선생님 주장대로 안 되면 어떻게 하실 겁니까?"

"그러면 친화회 탈퇴하지 뭐."

"학교 선생님들 모두가 가입된 친화회를 탈퇴해요?"

"그게 교사로서 의무조항은 아니지 않아?"

"그건 그렇지만……, 그래도 그러면 안 되는 것 아니에요?"

"안될 것은 또 뭐 있어. 내 돈 내고 친화회에 가입하는 건데……." 옆에서 듣고 있던 성 선생이 끼어든다.

"그런데 형, 보충수업 건이나 자율학습 건을 비롯해서 요새 너무 빨리 나가는 것 같아요."

"내가 못할 말 한 것 있나? 왜? 내가 너무 설치는 것 같아?"

"너무 한꺼번에 밀어붙이는 것 같아서요." 느낌이 좀 이상했다.

"형, 전에 형 성격은 이러지 않았는데, 항상 다정다감하고……. 예전에 보았던 형의 모습과 좀 다른 것 같아서요."

"5년의 세월이, 더구나 벌판에 던져졌다고 느낀 5년이 짧지 않은 시간이지……. 성 선생, 물론 학교 구성원으로서 각자의 입장이 있겠지. 성 선생도 나름대로 입장이 있을 거야. 그렇지만 조직의 일원이라고 언제나 학교 입장만 우선으로 앞세워서도 안 되는 것 아냐? 대다수 선생님의 의견이 반영되지 않은 학교 입장이라는 것이……."

"그래도……."

"생각해 봐, 이게 상식적인 학교에서 있을 수 있는 일인지. 우선 눈에 보이고 드러나는 것만 해도 그렇잖아. 수업시간 운영이나 보충 · 자율학습과 예산운영을 비롯한 불합리한 학교운영은 그렇다고 치자, 미풍양속? 사고방식이 그 정도인데, 다른 것들은? 학교가 교장 혼자 학교인가? 모두 입을 다물고 있으니까 이렇게……. 학교가 저절로 좋아지나? 자극이 있어야 반응이 있고 변화가 와. 그래야 바뀔 수 있다고 생각해."

"그래도 너무 빨라요, '미풍양속'이라는 말도 할 수 있는 것 아닌가요? 좀 시간을 가지고 단계를 거쳤으면 해서요."

"말이라도 해야지, 그래서 고칠 건 고쳐야지! 그래야 학교가 올바로 운영되고 선생님들이 제대로 교육을 할 수 있어. 어쨌든 할 이야기는 해야 해! 아직 시작도 안 했어."

그리고 회식을 마쳤다. 학교는 대부분 교장의 뜻대로 움직였다. 변화가 있다면 선생님들이 조금씩 입을 열기 시작했다는 점이다. 사석에서 만나면 개인의 의견을 넘어서 좀 더 적극성을 띤 생각들을 말하기 시작했다. 그리고 본질적인 학교 문제는 아니더라도 교무회의에서 선생님들이 일어나 발언하는 횟수들이 조금씩 많아지기 시작했다. 그러나 문제의 핵심은 슬쩍슬쩍 비켜가며 말하곤 했다. 회의에서 어떤 문제를 말했을 때 같이 받아주고 동의해 주는 사람이 없으면 계속 문제를 제기하기는 힘들다. 그러나 포기할 수는 없었다.

어떤 것에 질적인 변화가 일어나려면 일정한 변화의 충족조건, 즉 임계조건에 도달해야 한다. 아직은 에너지의 축적이 필요한 시간이다. 변화를 위한 충분조건을 끊임없이 성숙시켜 나가야 한다. 문제가 드러나 곪은 것이 터지고 새살이 돋으려면 아직 시간과 노력이 더 필요하다. 교무회의에서 발언은 수위를 조절하며 일단 문제를 제기하는 방식을 취해 나갔다. 조합원과 후원회원을 비롯하여 생각을 같이할 수 있는 선생님들과 함께 학교의 일을 이야기하고 힘든 것들은 서로 상의하며 자연스럽게 분위기를 만들어 갔다.

9장

단칼, 다시 만나다

학년 말에 전화가 왔다. 송강인 선생님이다. 교사들의 인사이동 서류제출 시기다.

"김 선생, 나야."

"어? 선생님 웬일입니까?"

"그 학교 어때?"

"왜요? 지금 남원 쪽에 계시지요?"

"나, 그 학교로 가려고. 교사 감축으로 학교를 옮겨야 할 것 같아. 그리고 여기는 우리 집에서 다니기에 너무 멀어."

"전주도 있고 다른 곳도 있는데요."

"김 선생이랑 같이 근무하고 싶어서."

"에이 형, 여기도 골치 아파요. 학교가 다 그렇지요, 뭐."

전교조 지회 사무실에서 해직 5년 동안을 함께 한 선생님이다. 매우 강하고 곧은 성격이다. 한번 잘못된 것으로 파악되고 불합리하다고 생각하면, 그 문제를 붙들고 어떻게 해서든지 끝까지 해결하려고 한다.

해결방식도 성격처럼 남다르다. 문제가 복잡하고 힘들 땐 원칙을 강조하고, 붙잡은 일은 집요하게 파고들어 해결해야만 직성이 풀리는 원칙주의자다. 하지만 때로는 그 집요함과 강한 자기주장이 주변의 사람들을 지치게도 한다.

89년 전교조 해직 전 '민주화를 위한 교사협의회' 활동 시절에 사학민주화운동이 거세게 일어났다. 그 과정에서 사립학교 교사 채용 시 있었던 '학교발전기금' 즉 기부금 반환운동은 교육계의 큰 이슈로 떠올랐다. 이 기부금이 어떻게 쓰이는지는 학교 재단 쪽 관계자 외에는 잘 모르고 공개되지도 않는다. 송강인 선생 본인은 '학교발전기금'을 내지 않고 사립학교에 임용되었지만, 기부금 반환운동을 적극 지원하고 '사학민주화운동'을 주도해 나갔다. 예전에는 70년대나 80년대 초반까지 교직은 그렇게 선호하는 직업이 아니었다. 월급도 적고 공립의 경우 초임은 도서 · 벽지에 근무하는 경우가 많았으며 근무환경도 썩 좋지 못했다. 더구나 권위주의적 학교 분위기는 학교 민주화와는 거리가 멀었다. 그래서 그런지 교사들의 이직률이 높았고 어떤 도나 지역은 이직률이 거의 30%가 넘을 정도였다.

따라서 80년대 중반까지 교사가 부족했고 사립학교에서는 교사확보가 쉽지 않은 상황이어서 '기부금 채용'이라는 말 자체가 없었다. 특히 사립학교 경우 단위 수가 많아 주요 과목이라고 하는 국어 · 영어 · 수학 과목은 우수한 교사의 확보가 쉽지 않았다. 송강인 선생은 일반 회사에 다니다가 외국에 파견되어 영어권에서 수년간 근무한 적이 있어 영어 회화가 능란하게 가능한 영어 교사였으므로, 특히 사립학교에서는 우선하여 초빙하려는 교사였다.

물론 본인이 기부금을 냈더라면 아마 그렇게 앞장서서 하지는 못했을지도 모른다. 이 기부금 반환투쟁은 학교 재단 측과 교사들 사이에 갈등을 유발했고, 송강인 선생이 강성으로 부각되었다. 그 과정에서 송강인 선생은 주변 선생님들과 소원해지고 불편한 관계를 가지게 되었고, 다른 교사들이 접근을 피하는 일이 벌어지자 한 2년 동안 교무실에서 혼자 도시락을 먹으며 버텨냈다. 당시는 학교 급식이 없었으므로 대부분 교사가 도시락을 싸서 다녔고, 가까운 교사들끼리 교무실이나 특별실에서 도시락을 먹으며 점심을 해결했다. 학교와의 갈등이 심해지고 다른 교사들이 함께 어울려 식사하기를 꺼리는 눈치를 보이자, 2년여 동안 한 교무실에서 혼자서 식사를 하며 뜻을 굽히지 않고 기부금 반환투쟁을 끌고 갔다. 그리고 결국 학교와 선생님들을 설득해 내고 다른 선생님들의 '학교발전기금'을 돌려받아 이를 교육 민주화 기금으로 기부하게 하였다.

강단이 필요할 때는 또 단숨에 결정한다. 쾌도난마다. 알렉산더가 복잡하게 엉킨 실타래를 풀 때 단칼에 베고 문제를 해결했듯이 송강인 선생의 스타일이 그렇다. 문제가 복잡해지면 주변의 상황을 무시하고 단칼에 베기도 한다. 그래서 나 혼자 '단칼'이라고 부른다. 성격이 강한 만큼 사람들에게 마음을 쉽게 주지는 않는다. 그렇지만 정이 깊어서 한번 정을 주면 매우 살갑게 대해준다. 5년 해직생활을 같이하면서 그야말로 미운 정 고운 정이 다든 5년 연상의 선배교사다. 그래서 그런지 나에게는 속 있는 마음을 열어 보일 때가 많다. 남원에 있는 한 고등학교에 영어교사로 복직했다. 그 단칼 선생이 1년 만에 감축대상이 되어서 서인 고등학교로 오겠다는 것이다. 단칼 선생의 성격을 너무나 잘 아는지라, 오면 뒷감당이 힘들 것 같은 생각도 들었다. 5년 동안 지회 사무실에서 함께 생활할 때도 그 강한 성격 때문에 부딪히는 일들이 있었는데…, 어쨌든 지켜보자고 생각했다.

43명의 교사 중 무려 14명의 선생님이 전출신청을 했다. 만기로 이동하기도 하지만 일반내신을 낸 선생님들이 더 많다. 학교가 힘들어서 그런가? 하는 생각도 들었다. 14명의 선생님이 새로 온다면…, 그러면 송강인 선생님도 오겠는데…. 걱정이 앞섰다. 그러나 예상은 그대로 들어맞았다.

"나 왔네."

신학기가 시작되어 첫날에 송강인 선생이 교장실에서 나오자마자 다른 전입교사들과 함께 2층 교무실로 와서 찾는다. 우선 반가웠다.

"잘 오셨어요, 오신다고 들었습니다."

"방학 중 연락할까 하다가 이렇게 만나려고 전화 안 했네."

"그래요? 미리 연락하시지……, 일단 교무회의에서 인사하고 이따가 다른 선생님들과 따로 이야기하게요."

1교시 후 과학실로 내려갔다.

"강인이가 왔구먼……."

이대운 선생님이 반가운 표정으로 묻는다.

"온다고 했잖아요, 전입교사가 14명이나 되네요."

"송 선생 성격이 너무 강해서……. 전에 지회 사무실에서 혼자 앞서 나가는 경우도 보았는데, 힘들 수도 있을 것 같아……."

"그래서 내가 단칼이라고 하잖아요. 그런 성격이 또 문제를 잘 처리할 수도 있어요. 주변 사람이 힘들 때도 있지만, 성격이 본래 그런 걸 어떻게 해요?"

"그래, 천천히 하나씩 이야기해 보자"

학교의 모임은 크게 세 부류였다. 주임교사를 비롯한 열 명 정도 교장 측근의 교사들이 있고, 한 열두어 명 정도의 전교조 조합원과 후원회원 교사들이 어울렸고 나머지 선생님들은 학교 업무에 치중하며 방관하는 자세를 취하고 있었다. 전입교사들은 후원회 모임을 함께 하는 선생님들도 있었지만, 전입 동기 교사모임을 따로 하고 있었다.

어느 집단이나 마찬가지로 일을 바라보는 관점은 사람에 따라 다를 수 있고 대처하는 방식도 차이가 있을 수 있다. 되도록 많은 선생님과 함께 학교의 문제점들을 같이 공유하고 생각을 나눌 필요가 있었다. 새로 전입해 온 선생님들과 후원회원 선생님들의 중간 교량 역할이 필요했다. 학교의 많은 선생님과 같이 시간을 보내려고 학교 회식이나 다른 모임에 되도록 참석하려고 노력했다.

복직 초 때도 그랬지만 아내는 학교 일이 힘든지 아닌지를 종종 묻는다. 아내에게는 항상 미안한 마음이 앞섰다. 학교 일을 말하면서도 집안 생활형편에 대하여 같이 걱정해 주지 못한 것도 마음에 걸렸다. 해직 기간에는 주변의 애경사를 챙기지 않아도 괜찮았다. 직장에서 떨려났으니, 축의금이나 부의금을 내지 않아도 주변에서는 의례 그러려니 했다. 그러나 복직이 되니 5년 동안 갚지 못한 인사치레는 큰 부담으로 돌아왔고, 월급도 해직될 때 찾아 쓴 퇴직금을 다시 넣다 보니 실제로 쓸 수 있는 돈은 60% 정도밖에 안 되었다. 아이들이 아직 어려서 교육비가 많이 들지 않았기 때문에 다행이었지만 생활이 쪼들리는 것은 어쩔 수 없었다. 아내는 불평을 거의 하지 않았지만 힘들게 생활을 하고 있음이 분명했다. 차남임에도 부모님을 돌아가실 때까지 모셨고 또 해직 기간을 말없이 견뎌내 준 아내다. 복직될 수 있다는 희망을 가지고 복직되면 그동안 못 받은 월급을 받을 수 있으니 우리는 부자라며, 언제나 웃으며 시위 현장을 함께 해준 고마운 친구였고 가장 든든한 빽이었다.

"송강인 선생님은 잘 계세요?"

"왜?"

"아니, 그냥요."

"잘 지내시지 뭐. 학교에서 항상 얼굴 보고 이야기하고 그렇지 뭐."

"송 선생님 성격에 무슨 일이 없으려나 모르겠네요."

"왜 없겠어? 일들이 생기겠지."

"김 선생, 선생님들과 이야기해 보고 한두 달 지켜보니 학교 운영에 대하여 말들이 많네……."

송강인 선생이 말을 꺼낸다.

"그럴 거예요. 좀 더 지켜보는 게 어때요? 보통 다른 학교로 가면 한 1년은 있어야 학교사정을 알지 이제 막 온 사람이 뭘 아느냐고 하는 경우도 많거든요."

"그런 소리를 많이 하지. 대체로 관리자들이나 학교의 기득권자들이 그런 말을 많이 해. 그런데 나도 교사경력이 십 년이 넘어. 그 학교에 가서 한 달만 있어도 알 건 다 알아. 그리고 들어 봤더니 고군분투할 때가 많았더구먼."

"고군분투까지야……. 그렇지요, 뭐. 그런데 형은 당분간 좀 편하게 계세요, 입바른 소리는 제가 할게요."

"무슨 얘기야? 내 성질 알잖아. 교장 하는 짓 보면 눈뜨고 봐줄 수가 없어, 이미 시작했어."

"그래요? 무슨 일인데요?"

"다음에 시간 있을 때 말하지."

이미 시작되고 있었다. 봄 소풍 때 사용할 상품구입비 20만 원 중 10만 원을 학생 지도부 예산에서 사용하라는 교장의 지시에 대하여 그것은 '예산 전용'으로 부당하다며 교장과 한차례 부딪쳤다. '벌써 시작했구나, 그 성질에 그동안 참은 것만도….' 혼잣말이 나올 수밖에 없었다. 교장은 송강인 선생에 대하여 어디서 들었는지 모르지만, 학교 일이 많아서 바쁘면 조용할 것으로 생각했는지 담임을 주고 학생부로 부서배정을 했다.

"몸이 많이 안 좋아요? 무슨 일이 있었어요?"

같은 차를 타고 퇴근하며 물어보았다.

"그때 병원에서는 여러 선생님이 있어서 물어보지 못했는데 왜 갑자기 입원했어요?"

"학교 일들이 그러네……."

"예? 무슨 말씀이에요?"

"전에부터 심장이 안 좋고 협심증이 있는 줄 알잖아. 그래서 술 · 담배도 다 끊었어, 그래도 신경 쓰는 일이 있으면 안 좋아질 때가 많아."

"신경이 쓰이는 일들이 많아요? 좀 어때요?"

"3년 전부터 협심중 약을 먹었어."

"그러셨죠, 교장은 다녀갔어요?"

"왔다 갔어. 그런데 말하기가 싫더라고."

"왜요?"

저번 주에 학부모가 2학년 담임교사들 저녁 초대를 했다고 한다. 학부모에게 대접받는 것은 민폐라고 생각하고 또 본인은 학부모 식사 초대 같은 데 본래 가기 싫어해서, 학년회의에서나 전입교사 모임에서 학부형들의 식사 초대에 응해서는 안 된다고 주장했지만, 학교에서 학부모들과 함께 모임을 한번 해야 한다고 학년주임을 통하여 요구하고, 2학년 담임회의에서도 처음 초대이고 학생에 대하여 상담할 것도 있다는 학부모들의 말도 있고 하니 참석하자고 결정되었다는 것이다. 그래서 혼자 안 갈 수도 없어서 참석했다고 상황을 설명한다.

"그래서 어떻게 했어요?"

"난 내 돈으로 분재 하나 사 들고 갔지."

"학부형 저녁 식사 초대에 무슨 분재를 들고 가요?"

"그냥 가기도 그렇잖아, 더구나 횟집으로 초대했는데……. 참 난처했어, 접대한 후 교사들이 떠나고 나면 강탈당한 기분이 든다는 말을 하는 학부형이 있다는 것을 들은 적이 있거든."

"그럴 수 있겠네요, 그것이 계속 스트레스였어요?"

"응 그래, 스트레스였어. 그래서 아팠던 것 같아. 알다시피 내가 좀 예민하잖아, 좀스런 이야기 하나 할까?"

"뭔데요? 한 번 해보세요."

"교장이 병문안 와서 봉투를 주고 갔는데 안 받을 수도 없고, 그래서 그냥 받았어. 근데 4만 원이 들어 있는 거야."

"그게 어때서요?"

"4만 원은 죽을 사(死)자 야, 본래 그런 돈은 홀수로 주는 거라고 그래."

"그래요? 좀 그러네요."

"교장과 학교 일로 부딪치지 않았으면 이렇게까지는 생각을 안 했을 텐데……, 별것 아닌 것도 신경이 많이 쓰이네, 내가 너무 과민한가?"

"아니요, 사람 심리가 그래요. 어떤 일이 벌어지면 그것과 관련된 것들은 사소한 것들도 자꾸 신경이 쓰이게 돼요."

"그러게 말이야."

"한 템포 늦춰요, 그리고 아무런 생각 말고 좀 쉬세요."

"그러고 싶은데 그렇게 잘 안 되네……."

다양한 성격들이 있다. 원칙에 강한 사람은 원칙에 어긋난 일을 보면 심사가 복잡해지며, 또 일에 전념하다 보면 몸이 아프고 건강을 해치기도 한다. 단칼 선생이 그렇다. 성질을 죽여야 할 텐데…. 건강이 염려되었다.

10장
친구 따라 강남 가지 마라

한 학기가 중반을 넘어가면서 학생 사안들이 점점 크게 일어나기 시작했다.

"김 선생, 나 좀 봐." 송강인 선생님이 청한다.

"왜요?"

"교장이 학교 기숙사에 우리 반 한 학생을 들여보내 달라고 하는데……"

"직접요?"

"아니, 학년주임을 통해서…."

"기숙사에 들어가려면 우선 성적이 되어야 하는데요……."

"걔는 성적이 안 되기 때문에 안 된다고 말했지."

"잘하셨어요. 교장이 뭐라고 그래요?"

"나한테 무슨 말을 해? 그런데 더 큰 문제가 있어."

"뭔데요?"

"오두영이 우리 반 아이 이정수를 때렸어. 그런 며칠 후 이정수 학부모로부터 '오두영은 육성회 임원 아들이니 처벌하지 않는다.'고 항의를 받았어."

"그랬어요? 그래서 어떻게 했어요?"

"학부모에게는 무조건 사과했지 뭐. 내가 교장도 아닌데 어떻게 해? 그리고 교장에게 항의했지."

"어떻게요?"

1학년 학생 오두영이 송강인 선생 반 학생 이정수를 때렸다는 것이다. 학교에서 장난치다 친구를 다치게 한 박제신은 유기정학을 받았는데 오두영은 장난도 아니고 폭력 행위를 했음에도 근신으로 처리하라는 의견에, 그렇게 하면 학생들 생활지도에 어려움이 많으니까 오두영이도 정학처분을 내려야 한다고 서신으로 정식 건의했다며 의견을 구한다.

"서신으로요? 그랬더니요?"

"대꾸가 없어."

"교장이 왜 그러죠?"

"오두영 아버지가 육성회 임원이잖아."

"그래요? 그래서 근신으로 끝낸 건가요?"

"도대체가……, 이걸 어떻게 가만 놔둘 수 있겠어?"

"교장에게 보낸 것 한 번 봐요."

건의서

수신 : 서인 고등학교 교장 선생님

발신 : 서인 고등학교 교사 송강인

교장 선생님, 학교 업무에 수고 많으십니다. 같은 학교에 근무하니까 직접 말씀드리는 것이 좋겠습니다만 학생 사안에 대하여 몇 번 건의해도 학교 차원의 아무런 조치가 나오지 않아 정식으로 건의문을 드립니다.

1학년 오두영 학생이 상급생인 저희 반 이정수 학생에게 시비를 걸고 폭행을 하여 이정수가 크게 다쳤습니다. 그런데 그 사건의 처리 과정에서 우리 반 학부모에게서 제가 받은 모욕은 저를 극히 불쾌하게 만드는 일이었습니다. 즉 학교에서는 육성회 임원 아들이라서 오두영을 감싸고 돌고 처벌을 하지 않는다는 항의였습니다. 학생부실에 불리어 왔던 오두영 본인과 다른 선생님들도 제가 그런 수모를 겪는 것을 보고 들었습니다. 그래서 오두영을 선도하기 위해서 퇴학을 시키는 것은 바람직하지 않지만, 정학처분을 하는 것이 타당하다고 생활지도 교사회의에서 결정했습니다.

전에 있었던 3학년 박제신 학생 건은 같은 반 학생들끼리 장난하다 일어난 사건이지만 피해가 있었기 때문에 정학처리를 하였습니다. 그 학생이 오두영과 함께 학생부실에서 지도를 받고 있었습니다. 육성회 임원 아들인 오두영 학생 사안은 박제신 학생 사안과 비교가 안 되게 문제가 크지만, 교장 선생님께서 일방적으로 근신 처벌로 처리하라고 했지요. 제가 생각할 때 학생 교육에서 중요한 것 중 하나는 다른 학생들을 편애하지 않는다는 것을 보여주는 것입니다. 상기 박제신 학생이나 다른 학생들이 사회에서 흔히 있는 '유전무죄 무전유죄'를 말하며 학생부를 비난할 때 어떤 교육이 이루어질 수 있겠습니까?

누가 오두영 학생을 퇴학시키라고 했습니까? 박제신을 비롯한 많은 학생이 지켜보고 있으니 학칙을 적용할 때 편파적으로 한 학생에게만 특혜조치를 하지 말고 모든 학생에게 똑같이 학칙이 적용될 수 있도록 학칙을 운영해 달라는 건의서를 올립니다.

육성회 임원의 아들이기 때문에 학교폭력을 편파적으로 처리한다는 항의를 받은 송강인 선생으로서는 도저히 참기 힘든 문제였다. 학생지도에 관한 문제점들은 점점 쌓이기 시작했다.

"선생님들, 2학년 6반 교실로 좀 와 주세요."

1교시가 시작하자마자 구순애 선생이 2층 교무실로 황급히 와서 외친다. 몇 선생님들이 급히 가보았다. 복학생 정한철이 술에 만취되어 '야, 이 씨발 좆같이.' 라고 욕설을 하면서 술 냄새를 지독하게 풍기며 교실에 앉아 있었다. 그대로 놔둘 수가 없었다. 일단 다른 학생과 격리하려고 교무실로 데려 가려 했으나 덩치가 산만하여 어떻게 해볼 도리가 없었다. 머리를 쥐어박고 등짝을 몇 번 쳐서 넘어뜨리고 송강인 선생을 비롯하여 4명이 팔다리를 들고 학생부실로 끌고 갔다.

"야 이 씨발, 나 끌고 가는 놈들 누구냐? 느그들 밤길 조심해, 느그들 뱃대지에는 칼 안 들어갈 줄 아냐?"

끌려가는 정한철은 가는 도중 도중에 술 취한 목소리로 복도에서 고래고래 고함을 지른다. 2학년 학생 전체가 복도 창문으로 내다보고 있었다. 어이가 없었다. 학생부실로 데려다가 무릎을 꿇려 놓고 어느 정도 진정을 시킨 다음, 자초지종을 물었으나 도무지 입을 열지 않는다.

"한철아, 술은 누구랑 언제 먹었냐? 학교나 선생님들에게 불만이 있냐? 왜 이러지?" 학생주임 선생님이 달래듯이 묻는다. 그러나 고개를 수그리고 도무지 말을 하지 않는다. 물으면 얼굴을 돌리고 불만이 가득 찬 얼굴로 딴청만 피운다. 무엇인가 있는 것 같았다.

이미 아침 등교 시 교문 앞에서 한차례 상황이 벌어졌었다. 체육 선생님이 교문 앞에서 등교 지도를 하고 있었는데, 9시쯤 술에 취해 비틀거리면서 교문에 들어서길래 학교에 들어가지 못하게 하다가 몸싸움을 했고, 막무가내여서 어쩔 수 없이 몇 대 쥐어박고 집으로 돌려보냈다는 것이다. 그런데 다시 담을 넘어 교실에 들어와서 소동이 일어난 것이다. 담임 선생님과 상의한 후 집에다 연락하고 학부모를 소환했다. 부모에게 상황을 설명하고 일단 집으로 돌려보냈다.

분명히 무언가 있었다. 결석한 학생들을 조사하고 상황을 파악했다. 몇몇을 불러 전날에 있었던 일들을 구체적으로 물어보았다. 전날 신 터미널파 애들이 버스 터미널 근처에서 모였다. 정한철 등 학생 9명과 신 터미널 파들이 모여 새로 들어온 회원 자축파티를 하고 몇몇은 다시 모여 새벽 4시까지 터미널 근처에서 술을 마시고 결속을 다지고 학교에 관한 이야기를 하며 불만을 토로했다는 것이다. 학교에 대한 불만은 먼저 학교가 재미없다는 것에서부터 시작해서 학교의 규칙이 너무 세고 규칙을 어겼을 때 교사들의 체벌이 심해서 선생들과 학교 자체가 싫다는 것이었다. 그리고 이에 대한 불만을 터치기로 했는데 정한철이 학교 선생들을 한번 봐준다고 먼저 호언장담했다는 것이다. 아침에 술에 취해서 학교에 간다고 하길래 말렸지만 어쩔 수 없었고, 이렇게 터질 줄은 몰랐다는 것이다. 17~8살의 어린 나이에 치기와 술기가 동시에 겹쳐져 학교에서 난장판을 편 것이다.

즉시 경찰에 연락하고 신 터미널 파에 가입한 학생들을 조사했다. 아이들은 주로 선배의 권유로 성인 폭력조직을 모방한 신 터미널 파라는 폭력써클에 가입을 했다. 가입하면 먼저 선배에게 인사하는 법을 배운다. 인사는 45도 배꼽 인사로 최대의 예의를 갖춰 깍듯이 한다. 평일은 학교 끝나고 터미널이나 오락실에 모이고, 주말은 오후에 학교가 파한 후 바로 모이라는 지시를 받고 주말을 함께하는 경우가 많다. 두 번째 만날 때부터는 다른 학교 학생들이나 선배들과 인사를 하고 군기를 잡는다면서 각목으로 때리기도 하고 담력테스트를 하기도 한다. 여럿이 오락실이나 노래방 등 시내를 어울려 돌아다니다가 싫증이 나면 자취방에 가서 술 먹고 비디오를 보고 논다. 또 종종 선배들과 함께 어울리다가 건방지다고 집단구타를 당하기도 한다. 선배들에게 친하다고 섣부른 장난을 치다가 '잘해 주니까 기어오른다.'고 집단으로 몽둥이세례를 받는 것이다. 때리고 난 후 때론 선배들이 술과 고기를 사주며 어르고 달랜다. 그러나 폭력써클의 특성상 구성원들은 언제나 폭력으로부터 자유로울 수 없다. 본인의 의사이건 타의에 의해서건 폭력과 연결이 될 수밖에 없다. 얼마 전에 폭력서클에 가입한 학생들은 이미 터미널 근처에서 노점상과 싸움이 붙어 경찰차에 실려 갔고 조사를 받았다. 경찰에서는 학교에 통보할 예정이었다. 경찰서에서 작성한 정한철의 진술서 내용을 살펴보았다.

신 터미널 파 가입 학생 진술서

조사관 : "신 터미널 파에 가입한 사람은 누구누구인가?"

정한철 : "저 외에 아까 말한 아홉 명입니다."

조사관 : "써클에 가입하게 된 이유는 무엇인가?"

정한철 : “거리에서 폼을 잡고 다니고 누구에게 꿇리고 싶지 않아서 입니다.”

조사관 : “누가 가입을 권유했나?”

정한철 : “심포에 놀러 갔다가 만난 은성홍 선배의 권유로 가입하게 되었습니다.”

조사관 : “두목은 누군가?”

정한철 : “방진연 형입니다.”

조사관 : “주로 행동한 곳은?”

정한철 : “터미널과 시내, 그리고 방진연 선배 자취방을 왔다 갔다 했습니다.”

조사관 : “김재진과 오상구라는 사람을 아는가?”

정한철 : “요새 잘 나가는 형으로 진연이 형과 형 동생 하고 지내고 있는 걸로 알고 있습니다.”

조사관 : “써클에서 활동하는 동안에 사람들과 싸우거나 돈을 뺏은 적이 있는가?”

정한철 : “가입한 지 얼마 안 되었고 활동을 많이 하지 않아 아직 그런 일은 없었습니다.”

조사관 : “이렇게 진술하면 배신을 하는 것인데 왜 이렇게 진술하는가?”

정한철 : “주변에서 돈 벌러 가든가, 아니면 학교나 착실히 다니라고 말하는 선배도 있었습니다. 이제는 이렇게 살고 싶지 않습니다. 더는 몽둥이로 두드려 맞기도 싫고 얼굴도 맞고 싶지 않습니다. 그래서 써클에서 완전히 탈퇴하겠다는 것을 보여 주고 싶고……, 앞으로는 착실히 살겠습니다.”

다른 학생들의 진술도 대충 비슷한 내용이었다. 경찰에서 학교에 통보한 내용을 토대로 징계위원회를 열어 징계 내용을 정하고 교장실에서 아홉 명의 폭력써클 탈퇴 선언식을 했다. 정한철은 일주일 후 자퇴서를 냈고 다른 학생들은 유기정학에 처하고 또다시 폭력 사건에 연루되는 일이 있으면 자퇴를 하겠다는 각서를 받았다. 폭력서클에 관련된 학생 여덟 명이 학생부실에서 각서와 반성문을 쓰고 있었다. 선생님들은 돌아가며 학교폭력에 관한 교육을 했다. 내용은 대체로 학창시절 친구들과의 우정과 학교생활에 관한 것들이었다.

"친구 따라 강남 가지 마라. 너희가 말하는 의리는 깡패 의리다. 그런 의리는 서로를 망친다. 서로를 망치는 의리는 의리가 아니다. 더는 뭉쳐 다니지 마라. 너희는 뭉치면 죽는다. 이번에는 돈을 뺐거나 집단 폭력 사건이 없어서 천만다행이지만 계속 이렇게 어울려 돌아다니면 사건은 터지게 되어 있다. 그러면 결국 각서 쓴 대로 학교는 그만두어야 한다."

학생주임 선생님이 조용히 설득하고 있었다. 듣는지 안 듣는지 모르지만, 아이들은 고개를 숙이고 말이 없었다.

정한철이 학교에 나왔다. 그래도 인사를 하러 온 것이다. '죄송합니다.' 라는 말과 함께 고개를 숙인다. 안쓰러운 마음이 우선 앞선다. 송강인 선생이 등을 두드리며 말한다.

"한철아, 사람이 살아가면서 넘어서는 안 될 선이 있다. 그 선을 넘게 되면 자신이나 주변도 감당할 수 없게 된다. 앞으로 지켜야 할 선은 꼭 지키면서 살아가야 한다."

정한철은 아무런 말도 없이 고개만 숙이고 있다가 돌아서 나간다.
일단 학교폭력은 겉으로는 잠잠해지는 듯싶었다.

11장

체벌의 유혹

"대운이 형, 이번 정한철 사건 어떻게 생각하세요?"

모처럼 이대운 선생과 단둘이 앉아 저녁 식사를 하며 물어보았다.

"그 녀석, 어쩔 수 없지……. 애초에 학교가 재미가 없는 놈들 아닌가?"

"경찰서 진술서를 보면 아이들이 외부 폭력집단과 연결이 되어 있고, 또 걔들끼리 무리 지어 집단화되는 것이 더 큰 문제 같은데요."

"이야기 들었어, 그 애들이 무슨 재미로 학교를 다니겠냐? 그렇게 어울리고 놀 거리를 찾는 거겠지……."

"그러게요, 그런데 그 녀석들이 술 먹으며 교사들의 체벌에 대하여 강하게 반발했다고 그래요."

"알아, 학교에서 체벌이 필요한가 그렇지 않은가? 는 계속 나오는 이야기지. 너 피스코 기억해? 70년대에 학교에 피스코들이 있었는데, 15년 전쯤인가? 중학교에 근무할 때였어. 내 반 애들이 말썽을 부리고 사고를 쳐서 교무실에서 회초리로 종아리를 때리는데 옆에 있던 미국인 남자 피스코가 '애들 때리지 말라'고 막 화를 내더라고. 그래서 일단 중

지했지만, 그때 속으로 그랬지. 애들 교육은 '너희는 너희 방식이 있고 우리는 우리 방식이 있다.'고. '부모들도 말 안 듣는 애들 때려서라도 가르쳐 달라.'고 부탁하고 그러잖아."

"그렇죠. 학부모들이 그런 말을 많이 하지요……."

피스코는 한국에서 활동했던 미 평화봉사단(Peace Corps)으로 1961년 케네디 대통령의 '뉴 프론티어 정책'에 의하여 개발 도상국에 파견된 자원봉사자들이다. 학교에 파견된 피스고들은 영어 회화를 담당하였는데, 그들이 바라보는 한국의 학교 교육에 대하여 이해 못 하는 부분 중 하나는 학교 체벌이었다. 학교나 사회의 문화가 서로 달랐다. 미국은 부모가 자식에게 한 체벌도 신고대상이 되는 나라가 아닌가?

다른 것도 그렇지만 특히 교육은 나라마다 문화와 방식이 다르고 풍토도 다르다. 영국도 미국과는 또 다르게 '매를 아끼면 아이를 버린다(Spare the rod and spoil the child.).'라는 속담이 있다. 동서양을 막론하고 역사나 사회 · 문화적인 배경과 국가의 성격에 따라 다소 차이는 있으나, 체벌은 근대에 이르기까지 가장 효과적인 교육수단으로 여겨져 왔다. 그러나 근대에 이르러 많은 교육 사상가가 체벌의 부정적인 면을 제기하여 체벌은 근본적인 비판을 받게 되었다. 현대에 이르러서 미국의 일부 주나 소수국가를 제외한 대부분의 선진국에서 체벌은 비인간적이고 학습에 부정적인 영향을 준다는 이유 등으로 법으로 금지하는 경향이다.

우리 사회의 체벌에 대한 사회적 통념은 상당히 관용적이었다. 교육적 체벌로서, 말을 안 듣거나 게으르면 매로 다스려 때려서라도 사람을 만들어 달라고 하고, 전통 교육인 서당교육은 훈장님이 회초리로 종아리를 때려 가면서 가르치는 교육이었다. 그러나 일제 강점기 때의 교육은 황국 신민화 교육이었다. 식민지인들을 일본 왕을 위한 국민으로 만들기 위한 교육이었으므로, 체벌을 넘어선 군대식 강압 교육이었고 그야말로 폭력교육이었다. 해방 후 교육은 일제 강점기 때 사범대학을 졸업한 교사들이 그대로 교단에 서서 아이들을 가르칠 수밖에 없는 상황이었고 교사 개인에 따라 다를 수 있지만, 불행하게도 일제 강점기 때 폭력교육의 관행이 학교에서의 체벌로 이어지는 경향도 있었다. 60~70년대 초 · 중 · 고를 다녔던 사람들은 대부분 체벌에 대한 한두 가지 씁쓰름한 기억이 있다. 학교에서의 체벌은 거의 일상이었고, 학생 때 받았던 체벌은 기억 속에 상처로 남는 경우가 많았다.

"오늘 시간 있어?"
"왜? 무슨 일 있어?"
"윤 선생이랑 함께 막걸리나 한잔하게."
"그러지 뭐, 만난 지도 오래되었네……."

김선윤 선생과 윤태영 선생, 셋이서 모처럼 함께 '사람 사는 세상' 막걸리 집에서 마주 앉았다. 20년 이상 만나 온 아주 오래된 교사 친구들이다. 해직교사 친구를 두었다는 죄로 5년 동안 거의 빠짐없이 후원금을 모금하고 전교조에서 추진하는 온갖 사업을 학교 현장에서 받아내며, 항상 옆에 서 있어 주었던 친구들이다. 교무실에서 달마다 한 사람당 1만 원씩 30명이 넘는 선생님들에게, 그것도 5년 동안 꼬박꼬박 후원금을 모금해서 보냈다. 해직되었다는 것 자체가 오히려 미안할 지경이었다. 그때 이야기를 하면 '우리만 그랬나? 학교 현장에 있는 교사들 대부분이 그렇게 후원금 내고 그랬지 뭐.'라고 하면서 더 말하지 말라고 손사래를 친다. 막걸리를 한 순배 돌리더니 김선윤 선생이 한숨을 쉬며 입을 연다.

"이걸 어떻게 이해해야 하냐?"

"무슨 일인데?" 윤태영 선생이 걱정스러운 듯 묻는다.

"교실에서 한 놈이 칼을 던져 앞에 앉아 있던 애가 맞아서 119구급차에 실려 갔어."

"뭐? 그래서……." 윤 선생이 눈이 휘둥그레져서 묻는다.

"맞은 애는 머리에 피가 좀 나고 크게 다친 데는 없어서 다행이었지만……."

"그래서?"

김선윤 선생의 학교는 전주 근교의 남자 상업고등학교였다. 상고는 고입 후기모집 학교로서 때로 미달이 될 때도 있다. 그래서인지 거친 학생도 상당히 있는 모양이었다. 2학년 담임 김선윤 선생의 옆 반은 힘든 아이들이 더 많은 반이었다. 한 학생이 지역의 폭력 조직과 연결되어 있었고, 항상 학교에 늦게 오거나 일찍 도망가고 싸움도 하고 종종 말썽을 일으키는데, 그 녀석이 사고를 쳤다는 것이다. 학교생활이 불성실하고 사고를 잘 쳐서 수시로 담임에게 혼이 나고 체벌을 당했던 모양이었다. 그 날도 조회 시간이 거의 끝날 때쯤 어슬렁거리고 들어오는 걸 보고 담임이 화가 나서 티 걸레 자루를 잡고 앞으로 나오라고 하는 순간, 가방에서 과도를 꺼내 칠판을 향해 던진 것이 제일 앞에 앉아 있던 학생 뒷머리에 맞았다는 것이다. 다행히 손잡이 쪽으로 빗맞아 그 정도로 끝났다고 한다.

"나중에 물어보니 제 친구 할아버지 회갑이어서 전날 밤늦게까지 잔칫집에서 술 시중들고 잠도 제대로 못 자고 학교에 왔다는 거야."

"그래서 그 녀석은?"

"바로 학교 담 넘어 도망갔어……."

"그 자리에서 못 잡았어?" 반문하며 뒤처리 문제를 물어보았다.

"잡을 겨를도 없었어, 그 상황에 교육이고 뭐고 어딨어? 그리고 우리 학교는 학생이 조퇴하려면 교감 결재까지 받아야 해, 그러니 그놈이 그냥 튄 거지. 나중에 도망가서 뭐했냐고 물어보니까 폭력사건에 연루된 친구 하나가 감방에서 나오는데 두부라도 먹이려고 갔다는 거야. 그 말 듣고 할 말이 있어야지."

"그래서? 퇴학시켰어?"

"퇴학은 무슨, 상고는 학생이 모자라잖아. 정학 처리했지!"

시골 실업계 학교는 학생 수가 정원에 안 차는 경우가 많았다. 학생은 학교 운영에서 돈이었다.

그런 때에도 겨우 정학 처리하면, 그럼 애들을 어떻게 지도하느냐고 묻자 옆에서 듣고 있던 윤태영 선생이 심각한 표정을 지으며 문제의 원인을 지적한다. 폭력성 있는 학생도 문제지만 교사의 체벌이 더 근본적인 원인이라는 거다. 평소에 티 걸레로 번번이 두드려 맞지 않았으면 그렇게 과잉반응을 하지 않았을 거고 문제가 그렇게 커지지도 않았을 것이라고 말한다. 그리고 또 체벌은 시범 케이스도 문제가 크다는 지적이다.

고등학교 2 · 3학년이면 몸들이 이미 성인에 가까워서 다루기가 쉽지 않으므로, 어떤 교사는 학기 초에 기선 제압용으로 반 애들 모두 보는 데서 반에서 제일 세고 말썽을 잘 부리는 녀석을 본보기로 무섭게 때리며 다루는 경우를 보았다고 한다. 전에 있던 학교에서 체벌 때문에 생긴 문제인데, 교사가 본때를 보인다고 손을 댔다가 문제가 커졌다고 한다. 게임중독에 걸린 학생인데, 밤늦게까지 게임을 하다가 느지막하게 학교에 오곤 하니까 한 열흘 지켜본 담임선생님이 종례시간에 야구 방망이로 40~50대 무지막지하게 팼다고 한다. 늦게 오고 말 안 듣고 반 분위기를 흐린다는 것이 이유였다고 한다.

"애를 기어가게 만들어 놨으니 부모가 가만있겠어? 시범 케이스로 한 것 같지만 너무한 거지. 결국, 체벌이 문제야. 우리도 학교 다닐 때 맞아 보았지만 맞으면 기분이 더럽잖아."

"나도 맞아 봤지, 초등학교 때부터……, 그때는 담임 선생님들이 신고있던 슬리퍼로 얼굴도 때리고 그랬거든."

말하기 싫은 기억을 끄집어냈다. 마주 보게 하고 뺨을 서로 때리게 하는 체벌도 있었다. 마주 보고 서서 한 차례씩 번갈아 때리게 했는데, 세게 안 때리면 장난하느냐고 혼이 난다. 그러면 갈수록 때리는 강도가 세지며 나중에는 서로의 뺨이 벌게지고, 끝나고 나면 친구의 얼굴을 서로 볼 수가 없었다.

"참 아무리 아무것도 모르는 어린애들이었지만 그건 정말 비인간적인 체벌이야." 기억하기 싫은 체벌의 경험을 말하자,

"60년대의 초등학교 모습이지. 나도 그 벌 당해 본 적 있어."라고 김선윤 선생이 맞장구를 치며 자기가 당한 체벌의 기억을 꺼내 놓는다.

"초등학교 6학년 때는 맞는 게 일이었을걸? 매일 모의고사를 보고, 한 문제 틀리는데 손바닥이나 발바닥 1대씩, 하루에 한 20대는 보통이었지 아마? 그때부터 학교에서 맞는 것은 일상이었지."

당시는 중학교 입시가 있어서 좋은 중학교에 많은 학생을 합격시키려는 담임의 욕심으로 매일 시험을 보고 성적이 나쁘면 체벌을 했다.

중 · 고등학교 때도 체벌은 그치지 않았다. 단체 기합이나 단체 체벌은 그렇다고 해도, 교무실로 끌려가 한차례 맞은 후 벌선다고 서 있으면 지나가던 선생님마다 '너 왜 그리 못 됐냐'라고 면박을 주고 머리를 주먹으로 쥐어박거나 막대기로 한두 대씩 때릴 때, 또 그때 쏟아지는 폭언을 들을 때는 속이 뒤집힌다. 어떤 폭언은 듣는 것보다 차라리 맞는 것이 훨씬 낫다. '이런 놈은 내 손으로 때릴 가치도 없는 놈이야.'에서부터 시작해서, '그렇게 학교 다녀서 뭐할래? 당장 학교 그만둬라.' 등등에다가 '집에서 어떻게 배웠냐?' 라면서 부모 들먹이면 돌아버릴 지경이었다고 김선윤 선생이 덧붙인다.

"졸업하면 그때 선생님께서 그렇게 해 주셔서 고맙고, 그래서 선생님이 더 기억난다며 찾아오는 놈들도 많잖아?" 윤태영 선생이 화제의 방향을 바꾼다.

"맞아, '체벌 미화론'이지. 실제로 그런 경우도 많아. 얼마 전 나에게 찾아온 녀석도 그랬어. 시집가서 애 낳고 사는 애기 엄마인데 복어음식 잘하는 복집에서 저녁을 대접하고 술을 한 잔 따르면서, 가출했을 때 선생님에게 잡혀서 학교에 끌려가 종아리를 엄청나게 맞고 그때 정신을 좀 차렸다는 거야, 그러기도 하지. 그러나 그건 '추억을 아름답게 가지고 싶은 마음' 때문에 그러는 것 아닐까? 추억을 좀 더 미화하고자 하는 심리가……. 그보다 더 중요한 건 그때 스스로 느끼게 하고 마음으로부터의 변화를 끌어내는 것이 더 좋지 않았을까 싶어." 하고 말하자,

"학교 체벌에 관한 법 규정은 어떻게 되어 있나? 최근에 신문 기사를 보니까 체벌로 인하여 교사들이 고소당하는 사례들도 있는 것 같던데……." 김선윤 선생이 묻는다. ,

"서인고 일로 체벌에 관한 교육법을 찾아봤어. 법적 문제가 되는 경우에 체벌은 상해죄나 폭행죄로 기소를 당해. 그런데 '교육상 불가피한 경우'에 예외적으로 허용한다는 해석인 것 같아."

교육기본법 제12조 1항. 학생을 포함한 학습자의 기본적 인권은 학교 교육 또는 사회 교육 과정에서 존중되고 보호된다.

제18조(학생의 징계) 1항. '학교의 장은 교육상 필요한 때에는 법령 및 학칙이 정하는 바에 의하여 학생을 징계하거나 기타의 방법으로 지도할 수 있다.

초 · 중등교육법 시행령 제31조(학생의 징계 등) 7항. '학교의 장은 법 제18조 제1항 본문의 규정에 의한 지도를 하는 때에는 '교육상 불가피한 경우'를 제외하고 신체적 고통을 가하지 아니하는 훈육 · 훈계 등의 방법으로 행하여야 한다.'

"교육상 불가피한 경우는 체벌할 수 있다?" 김선윤 선생이 혼잣말한다.

"원칙적으로는 안 되지만 '교육상 불가피한 경우'만 허용된다는 거지." 라고 답하자,

"법조계 판례는 있나?"라고 묻는다.

교사가 학생의 잘못된 행동을 바로 잡으려는 의도에서 한 체벌이 문제가 된 적이 있었는데, 대법원이 이에 대하여 '체벌의 불가피성이 인정되지 아니하고, 절차와 방법이 적정하지 않고 체벌의 정도도 가볍지 않으며, 사회 통념상 용인되는 객관적 타당성을 갖추었다고 보기 어려

우므로' 기소유예처분을 한 판례가 있다.

대법원이 제시한 체벌의 대전제는 첫째, '교육상 불가피한 경우'에만 행해야 하고, 둘째, 체벌의 절차를 준수해야 하며, 셋째, 그 방법이 적정해야 하며, 넷째, 그 정도가 지나치지 않아야 한다는 것이다. 그리고 구체적 기준은 교육상 '불가피한 경우'의 체벌규정은 특수하고 예외적인 상황으로 제한 해석하여야 하며, 학생에게 체벌을 주고자 할 때는 다음 사항을 준수해야 한다고 명시했다. 첫째, 교사는 감정에 치우친 체벌을 해서는 안 되며 체벌기준에 따라야 하고, 둘째, 체벌할 때에는 사전에 학생에게 체벌 사유를 분명히 인지시키고, 셋째, 체벌 시행은 다른 학생이 없는 별도의 장소에서 반드시 제삼자(생활지도부장이나 교감 등)를 동반하여 체벌해야 하고, 넷째, 체벌 전에 학생의 신체적 · 정신적 상태를 점검해서 이상이 없는지를 반드시 확인해야 하며 이상이 있다고 판단되는 경우에는 체벌해서는 안 되고, 다섯째, 체벌 도구는 지름 1.5cm 내외로 길이는 60cm 이하의 나무로 직선형이어야 하고, 여섯째, 체벌 부위는 둔부로 하며 여학생의 경우는 대퇴부로 제한하고, 일곱째, 1회 체벌봉 사용 횟수는 10회 이내로 하며 해당 학생에게 상해를 입혀서는 안 되고, 여덟째, 해당 학생은 대체 벌을 요구할 수 있으며 해당 교사는 학교장의 허가를 받아 학생의 보호자를 내교하도록 하여 학생지도 문제를 협의하도록 한다.

여기서 대법원은 '불가피한 경우'는 교육상 필요하고 다른 수단으로는 교정할 수 없는 경우에 한하며 더 구체적으로 1.교사의 훈계나 반복적인 지도에 변화가 없는 경우, 2.남의 권리를 침해하거나 신체 · 정신 · 인격적 피해를 주는 행위, 3.다른 학생을 이유 없이 괴롭히는 경우, 4.남의 물건 및 물품을 의도적으로 손상하는 행위, 5.학습태도가 불성실한 경우, 6.본교에서 운영하는 벌점 규정에 의하여 벌점 기준을 초과했을 경우를 제시한다. 그리고 마지막으로 '체벌은 학생의 성별 · 나이 · 개인적인 사정에 따라 인정할 수 있는 정도이어야 하고 특히 견디기 어려운 모욕감을 주어서는 아니 된다.'고 한정하고 있다.

"기소 유예 처분도 어쨌든 결국 형벌이야."라고 답하자,

"그렇다면 교육적으로도 해석상 계속 문제가 제기될 수 있는 부분이고 법률적으로도 다툼이 있을 수밖에 없겠네." 라고 윤태영 선생도 고개를 끄덕이며 말한다.

"결국, 앞으로는 체벌로 고소를 당하면 조사받고 재판을 받을 수밖에 없다는 이야기인데, 그러면 누가 잘못하는 애들 혼내면서까지 교육하려고 하겠어? 잘하든 못하든 내버려 두겠지. 그런데 그건 교육이 아니잖아?"

"맞아, 그렇지만 교사로서 양심상 그럴 수는 없고 다른 방법을 찾아야지. 그동안 아이들이 말을 안 들을 때, 체벌로 너무 손쉽게 해결하려고 한 것 같아. 다른 방법은 뭐가 있나?"

"대화와 설득, 그리고 부모님과의 상담, 또 끊임없는 관찰과 지도……." 김선윤 선생의 물음에 답하자 윤태영 선생이 한마디 덧붙인다.

"애들은 갈수록 힘들고 지고, 선생도 못해 먹겠네, 한 대 때리면 고소당할 지경이니……."

교사로서 체벌한 기억들을 돌이켜 보았다. 때렸다. 화가 나서도 그랬고, 감정이 폭발해서 때린 적도 있고, 버릇을 고친다고 의도적으로 몽둥이로 때린 적도 있었다. 그러면 말을 들으니까……. 때리고 난 후 양호실에 데리고 가서 엉덩이에 안티푸라민을 발라주고 안쓰러워하며

다독거리던 기억들이 있다. 때린 것을 무마시키려는 부끄러운 기억이다. 여고생들에게도 매를 댄 적이 몇 번 있었다. 집안 갈등으로 가출하고 학교를 장기간 결석한 아이였다. 부모와 함께 찾으러 다녔고 학교에 나오게 했으나, 또 결석해서 몇 번을 잡으러 갔던 학생이다. 학교를 제대로 다니겠다고 약속을 하고 두어 번 각서도 썼으나, 다시 어겨서 종아리를 한 열대 정도 때린 일이 있었다.

그러고 난 후 체벌의 뒤처리가 상당히 힘든 것을 느꼈다. 그래서 여러 생각을 한 끝에 부모의 동의를 받고 체벌하는 방법을 생각해 냈다. 잘못한 아이와 부모를 함께 앉혀놓고 잘못한 일의 전후를 설명하고 설득을 하다가 그래도 아이가 승복하지 않고 계속 불통 거리면 결국 부모에게 '좀 맞아야 정신을 차리겠습니다. 손을 대도 될까요?' 라고 물어본다. 그러면 부모들은 거의 열이면 열 '그렇게 하십시오, 그래야 정신을 차리지요.'라고 말한다. 물론 간혹 '때리지는 말라'는 부모도 있었다. 그러나 이 방법도 나중에 선배교사와의 술좌석에서 부정적 견해를 들은 적이 있다. '물론 그러면 교사의 행위는 정당화될 수 있겠지만, 매 맞는 자식을 바라보는 부모의 마음은 어떻겠는가? 다시 한 번 생각해 보라.'는 이야기였다. 충분히 일리 있는 견해였다.

교육법을 다시 들여다본다. 제12조 1항. '학생의 기본적 인권 존중'과 시행령 제31조 7항. '교육상 불가피한 경우'는 충돌한다. 아니, 기본적 인권보장이 우선이고 불가피한 경우는 막연한 규정이다. 법률적 문제가 생길 경우 '불가피한 경우' 규정은 해석 나름이다. 그러나 더 중요한 것은 인권의 문제다. 교육에서 가장 중시되어야 할 가치는 인권이고 기본적 인권은 강압으로부터 자유로워야 한다. 체벌은 상대에 대한 강압으로 자유의지를 상실하게 한다. 물론 강압에 의한 교육이 필요할 때가 있다. 그러나 물리적 강압에 의한 교육은 오히려 역효과를 가져오는 경우가 많다. 물리적이고 강제적인 압박에 의한 교육은 학생들을 수동적 인간으로 만들고 창의성과 자율성을 상실하게 하며 인간성 자체를 변형시킨다.

체벌 시 신체적 고통은 그렇다고 치더라도, 아무리 어린아이들 일지라도 일단 맞으면 자존심이 상하고 모멸감이 든다. 특히 공개적으로 맞을 때는 더 그렇다. 많은 친구 앞에서 모욕을 당했을 때의 느낌은 어떤 때는 죽고 싶은 기분이다. 체벌에 대한 학부모들의 생각은, 학교의 구조나 교사와 학생의 관계를 좀 더 세밀히 살펴보는 학부모들은, 아이를 학교에 맡겨 놓았으니 그저 불만이 있어도 참고 선생님을 믿고 따라야 한다고 생각하기도 한다. 학부모가 간섭하고 항의를 할 때 교사는 그 학생을 미워하고 점수나 학교생활에서 불이익을 줄 것이라는 피해의식 때문에 참고 넘어가는 경우도 있다.

그러나 교육 환경이 변하고 있고 교육현장을 바라보는 학생과 학부모의 의식이 바뀌고 있다. 권리의식과 인권의식이 점점 더 높아지고 사회 전체가 변하고 있다. 체벌에 대한 학부모의 항의는 점점 늘어가고 있고, 더 심각한 것은 체벌로 인한 법적 다툼이 끊임이 없고 결국 교육의 문제를 법정으로 가져간다는 것이다. 교육의 문제를 법정으로 가져간다? 그건 교사로서 할 짓이 아니다.

체벌에 대하여 교사들도 자신을 되돌아보고 이런 변화를 받아들여야만 한다. 그러나 교사들은 아직도 끊임없이 체벌에 대한 유혹을 받고 있다. 손쉬운 제재 방법으로 자기도 모르게 체벌을 선택하고 있다. 또 어떤 사람들은 학교에서의 체벌은 '사랑의 매'라고 미화시키고 '우리 사회에 있어서 교육의 관행'이라고 말하기도 한다. 관행의 또 다른 해석은 '계속 그렇게 행해져 와서 잘 · 잘못으로 인식되지 않는 것'을 말한다. 잘못으로 인식되지 않기 때문에 무의식적으로 체벌의 유혹에 빠져들어 체벌한다. 교사 자신의 폭력적 성향 때문이 아니라도, 순간적 감정을 참지 못하고 손이 올라가는 경우도 있고, 교육의 효과를 극대화하기 위하여 의식적으로 체벌을 가하는 경우도 있다. 교사들이 손쉬운 방법으로 교육적 효과를 끌어내려고 할 때 체벌은 끊임없이 교사를 유혹한다. 그러나 시대는 교육의 변화를 요구하고 있고 체벌에 대한 근본적 문제를 제기하고 있다.

"네 머리를 왜 내가 잘라? 내가 그런 권한을 가졌는지 모르겠다. 내일 머리 단정히 깎고 오너라."

고교 2학년 때 담임선생님의 말씀이 떠오른다. 고등학교 때 머리카락 길이는 상고머리와 스포츠머리 중간 정도만 허용되었고 귀밑 3cm가 기준이었다. 그 이상 길면 학생주임이나 담임선생님이 몇 대씩 체벌을 가하고 가위로 한 움큼씩 머리를 잘랐다. 그러나 우리 반 담임선생님은 우리가 스스로 하기를 바랐고 체벌은 없었다. 그래서였는지 그때 우리 반은 그렇게 큰 사고가 없었던 것 같았다.

체벌은 자극에 의한 극적인 교육의 효과를 노리는 기대심리가 깔려있다. 그러나 그 역기능은 말할 수 없이 더 크다. 체벌에 대한 대안은 지속적인 관심과 대화일 수밖에 없다. 끊임없는 대화와 설득이 우선이다. 할 수 있는 방법을 다 해보고, 그리고 기다려야 한다. 결정적인 순간에 교사의 진심 어린 말 한마디는 다른 무엇보다 더 큰 교육적 효과를 발휘할 수 있다. 공 선생님의 말씀이 다시 생각났다.

"교육은 관심이야, 지켜보면서 끊임없이 교사의 관점이 투입되어야 하지……."

12장

경찰, 교재 복사비를 수사하다

"선생님들 이것 한번 읽어봐 주십시오."

송강인 선생이 유인물을 내놓는다. 갈등은 새로운 양상으로 전개되고 있었다. 학생 사안을 비롯하여 학교 업무에 쫓겨 교사 모임을 한 지가 상당히 오래되어서 저녁 식사를 하기로 하고, 전교조 가입교사와 후원회원 · 전입교사 등 열대여섯 명의 교사들이 모인 자리였다.

경찰의 학습교재 복사물 수사 건에 대한 문제점과 대책

1. 경찰 개입을 주도한 세력의 목적이 있다.

1) 교육 민주화 운동을 탄압하기 위한 수단이다.

- 진정서는 가명이지만 효과는 경찰 소환으로 목적을 달성함.
- 교장이 말을 안 듣는 교사들에 대한 힘 빼기 혹은 위협 작전일 수 있음.

2) 교장의 학교 운영책임에 대한 돌파 수단일 수 있다.

- 최근 학생 폭력 건을 비롯한 학교의 여러 문제에 대하여 다른 곳으로 관심을 돌리려는 방법일 수 있음.

2. 경찰의 소환 조사에 대한 현직 검사의 견해

1) 현직교원 소환 시 총리 지시로 교원에 관한 사항은 예우하고, 반드시 단체장의 허락을 얻은 후 수사를 하게 되어 있음.

2) 진정인을 조사하고 진정 내용을 명확히 한 후, 피진정인을 조사하는 것이 일반적인 절차임.

3) 가명 진정일지라도 조사는 가능함.

4) 진정인의 진정 내용이 무고일 경우, 정확한 사안 파악을 위하여 진정인을 알려 달라고 경찰에 요구할 수도 있음.

5) 소환을 거부해도 됨. 그러나 적극적 대응 차원에서 경찰에 출두하는 방법도 고려해 볼만함.

6) 무고 문제가 발생하지 않도록 명확한 내용이 아니면 답변을 거부하도록 함.

3. 경찰 수사에 대한 대응방법

1) 본교 내부자의 실명 진정일 경우

- 자율학습 학습지 채택료 문제와 수학여행 리베이트 문제를 같이 비교하여 진술함.

2) 교육계 밖의 존재자일 경우(학부형 포함)

- 신문에 발표된 내용에 대해서는 현직 교사의 견해임을 밝힘.

4. 본인(송강인)이 해야 할 조치 사항들

- 중앙지와 지방지의 아는 기자들을 통하여 진정인과 진정 내용을 파악할 생각임.
- 필요할 때 그동안 교장에게 보낸 건의서를 중심으로 교육문제에 대한 기사화를 고려 중임.

사안이 심각했다. 먼저 상황에 대하여 인식을 공유하는 것이 우선이었다.

"송 선생님, 그러니까 지금 경찰의 출석 요구서를 받았다는 겁니까? 먼저 무슨 일인지 다시 한 번 자세히 설명해 주세요. 왜요? 그리고 언제 오라고 그래요?"

"경찰서 출두 요구는 다음 주 목요일까지야."

"여기 유인물을 보면 '학습교재 복사물 수사 건'이라고 되어 있는데, 언뜻 말은 들었습니다만 저는 별문제 아니라고 생각했었습니다. 그런데 그것이 경찰서에 진정이 되었습니까?"

"학생은 아닌 것 같고 학부형을 비롯하여 학교에 관련된 사람이겠지."

"학습교재로 쓴 복사물은 돈도 몇 푼 안 되잖아요?"

"그렇지, 그런데 그 건으로 경찰서 출석 요구서를 받았네."

계속 이야기를 주고받자 옆에 있던 같은 영어과 김영두 선생이 상황을 설명한다.

송강인 선생은 수업시간에 새로운 영문법인 구조주의와 변형문법 트리구조를 자신이 다시 정리하여 전통 영문법과 대비하여 가르쳤다. 변형문법은 영어 교과서에 한 페이지 정도만 나오니까, 변형문법을 자세하고 알기 쉽게 정리해서 직접 프린트를 해 주다가 힘이 드니까 학급실장을 통해서 반 학생들에게 교재를 복사하라고 했다고 한다.

"그건 많은 페이지도 아니고 또 송 선생님이 돈을 걷은 것도 아니잖아?"

"그렇죠, 그런데도 송 선생님이 아이들에게 돈을 받고 학습교재를 팔았다고 조사한다는 거죠."

"몇 명이나 됩니까?"라고 묻자,

"수업 들어가는 반이 5반이니까 한 170명 정도 되나요?"라고 김영두 선생이 답한다.

"그 정도면 복사비도 별것 아닐 것 같은데……."

"그러니까 송 선생님이 말씀하신 대로 학교 사정을 아는 사람이 개입된 것 같아요."

"그러네, 학교에 비협조적인 사람은 이렇게 혼날 수 있다?"

"아이들에게는 어떻게 된 일인지 알아봤어요?"라고 묻자,

"이런 걸 아이들에게 어떻게 물어봐요. 애들은 알지도 못하는데……."

생각을 끌어내고 대응방법을 찾는데 주도적으로 나서는 사람이 없어서 직접 의견을 낼 수밖에 없었다. 먼저 학습교재 프린트물 복사비는 얼마 안 되는 것 같고, 또 돈의 액수를 떠나서 송 선생님이 복사비를 걷은 것도 아니니 그것도 별문제는 아닌 것 같고, '각 반 실장들은 이것에 대하여 충분히 증언할 수 있는가?' 라고 묻자,

"경찰이 아이들을 조사하겠냐?"

잠자코 있던 이대운 선생이 다시 문제점을 주지시킨다.

문제점을 하나씩 찾아보고 대책을 세우기로 하였다. 먼저 경찰은 조사한다면서 계속 송강인 선생을 경찰서로 불러들여 힘들게 할 것이고, 제보된 대로 조사한다고 하면서 처벌한다고 을러대고 위협하면서 겁주지 않겠느냐는 점이 지적되었다. 경찰서 출석 요구서에 대한 처리가 급선무였다.

"송 선생님, 어떻게 하실래요, 가실래요? 아니면 무고라고 통보하고

무시할래요?" 당장 현안이라며 물어보았다.

"무시하면 얕잡아 보고 계속 출석요구를 하면서 괴롭히겠지. 유인물에서 말한 것처럼 직접 검사와 통화를 하고 확인해 본 결과, 가명으로 진정했어도 경찰 조사는 가능하다는 거야."

"진정사건인데……, 진정서가 없더라도 경찰이 마음만 먹으면 경찰의 인지 사건으로도 조사가 가능해요."라고 말하자,

"이렇게 사소한 것도 조사하고 그래요?" 양진홍 선생이 묻는다.

"김 선생 말이 맞아, 일반적으로 진정이 되면 진정인을 먼저 소환한 후 진정내용을 분명히 한 다음 피진정인을 조사하는 것이 일반적이지만, 지금 경찰이 그렇게 하겠어? 서로 짜고 치는 것 같은데……." 송강인 선생이 다시 설명한다.

"교장의 친구가 경찰 간부로 있다가 얼마 전에 퇴직했다고 하죠, 아마?"

이주엽 선생이 지역 상황을 설명한다.

"그러면 이 선생 생각으로는 어떻게 했으면 좋겠어? 이 선생은 여기서 나보다 더 오래 근무했으니까 지역사정을 더 잘 알잖아?"

"진정인을 파악해 내는 게 급선무인데, 경찰이 진정인을 절대로 가르쳐 줄 것 같지는 않고……." 이주엽 선생의 혼잣말에 송 선생이 결단을 내리듯이 말한다.

"일단 경찰 출석요구는 나에게 맡겨둬, 방법이 있으니까. 그리고 이런 문제로 우리 학생들을 조사받게 할 수는 없어."

"괜찮겠어요?" 걱정이 앞섰다.

"이 정도야 뭐, 해직당할 때는 별일도 다 겪었는데……. 전교조 결성할 때 집회에 참석 못 하게 경찰이 뒤를 졸졸 따라다니기도 했잖아."

"그럽시다, 그러면 경찰 출석요구는 당사자에게 맡겨 두고……. 하지만 선생님, 어떤 일이 있으면 언제나 곧바로 말씀하시고 같이 상의해야 합니다."

"말해 뭐해? 같이 모여 상의해 주는 것만도 고마운데."

더 설왕설래하지 않고 결론을 내야 했다.

다음으로 학교 내에서의 일들이 논의되었다. 학급 실장들에게 복사비가 얼마였는지, 몇 부를 했는지, 돈을 안 낸 아이들은 어떻게 했는지 물어보고, 또 어디서 복사했는지 알아봐서 증거를 확보해 두어야 할 것 같다는 의견들이 제시되었다. 무고에 대응하려면 학생들이 직접 돈을 걷어 교재 복사를 했다는 증거 자료가 필요하다는 대응책이다.

"그렇게 해야겠지." 송강인 선생이 고개를 끄덕인다.

학생들에 관한 상황이 정리되자 교사들에 대한 대응 방법이 자연스레 논의되었다.

"말도 안 돼요, 교무회의에서 사건의 진상을 말하도록 합시다. 실제로 송 선생님은 아무런 잘못이 없잖습니까? 우선 우리 학교 선생님들에게라도 이걸 분명히 알려야 할 게 아닙니까?"

여기저기서 화가 난 볼멘 목소리들이 터져 나왔고 교무회의에 대한 대처 방안이 논의되었다. '교재 복사비 수사' 건에 대한 사건의 개요를 영어과 김 선생이 먼저 말하고 경찰 출석요구에 대한 내용은 송강인 선생이 직접 설명하고, 경찰 소환에 대한 문제점은 내가 설명하기로 정리되었다. 마지막으로 복사 건과 학급실장들에 대해서는 영어과에서 파악하도록 역할 분담이 정해지자 대부분 교사가 동의한다.

"그렇게 합시다." 선생님들이 고개를 끄덕인다.

"그렇게 해주면 고맙지요." 송강인 선생의 말을 끝으로 대책회의가 정리되었다.

매일 열리는 교무회의는 교장이 참석하지 않을 때 가끔 생략되는 날도 있으나 월요일은 반드시 열린다. 교무회의가 열릴 때마다 송 선생을 비롯하여 몇 선생님들이 일어나 학교문제를 발언하고 따지기 시작하면서 교무회의는 열리지 않는 때도 있었고 교장의 긴 설교도 조금씩 시간이 줄어들기는 했다. 그래도 교장은 위신을 생각해서 인지 여전히 지루한 말로 회의를 마치게 했다. 교장의 발언이 있기 전에 황의진 선생이 먼저 일어났다.

"저번 주에 영어과 송강인 선생님이 학습자료 프린트물 복사 건 때문에 경찰 출석요구를 받았습니다."

상황을 말하자 모르고 있던 선생님들은 놀라서 눈을 크게 뜨고 다음 말을 기다린다. 경찰이 송강인 선생에게 보낸 출석요구서의 내용과 배경설명이 이어지자 여기저기서 조그만 목소리로

"무슨 일이야 또?"

"그런 거로 경찰 출석요구서?

"정말 웃기고 있네."

"어이가 없구먼." 라는 웅성거리는 소리가 들린다.

"학교에서는 허락된 교재 이외의 학습교재는 못 쓰게 되어 있는 것 아닙니까? 그리고 교장의 허락도 없이 다른 교재를 쓸 수는 없습니다"

교장이 격앙된 목소리로 말한다. 그대로 가만히 앉아 있을 수는 없었다.

"교장 선생님, 교사는 교과서의 교과 내용을 재편성하고 재편집해서 가르칠 수 있습니다. 이미 법원 판례에 나와 있습니다. 그리고 송 선생

님이 복사하고 가르친 것은 교과서 외의 내용 아닙니다."

교사가 교과서를 재편성하고 재편집하여 가르칠 수 있는 교육권은 '헌법 제31조 4항 교육의 자주성 · 전문성 · 정치적 중립성 조항'에 있다. 좋은 수업을 하기 위하여 교과서를 연구 · 분석하고 좋은 부교재를 만드는 일은 교사의 자주적이고 전문적인 권한이라는 법적 판결을 받은 바 있다.

"김 선생이 영어 교과 내용을 어떻게 알아요?"

"저도 내용을 살펴봤습니다. 교장 선생님께서는 그 내용을 한 번이라도 제대로 보셨습니까? 그리고 영문법의 구조주의와 변형문법을 아십니까? 송 선생님이 복사해서 가르친 유인물 내용은 전통 영어 문법을 새롭게 이해한 구조주의와 변형문법에 기초한 트리구조 학습방법입니다. 학생들에게 영문법을 좀 더 쉽게 이해시키고자 새로운 영문법을 정리하여 학습보조 자료로 사용한 것입니다. 그리고 그것은 지금 가르치는 2학년 영어 교과서 다이얼로그 한쪽에 나오는 것입니다. 저는 교사 자격증이 윤리이지만, 영어교사 자격증을 딸 때 수업한 내용입니다."

"그래도 학습교재는 보조자료 일지라도 학교장의 결재를 받아야 합니다."

교장은 얼굴을 일그러뜨리며 화를 내고 나가 버렸다. 교무회의가 끝나자 사태를 바라보던 선생님들이 웅성거리며 주변에 모여들기 시작했다.

"그게 사실이야?"

"그럼 앞으로 어떻게 되는 거야? 학교 차원의 무슨 대책이 있어야지?"

"학교에 관련된 사람이 한 것 아니야?"

"진정서를 냈다면 학교사정을 잘 아는 사람이 한 짓이겠지……." 등 여러 말이 오고 갔다.

오후에 송강인 선생이 경찰서에 갔다 왔다.

"송 선생님 어떻게 됐어요?"

"경찰서에 가서 담당 경찰을 만났어, 미루면 저쪽에서 얕볼 것 같아서……."

"어떤 것들을 물어봐요?"

"먼저 신원을 밝히고 학교 유인물 진정 건 때문에 왔다고 했지, 그랬더니 좀 기다리래."

"그래서요?"

"좀 앉아 있으라고 하더라고. 그래서 수업 있다고, 바쁘다고, 빨리 조사하라고 재촉했지. 아니면 그냥 간다고 그랬어."

"기다리게 하고 다른 사건들 조사과정을 지켜보게 하면서 경찰서 분위기로 겁주는 수법이죠."

"우리가 전교조 결성할 때 경찰서에 한두 번 연행 당했냐? 그런 건 이제 우습지도 않아, 먼저 내 혐의가 뭐냐고 물었지."

"그랬더니요?"

"조사하고 있다고, 학생들에게 유인물비 받은 것 있냐고."

"그래서요? 뭐라고 했어요?"

"'나는 돈 받은 것 없다, 학생들이 복사한 것이다.' 라고 말했지. 그리고 누가 그러더냐고 물었더니 진정서가 들어 왔다는 거야. 그래서 진정서를 보자고 했더니 보여줄 수 없다고 그래. 그러면 나도 더는 진술할 수 없다고 했어."

"그러고 왔어요?"

"사실이 아닌 걸 가지고 진정을 했으면 진정서를 확인시켜 주든지, 아니면 진정인을 대면시켜 주어야 할 것 아니냐고, 그렇지 않으면 나는 무고로 알고 가겠다고 했지. 그랬더니 기소될 수도 있다고 겁을 주더라고. 그래서 마음대로 하라고 하고 왔어. 그리고 이건 분명히 말하고 왔어. 진정서를 나한테 보여주고 확인시켜 주든지, 아니면 진정한 사람과 대면시켜 준다면 내가 다시 오겠다고, 그렇지 않으면 경찰이 죄 없는 교사에게 무고혐의를 씌운다고 내가 진정하겠다고."

"경찰이 안 잡아요?"

"우라질, 그렇게 말하고 가겠다고 하고 왔어. 가면 안 된다고, 재소환한다고 하는데 알아서 하라고 하고 왔어."

"잘했네요."

"그런데 이건 아무리 생각해도 누가 부추긴 것 같아. 그렇지 않으면 경찰이 할 일 없어서 이따위 일로 출석 요구서 작성하고 사람 부르고 조사를 해?"

"그런 것 같아요, 조금 있으면 알 수 있겠죠. 앞으로 어떻게 할래요?"

"아니 경찰 조사건 뭐건 가만히 놔둬선 안 될 것 같아."

폭풍전야의 느낌이었다. 이 정도라면 그 누구라도 화가 날 지경이었다. 더구나 송강인 선생같이 자존심이 강한 사람이 모욕감을 느끼기엔 충분했다. 그동안 쌓였던 학생 사안들과 학교문제, 경찰 문제까지 되짚어 보면 가만있지 않을 것 같았다. 예감이 좋지 않았으나 어쩔 도리가 없었다. 이미 화살은 활시위를 떠났다.

13장

세 종류의 예 · 결산서

"저 좀 태워 주시겠어요?"

"오늘 차 안 가지고 왔어? 그래, 타."

도 교육청에서 감사가 나온다는 이야기가 들리기 시작했다. 서무과장부터 서무실 교직원들의 표정이 밝지 않았고 말이 없어졌다. 상황을 알아보아야 했다. 퇴근길에 송강인 선생 차를 같이 탔다.

"강인이 형, 저번 교재 복사비 건은 그 뒤로 다른 무슨 일 없어요?"

"잘못한 것이 없는데 경찰들이 어떻게 하겠어? 아무 일 없어 몰라 또 어떻게 엮을지, 걔들이 바라는 건 바로 이런 것인 것 같아, 항상 불안해하며 겁먹는 거……."

"도 교육청에서 감사 나온다는 얘기 들었어요."

"그래? 누가 그래?"

"서무실에서 들었어요, 표정들이 대단히 안 좋던데요."

"그럴 거야, 내가 교육청에 민원을 제기했거든."

"그런 줄 알았어요."

"그런데 사전에 교장에게 이야기했어요?"

"다 했지, 미리 경고도 했어. 그런데 대꾸도 없어, 이걸 봐." 서면 질의서였다.

예 · 결산에 관한 서면 질의서

수신 : 전라북도 교육청 교육감님

발신 : 서인 고등학교 교사 송강인

내용 : 서인 고등학교 '전년도 도 교육청 및 여타 기관 지원금 결산 내용 공개 거부'에 관한 건

1. 질의 배경

모든 학교 경비는 교육 활동을 위해 사용되어야 한다고 생각합니다. 그리고 그 경비들이 제대로 사용되는지, 잘 확인할 수 있는 위치에 있는 사람들의 감시는 필요합니다. 따라서 본교 교육 활동에 직접 참여하기에, 올바른 집행 여부를 잘 알 수 있는 저희 교사들은 도 교육청 및 여타 기관에서 지원한 자금으로 집행된 과목에 대한 결산 공개를 요구했으나 본교는 공개를 거부하여 의심을 불러일으키고 있습니다(육성회비는 공개했음). 학교에 편성된 학교경비 과목은 다음과 같습니다.

'학교 교육비, 교의수당, 자산 취득비, 교육과정 운영 학교교육비, 교육과정 자산 취득비, 보상금(선수 훈련비 · 훈련 장학금), 투자 교육사업 교원여비, 비정규직 보수, 경상교육 사업비, 경상교육 지원 사업비, 투자 교육 지원 사업비, 농어촌 실고생 장학금, 기타 기관운영 학교 교육비와 자산 취득비, 경상 교육관서 운영비, 중등교육 사업여비, 투자교육 사업 시설비와 국내여비, 검정시험 여비 등.'

2. 질의 내용

1) 위의 사항에 대하여 교사의 요청 시 공개를 해야 하나요, 말아야

하나요?

(서무과장은 구두 공개, 혹은 세부 지출 사항 공개를 생략한 약식 공개만 가능하고, 도 교육청 김모 행정과장도 같은 견해라고 주장함)

2) 서면 공개를 거부하는 경우, 공개될 수 있도록 교사가 합법적으로 취할 수 있는 행동은 무엇인가요?

3) 전용(예: 육성회비 중 학생회비를 청소용구 구입비로 사용하거나, 학교 운영비 중 화장실 유지 관리비를 타 용도에 사용하는 것과 같은)의 허용 범위는 어느 정도인가요?

"교육감에게 서면 질의서를 보내기 전에 미리 교장에게 학교예산의 문제점에 대하여 말했어, 예 · 결산을 제대로 공개해야 한다고……. 그런데도 아무런 대꾸가 없는 거야, 그래서 교육감 앞으로 질의서를 보냈지."

"교장이 질의 내용을 알 거 아녜요? 그런데도 아무런 반응이 없었어요?"

"알지! 도 교육청서 연락이 안 갔겠어? 그런데도 미동도 안 해. 해 볼 테면 해보라는 식이야, 그래서 다시 정식으로 민원을 제기하려고."

치밀하고 절차도 분명했다. 학교 경영진도 더는 변명할 여지가 없었다.

"예산집행에 문제가 많아요?"

"예산 세운 것부터 엉망이야. 배부된 금년도 예산집행 계획서에 전년도 결산이 없어, 그래서 결산의 문제점과 올해 예산 계획서의 문제점을 분석해서 계속 교육청에 문제점을 질의하려고."

"그래요? 보내기 전에 상의라도 한번 해 주세요……."

"야 이 사람아, 내가 상의하면 신중하게 하자고 말릴 것 뻔하지 않은가?"

더 할 말이 없었다. 단칼이었다.

송강인 선생이 교무회의에서 문건을 돌렸다.

학교 예 · 결산에 관한 문제점

수신 : 서인 고등학교 교장 선생님

발신 : 서인 고등학교 교사 송강인

내용 : – 3종류의 '금년도 예산서' 작성의 문제점

– 교사용 '예산 집행계획서'의 문제점

– 학부모 총회 시 제출된 눈가림식 예 · 결산의 문제점

– 예산 · 결산의 문제점 중 '세입'의 문제점

본교의 금년도 예 · 결산서를 읽어보고 참담한 심정으로 이 글을 씁니다. 한꺼번에 세입 · 세출 항목에 나타난 문제점을 모두 말하다 보면 논점이 흐려지니 오늘은 세입의 문제점만 서술하겠습니다. 이 정도로 뒤틀린 교육 현장이니 제가 얼마나 더 교사의 직책을 유지할 수 있을는지 의문입니다. 그동안 부정부패를 옹호하기 위해 줄곧 사용된 말이 있지요? '맑은 물에는 고기가 살지 못한다.'라는 상투어 말입니다. '사회는 더러워야 먹고 살 수 있다.'는 직설법을 사용하자니, 차마 그러지 못하고 둘러 붙인 교활한 표현인 것 같습니다. 극도로 오염된 물에서도 고기는 못 살지요. 그런데 왜 물이 더러우면 고기가 못 산다고 말하지 않고, 물이 맑으면 못 산다고 말할까요?

떳떳지 못한 사람들이 자신을 변호하는 말에 불과합니다. 송어나 은어들은 1급수가 아니면 살지 못합니다. 더러운 3급수 가까운 물에 사

는 것은 가물치나 미꾸라지 등 결코 품위있는 물고기는 아니지요. 만약 학교가 가물치 같은 인물들이 판을 치는 곳이라면 교육은 망해버리지요. 가물치가 최고 대우를 받는 곳이라면 품위있는 물고기가 숨이나 제대로 쉬겠습니까? 오히려 가물치들에게 시달리다가 잡아먹히지요.

얼마 전에 (교장 선생님이 송도회관에서 국회의원 후보자들과 면담하던 날) 본교 예 · 결산 문제가 나오자, 아주 당당하고 떳떳하게 그것도 여러 선생님 앞에서 '서무과에서 이미 다 대비해 놓았으니 송강인이 떠들어도 문제없고, 문제가 있어 청와대에 말한다고 해도 전북도 교육청으로 넘어오게 되어 있으니 아무 문제 없다.'고 교감 선생님이 장담하였습니다. 평교사가 아니니 발언 내용에 무게가 실릴 수밖에 없습니다.

교감 선생님의 말씀을 분석해 보면, 만약 단위 학교의 재정 비리가 있다면 그 비리의 부패구조는 최소한 도 교육청 인사들까지 포함하여 옹호하는 사슬 구조가 형성되었다는 말이지요. 따라서 단위 학교의 문제점은 문교부 이상의 기관에서 처리해야 다소 객관성 있게 처리된다는 조언으로 받아들이겠습니다. 본교는 아주 특이하게도 금년도 예산서가 3종류(학부모용, 교사용, 도 교육청용)나 나왔습니다. 종류가 다양해서 좋을 것이 따로 있지, 동일 사안에 대하여 회계 내용이 3종류가 나오다니 희극이지요. 회계 내용의 분량이 많아서 학부모들이나 교사들에게 공개한 내용은 대략적인 수치 제시에 머물 수밖에 없었다고 말할지 모르겠습니다.

그러나 옆 학교의 학부모용 예 · 결산서를 보면 본교의 '도 교육청 보고용'보다 더 세밀하고 분량이 방대합니다. 교사에게 배부한 본교 금년도 '예산집행 계획서의 문제점'은 전에 제시한 문건으로 대체하겠습니다. 그러나 세 가지 문제점은 학교장으로서 분명히 해명하셔야 하므로 다시 말씀드립니다. 첫째, 교사용에 전년도 결산이 없다는 점입니다. 전년도 결산이 없는 예산 집행 계획서라니요? 둘째, 학부모용 예 · 결산서에 포함된 전년도 잉여금이 교사용에는 빠진 점이고, 셋째, 금년도 세입 예산총액이 학부모들에게 보고한 내용과 교사용이 다른 점입니다, 도 교육청 전입금은 학부모가 직접 내는 육성회비가 부족하여 학교 운영에 차질을 줄까 염려하여 도 교육청이 재정 지원을 해주지만, 학부모가 직접 내는 돈이 아니니 명칭을 '육성회비가 아닌 학교 운영비'라고 부르는 것 아닙니까? 그런데 그 재정 지원액을 직접 회비로 학생들에게서 거두어들인 돈이 아니니 학부모들에게는 공개할 필요가 없다는 것입니까? 도 교육청 전입금으로 시설을 보수하고 학부모에겐 학부모가 낸 육성회비로 지출한 것처럼 꾸밀 우려가 있으니 반드시 도 교육청 전입금도 함께 육성회비 예 · 결산에 도 교육청 지원금을 포함하여 처리해야 합니다.

그리고 첨가하는 내용입니다만 행사 때 성금으로 들어오는 돈들은 전년도 결산에 포함해야 하고, 외부 모의고사 등을 봤을 때 건네지는 리베이트가 있다고 들었습니다. 그럴 리가 없다고 생각하지만, 만약 있다면 이런 비용도 투명하게 기부금으로 잡고 학교 회계에 포함해야 하지 않습니까? 그 이유는 이번 예 · 결산에 대한 문제 제기는 동일항목에 대하여 교사에게 배부한 문서의 내용과 학부모에게 배부한 문서의 내용이 차이가 심하기 때문입니다.

결국, 학부모들에게 제출한 금년도 예산과 교사들에게 배부한 예산 집행계획서를 보면 학교 전체 예산규모를 교사 · 학부모 어느 쪽도 정확히 파악하지 못하도록 한 흔적이 역력하여 의혹을 증폭시킵니다. 예산은 투명해야 합니다. 이에 대한 해명을 요청합니다.

본 문건은 본인의 의혹이 타당한지 터무니없는 상상인지 확인하기 위한 것임을 재차 강조합니다. 따라서 이번 주까지 서면으로 어떠한 말씀도 없으면, 교감 선생님 표현대로 도 교육청 인사들까지도 두둔해 줄 수 있도록 모든 준비가 완료되었기에 '마음대로 해봐!'라며 힘으로 몰아붙이는 것으로 간주하겠습니다.

예 · 결산에 대한 문제점의 지적은 명확했다. 또 교육 부조리 차원에서 계속 제기되고 있었던 외부 모의고사 채택료 문제, 외부 후원금 문제까지 지적하고 있었다. 교장은 아무런 말을 하지 않았고, 교무회의는 무거운 분위기 속에서 끝났다. 송강인 선생에게서 이미 작성된 도 교육청 민원제기용 문건을 받아 살펴보았다. 교무회의에 내놓은 문건과 크게 다르지는 않았지만 보다 자세하게 문제점을 짚고 있었다.

'첫째, 교사들에게 배부한 금년도 예산집행 계획서를 보면 전년도 잉여금을 알아야 금년도 예산 세입 총액 규모를 편성할 수 있고, 또 전년도 세출 규모를 알아야 금년도에는 어느 정도 지출을 요구할 수 있는지 가늠할 수 있기에 반드시 결산이 필요함에도 결산 내용이 없다. 이는 교사들에게 전년도 세출 내용을 숨기려는 의도이고,

둘째, 교사용에 명시된 금년도 세입 예산 총액이 학부모들에게 보고한 내용과 다르다. 교사들에게 배부한 예산서의 도 교육청 전입금(4천9백만 원)과 육성회비(4천4백만 원)를 합한 세입 총액은 9천3백만 원인데 학부모에게 배부한 세입예산 총액은 1억5천8백만 원이다. 또 학부모들에게 배부한 예 · 결산서(학부모용)에 의하면 육성회비 수입이 9천여만 원에 이르고 있는데 교사들에게 제시한 예산 집행서(교사용)에

는 반액도 못 미치는 4천3백만 원으로 육성회비 수입을 축소하여 잡은 문제점이 있고 전년도 잉여금(이월금) 1천2백만 원이 학부모들에게 배부한 예 · 결산서에는 포함되어 있는데 교사용 예산 집행서에는 누락시켰고,

셋째, 보충 · 자율학습비 총액 5천6백여만 원(보충수업비 4천8백만 원과 자율학습비 7백7십만 원)이 학부모용 예 · 결산서에는 포함되어 있는데 교사용 예산 집행서에는 빠져 있다. 그 외에 여러 가지 예산 차액을 계산해 보면 무려 1억5천만 원 가량 차이가 나는 예산 집행 계획서를 믿을 수 없다.'는 내용이었다.

예 · 결산에 대한 문제 제기는 이유가 충분했다. 그러나 머리가 복잡해지기 시작했다. 일단 현직 교사의 '예 · 결산에 관한 문제 제기' 시 감사는 나올 수밖에 없다. 감사가 나오면 서무실 직원뿐만 아니라 담당 교사들도 편하지 않다. 특별히 어떤 커다란 부정이 없더라도, 일단 서무과에서 집행되는 예 · 결산과 관련하여 교사들의 예산 집행내용까지 모조리 들춘다. 그리고 털기 시작하면 사소한 것까지도 들추어내어 걸리면 징계를 받는다. 징계는 주의 · 경고 · 견책 · 감봉 · 정직 · 강등 · 해임 · 파면 등이 있다. 물론 교사들의 사소한 실수나 부주의에 대한 징계는 주의나 경고 정도에 그친다. 그렇지만 조그만 주의나 경고 하나라도 징계를 받으면 기분이 매우 더럽고 이동과 승진에 1년 동안 영향을 미친다. 그것보다 더 걱정되는 것은 감사가 나오면 교사들이 매우 싫어하여, 문제를 제기한 교사는 동료 교사들에게 비난의 대상이 될 수 있다. 벌써 전교조 복직교사들이 너무 강성이라는 비판이 제기되고 있었고 이 점이 제일 염려스러웠다. 그렇다고 학교의 부조리를 바로잡는다

며 온갖 비난에도 굴하지 않고 문제를 제기하며, 그야말로 선도투쟁을 해가는 송강인 선생을 혼자 그대로 놔둘 수는 없었다.

"교육청에 감사요청을 직접 하시게요?"
"아니, 민원으로 처리하려고."
"민원을 넣으면 어떻게 되나요?"
"교육청서 알아서 하겠지. 시정명령을 하든지 아니면 감사를 나오던지."

어떻게 하지?
다시 머리가 복잡해지기 시작했다. 그러나 가장 중요한 점은 그가 옳다는 것 아닌가? 잘못된 것을 바로잡고 고치려고 하는 것이 옳지, '좋은 게 좋은 거'라고 그냥 넘어가는 것이 옳은 것은 아니지 않은가?
옆에 같이 서 있어 주기라도 하자….

결국, 도 교육청에서 감사가 나왔다.

14장

주임회의는 정부 각료회의 차원에서 하시오!

도 교육청의 정기감사가 진행되는 사흘 동안 서무과 교직원부터 교무실 선생님들의 표정은 밝지 않았다. 차마 말을 하지는 않고 있지만, '이렇게까지 문제를 키우면 어쩌자는 거냐?'는 말이 귀에 들리는 듯했다.

방관적 자세에 있던 선생님들을 비롯하여 전교조 관련 교사들도 피곤을 느끼고 있었다. 교장은 감사요청에 대한 교사들의 불평불만을 꿰뚫어 보고 있었다. 주임회의에서 서무과장과 주임교사들에게 감사대비를 지시하며 마지막으로 일갈한다.

"앞으로 주임회의는 교감 선생님, 서무과장님, 주임 선생님들이 미리 문제점을 파악하고 상의한 다음, 대책을 마련하여 장관이 대통령에게 보고하는 정부 각료회의 차원에서 하도록 하시오."

대단한 권위주의적인 발언이었고 기발한 발상이었다. 감사를 앞두고 정보를 공유하여 미리 대비하라는 의도이겠으나, '정부 각료회의 차원의 보고'라는 말을 들으니 어안이 벙벙했다. 이미 떨어진 감사를 피할 길은 없다. 감사를 받을 때 해명할 것은 충분히 해명하고 잘못된 것은 시정을 하고, 그리고 결과는 도 교육청의 처분을 기다리면 될 일이다.

그러나 감사 대비에 대한 교장의 발상은 기상천외했다. 사안의 본질은 이미 사라져 버리고 권위주적 모습만이 나뒹굴고 있었다. 학교 운영에 대한 제대로 된 반성은 날아 가 버렸다. 헛웃음이 나왔다.

"어떤 일이 있어도, 그래도 학교 운영은 계속되어야 합니다."

교장은 교무회의에서 감사 건에 대하여 그렇게 표현했다. 그리고 한 마디를 더 던진다.

"주번교사는 오늘 교무회의에 참석한 교사와 불참한 교사들 인원 보고를 바로 하세요."

이주엽 선생이 일어선다. 이번 주 주번교사다.

"교무회의 다 끝났습니까? 수업 시작시간이 지났습니다. 저는 수업 들어가겠습니다."

그리고 교무실 문을 쾅 소리가 나게 닫고 나간다. 헛발질이었다. 오히려 교장의 권위가 철저히 무너지고 있었다. 감사에 대한 교사들의 불만을 이용하려던 교장의 권위주의적 학교 운영이 공개적으로 무너지는 순간이었다.

권위는 주변에서, 그리고 상대방이 스스로 인정하고 존중해 줄 때 생긴다. 그래서 권위가 있는 사람은 상대방으로부터 존경을 받게 되고 그의 말과 행동이 존중받는다. 그러나 존중을 받을 수 있도록 스스로 노력을 하지 않고 자신의 힘과 지위를 이용하여 상대방을 억누르고 강압적으로 복종을 강요할 때, 권위는 권위주의로 전락한다. 권위주의자는 상대방을 힘으로 누르고 억압하여 자신의 이득만을 취한다.

교장은 권위주의라는 올가미에 자신을 스스로 얽매고 있었다. 감사 결과 서무과 교직원을 비롯하여 관련 교사들까지도 책임 정도에 따라

주의 · 경고 등을 받았다. 예 · 결산에 관련한 감사 건과 연일 터지는 학생폭력 사안들, 그리고 학교운영에 관한 교무회의에서의 계속되는 항의 속에서 교장도 점점 지치는 것 같았다.

교장 측근의 몇 선생님들은 수업 외적인 것에 더 관심 많았다. 개인 연구점수를 따려고 과학전람회에 출품할 작품을 만드는 일이나 교장이 지시한 진로 교과서를 만드는 일, 또는 연구학교로 지정받아 연구점수를 받는 일 등에 더 열심이었다. 교장은 교실에서 학생이 어떻게 수업을 받고 있는지에 대해서는 거의 무관심했고, 교사들의 수업 외적인 업무를 더 중시하고 부추겼다.

교사들의 수업 외적인 일들이 꼭 잘못된 것만은 아니다. 교사로서 전문성 고양을 위한 연수나 승진을 위한 연구 등도 교육의 발전과 수업의 질적 향상을 위하여 교육 현장에서 꼭 필요한 일들이다. 그러나 교과 수업시간에 다른 일을 준비한다며 자율학습을 시키는 것이 문제였다. 교육활동 중 교사에게 가장 중요한 것은 아이들의 인성 지도와 수업이다. 자율학습은 몸이 아파 수업을 하기 힘들 때나 있을 수 있는 일이다. 그럴 때도 그 시간의 학습 과제를 제시하여 아이들을 지도하면서 자율학습을 시켜야 한다. 수업에 관한 장학은 학교 관리자의 가장 기본적인 의무다. 그러나 학교 관리자의 역할이 제대로 이루어지지 않고 있었다.

선생님들은 점점 산만해 지고 있었다. 교감도 교장의 눈치를 보며, 개인 승진점수를 따기 위하여 과학전람회 출품 때문에 출장이 잦은 교사나 같이 출품을 준비하고 있는 교사, 진로 교과서를 준비하는 교사에게는 수시로 일의 진행을 물어보며 고생한다는 치하를 하면서도, 그 외 다른 교사들에게는 거의 말을 하지 않았다. 선생님들의 불만은 쌓여 갔고 학교 운영에 대한 불신은 깊어만 갔다. 전교조 관련 교사들끼리는 학교의 문제점에 대하여 개인이 할 수 있는 일만이라도 성실히 하자고 상의하고 학교 일을 해 나갔지만, 그 이상의 일들은 그냥 두고 볼 수밖에 없었다. 학교 장학지도의 권한은 교장과 교감에게 있다. 가르치는 것이나 근무태도에 대해서 같은 동료교사끼리는 조언 이외에는 어떤 개입을 할 수가 없다.

그 와중에도 학생 사안은 계속되고 있었다. 오두영이 방과 후 담배 핀 후배들을 교육한다는 이유로 '엎드려뻗쳐'를 시키고 발로 밀치는 과정에서 한 아이가 이를 비롯하여 심하게 다쳤다. 피해자 학생의 부모가 거세게 항의를 하였고 오두영은 결국 경찰에 입건되어 기소유예처분을 받고 자퇴서를 냈다.

교사들 사이의 갈등의 골도 점점 깊어 가고 있었다. 교무실 분위기는 냉기가 돌고 교사들끼리의 대화도 줄어들었다. 교장은 학교 분위기를 바꾸어 보자며 연휴를 이용하여 친화 차원의 직원여행을 지시했다.

"그동안 학교 일이 바빠서 친화회를 제대로 못 했습니다. 잠시 학교 일은 잊고 선생님들 모두 함께 연수도 하고 즐거운 시간을 갖고자 친화회 간사님과 상의하였습니다. 그래서 직원여행 장소와 프로그램을 결정하고자 합니다. 되도록 전 선생님들이 다 참여해 주시길 부탁합니다. 친화회 간사님, 선생님들 의견은 어디가 좋다고 가장 많이 나왔습니까?"

"진도입니다."

"그래요? 진도는 바닷가이니 회도 먹고 약주도 한잔 하면서, 학교 일은 다 잊어버리고 재미있게 직원여행을 합시다. 그런데 숙소는 어디로 정했습니까?"

"다시 계획서를 유인물로 배부하겠습니다만, 바닷가 근처에 경치가 좋은 콘도미니엄이 있어 연락하고 있습니다."

"바닷가에 있는 콘돔요? 요새 경치 좋은 곳에 좋은 콘돔들을 많이 짓고 있지요? 그러면 경치와 시설이 가장 좋은 콘돔으로 정하세요."

콘도미니엄을 콘돔으로 줄여서 발음한 것이다. 여기저기서 키득거리는 소리가 들린다.

"그러면 식사는 어떻게 하나요? 콘돔에서는 밥을 해먹는다고 하던데……, 선생님들이 불편하니까 잠은 콘돔에서 자고 식사는 사 먹는 거로 합시다."

선생님들은 차마 소리는 내지 못하고 웃음을 참느라 고개를 숙여 손으로 입을 막고 말을 못한다.

2박 3일의 진도 일대를 탐방하는 코스였다. 모처럼 학교와 일상을 떠나서인지 그동안 눌려 있던 기분을 약간씩 풀고 여행을 즐기고 있었다. 이틀째 저녁 식사 후 몇몇 교사들끼리의 조촐한 술좌석이 있었다. 학교 이야기가 나오자 송진영 선생이 옆에서 조용히 말한다.

"형, 교장이 복직교사 두 명이 교포라면서 내놓고 자기를 못살게 군다고 그래요."

"그래? 교장을 못살게 하려는 게 아니라 잘못된 것을 바로잡고 학교를 민주적으로 운영하자고 하는 것 아니야? 학교에 정상적이지 않은 것들도 많이 있고……."

"그건 그런데 선생님들이 힘들어 하는 것 같아서요."

"그런 면도 있지, 하지만 교장 하는 꼴로 봐서는 아직도 멀었어……."

"하지만 그러다 보니 선생님들 사이도 골이 깊어지고 학교 분위기도 험악해지고 그래요."

"모르는 바는 아니지만, 한번은 겪어야 할 일이야."

술좌석이 길어지면서 그동안 쌓였던 불만들이 여기저기서 터지고 있었고 개인 대화는 중단되었다.

다음날 돌아오는 길이었다. 진도대교 근처에서 한 시간 정도의 휴식을 갖자 휴게소에서 진도 홍주를 마시기 시작했다. 버스 속에서 어제 술좌석에서 남은 이강주를 다 마시고 또 홍주를 마시기 시작했다. 특히 교무주임 선생님을 비롯한 나이 든 몇 선생님들은 술이 좀 거나했다. 전날 숙취에 알코올 도수가 46도나 된다는 술이 더해졌다. 몇 병을 더 사서 버스 안에서도 돌리기 시작했다. 술이 올라오면서 뒷좌석에 앉아 잡담하던 선생님들 입에서 교장에 대한 불만이 터져 나오기 시작했다.

"학교가 이렇게 된 것은 다 관리자들이 잘못해서 그런 것 아니야?"

"참 웃기는 일들이지……."

"에이 목구멍이 포도청이지……."

"송강인 선생도 좀 심하지 않았나?"

"감사받을 때 그때는 송 선생이 밉기도 했지만, 그동안 교장이 해 온 짓들을 생각하면 시원하기도 해."

"그동안 참은 것만 해도 분통 터지지."

"정 억울하면 출세해, 그리고 교장하면 될 것 아냐?"

"교장 평생 하나? 웃기지 말라고 해."

비난은 점점 도를 넘어서고 있었다. 앞좌석에 앉은 교장의 귀에 충분히 들리는 대화들이었다. 버스는 불평 속에서 학교에 도착했다. 교장은 도착하자마자 혈압이 올라 머리가 아프고 어지럽다고 병원으로 직행했다.

학교 분위기는 갈수록 침체되어 갔다.

얼마 후 송강인 선생님이 병원에 입원했다.

"다시 심장이 안 좋아졌어요?" 병문안을 가서 물어보았다.

"심장이 덜컥거리는 것 같아."

"병원서는 뭐라고 해요?"

"입원하라고 해, 몇 달 있어야 할 것 같아. 병가를 내야 할 것 같은데……."

"그동안 무리하셨어요. 학교 일로 받은 스트레스도 심할 거예요. 몸이 우선이니까 이 기회에 철저히 치료하게 휴직을 하는 게 어때요? 해직 때부터 지금까지 계속 무리하셨잖아요."

"저번 주에 신문에 기고를 하나 했어."

"무엇 때문에요? 전에 촌지 문제에 대하여 글을 쓴다고 들었습니다만, 기고했어요? 어느 신문사요?"

"중앙지 ㅎ신문에, '촌지를 비롯한 수학여행 리베이트와 부교재나 학습지 채택료 문제 있다.'라는 내용으로. 각종 참고서와 문제집 등 채택료나 수학여행 때 관광회사에서 주는 리베이트는 근절되어야 한다고 썼어. 그랬더니 방송국에서 인터뷰하자고 요청이 왔어."

"그래서 했어요?"

"응, 전에 근무하던 학교에서 담임들에게 학교 발전기금을 걷어내라는 제의를 거부하느라 힘들었다는 내용도 이야기했고, 교복이나 부교재 선정 때 또 수학여행 때 여행사의 리베이트 문제 등의 잘못된 관행을 타파해야 한다고 말했지."

다른 고등학교에서 근무하는 친구에게서 '학교에서 담임들에게 학교

발전기금으로 한 반당 30만 원씩 걷어 학교에 내고 그 이상 걷게 되면 나머지는 담임이 사용해도 좋다.'고 하는데 어떻게 해야 할지 모르겠다는 하소연을 들어 본 적이 있었다.

또 신문의 국민 기자석이나 투고란에 보면 부교재나 채택료에 대한 비판의 글들이 비일비재했다. 부교재 채택 리베이트는 부교재비의 20% 정도라고 한다. 교복선정을 할 때도 돈 봉투가 리베이트 명목으로 주어진다고 한다. 전에 있던 학교에서 부교재 채택료로 학년회식을 하면서 채택료를 어떻게 할 것인가 논의하다가 결국 회식할 때 쓰자고 결정한 기억이 났다. 인문계 고등학교 1학년이 되면 10권 이상의 부교재를 사는데 20~50만 원가량의 돈이 들어간다고 한다. 스승이 제자가 공부할 교재선택을 하면서 제자의 돈을 갈취한다고, 썩은 관행인 참고서 채택료를 쓸 때마다 자괴감을 느낀다고 신문에 썼던 어느 교사의 글이 생각났다.

"에이……, 그러니 몸이 아프죠. 신문에 기고하고 방송에 나가고, 그거 엄청나게 신경 쓰이는 일이에요, 이제 좀 쉬어요."

"학교에 궂은일이 많은데 어떻게 하냐?"

"강인이 형, 학교일 걱정하지 말고 좀 쉬어요, 어떻게 또 되겠죠. 다른 생각 마시고 먼저 형 몸부터 챙기세요."

"미안하다, 학교 상황이 그래서 선생님들이 힘들 텐데……."

"무슨 말씀을 하시는 겁니까? 다른 생각 마시고, 우선 푹 쉬시고 몸이나 돌보세요."

송강인 선생은 휴직했다. 선(線)이 강하고 속정이 깊은 단칼 선생이었다.

15장

관습과 변화

해를 넘기고 2월이 되어 교감이 교장으로 승진발령이 났다. 운동장 조회에서 교감이 이임사를 한다.

"삼십여 년의 교직 생활이 끝나가는 느낌입니다. 마지막 교직 생활을 교장으로서 마칠 수 있게 되어서 저로서는 영광이라고 생각합니다. 특히 이 학교에서 교감으로 근무했기에 그렇게 된 것 같습니다. 그래서 이 학교의 선생님들과 학생들에게 진심으로 감사함을 표하고 싶습니다. 학생 여러분들에게 부탁하고 싶은 것은 언제나 자기 자리에서 최선을 다해주길 바랍니다. 또한……."

교감의 이임사를 듣는 도중 몇 년 전에 전주의 모 학교에서 교장으로 승진해서 이임 인사를 했다는 어떤 교감의 말이 생각났다.

'교장은 교직 생활의 꽃입니다. 여기까지 오는 동안의 교직 생활은 기다림이고 인고의 세월이었습니다. 그런 힘든 생활을 견기고 참는 과정이 있었기에 오늘의…….'

그 교감 선생님은 평소에 '군자지삼락(君子之三樂)중 득천하지영재

교육지 삼락(得天下之英才 敎育之 三樂 : 천하의 영재를 얻어 교육함이 세 번째 즐거움이다)'을 수시로 말하고, 가르치고 배우면서 서로 성장한다는 '교학상장(敎學相長)'을 유난히 강조했었다고 한다. 그 생각이 떠올라 씁쓰름한 웃음이 나왔다.

이임사가 끝난 후 교감의 승진에 대하여 많은 선생님이 축하인사를 한다. 함께 진심으로 축하했다.

이번에도 많은 교사가 다른 학교로 전출 신청을 했고 교감을 비롯하여 7~8명의 교사가 새로 부임했다. 새로 부임한 선생님 중에 유인섭 선생이 있었다. 89년 전교조 대량 해직사태 직후에 학교에 들어온 후배교사로 초임 때부터 교육문제를 고민하고 어려움을 함께했던 선생님이다.

오두영 학생도 복학했다. 학교 부적응 학생을 학교에서 지도할 생각은 하지 않고 잘라 내고 내쫓기만 한다는 교육계에 대한 사회 전반에 걸친 비판이 연일 언론에 보도되었다. 자퇴생이건 명퇴생이건 복학을 원하는 학생들은 전원 복학 시킨다는 문교부의 결정이 있고 난 후, 퇴학생을 전원 복직시키라는 공문으로 20여 명의 퇴학생이 복학하게 되었다. 오두영을 비롯하여 폭력에 관련되어 퇴학한 학생들도 모두 복학하게 되었다.

학생지도가 힘들게 될 것 같은데….

신학기가 되어서도 학교는 조용하지 않았다. 교장은 3월 초부터 교무회의에서 학교 운영에 대한 강한 의지를 표명한다.

"그동안 학교에 여러 일이 있었습니다. 하지만 오늘 이후로 이전의 일들은 모두 잊고 다시 새로운 학교를 만들어 갑시다. 선생님들께서는 먼저 수업과 각자 맡은 업무에 충실해 주시길 바랍니다. 제가 부탁하고 싶은 것은 두 가지입니다. 첫째, 학생들 지식교육을 충실히 해주시기 바랍니다. 학부모들의 가장 큰 요구는 먼저 성적입니다. 성적을 올리도록 노력해 주십시오. 두 번째, 교육공무원법을 보면 교원은 성실과 복종의 의무가 있습니다. 따라서 선생님들은 학교에 충성해 주시기 바랍니다. 학교 조직에 충성해 달라는 말입니다. 그리고……."

교장 혼자 무려 30분 이상을 말하며 교무회의를 마친다.

"학교장인 자기에게 충성하라는 말 아냐? 다시 군기 잡으려고 그러나?"

"복종의 의무? 명령은 적법한 것이어야지, 위법한 명령은 복종할 의무가 없어……."

"이전 학교에서도 저랬나? 전에 있던 학교가 어디였지? 다시 한 번 알아봐야겠어."

"순창에서도 한참 더 들어간 어디 던데……."

"그래? 한번 알아보아야겠네."

조용히 지켜보던 교사들이 한마디씩 하며 의아한 표정으로 짓는다.

'국가공무원법 제57조(복종의 의무) 공무원은 직무를 수행할 때 소속 상관의 직무상 명령에 복종해야 한다.'

공무를 담당하는 교원으로서 지켜야 할 법 조항이지만, 악용될 때 문제가 생긴다. 이에 대한 해석은 '정당한 권한을 가진 자에 의한 직무상 명령이어야 하고, 그 내용이 법령에 반하는 것이어서는 안 된다'이다.

즉 소속 상관은 위법한 명령을 해서는 안 된다. 그런데도 권위주의적 교장들은 종종 이 법 조항을 들먹이며 복종을 종용한다.

한 달 여가 지난 후 월요일 교무회의에서 교장이 단호한 표정으로 말한다.

"앞으로 선생님들께서는 되도록 오후 7시 이전까지는 퇴근하지 마시고 업무를 다 마치고 퇴근해 주시기 바랍니다. 그리고 다음 교무회의부터 애국가를 4절까지 부를 테니까 교무주임은 선생님들이 따라 부르도록 애국가 녹음테이프를 준비해 주시기 바랍니다."

"선생님, 이 학교 교장 선생님 좀 그런데요?" 유인섭 선생이 말한다.

"그러니까 말이야."

"저는 교육경력이 많지 않지만 이런 교장 선생님 처음 만나 보는데요? 요새 교무회의에서 저렇게 길게 이야기하는 교장 없어요."

"유 선생, 7시까지 근무하라는데 어떻게 생각해? 선생님들도 쉬어야 다음날 근무를 하지."

"좀 지켜보게요, 그리고 선생님들 반응도 보고요."

"그렇게 하지."

독단은 자기 합리화를 필요로 한다. 자기 합리화를 위해서는 타인의 잘못을 밑에 깔고 그것을 빗대어 자기 생각을 정당화하는 경우가 많다. 선생님들은 교무회의를 할 때마다 애국가를 4절까지 부르느라 죽을 지경이었다. 부를 때마다 얼굴에 짜증이 일고, 딴짓하는 선생님들이 늘어 갔다. 애국가를 부르는 도중에 두 여선생이 서로 손짓을 하고 조그맣게 이야기를 주고받는다. 그걸 본 교장은 다른 선생님들에게 들리도록 옆에 앉은 교감에게 말한다.

"교감 선생, 저것 봐 저것. 저 여선생님들 애국가 도중에 서로 잡담하고……, 교장 말을 뭐로 아는 거야?"

교무회의가 끝나고 교장이 교무실에서 나가자 선생님들이 불평을 말하기 시작한다.

"교무회의가 무슨 국경일 기념식이냐? 평상시 매일 하는 교무회의에서 애국가를 4절까지 다 부르게? 그러면 주임회의 때도 부르고 모든 회의 때마다 애국가를 불러야겠네?" 라는 불평에서부터,

"무슨 이런 교무회의가 다 있어? 그래도 전엔 1절만 했잖아……."

"애국가가 우리 학교에 와서 정말 고생이네요, 이게 무슨 군부 독재시대도 아니고. 우리 학교는 왜 애국가 때문에 항상 난리인지 모르겠어요……."까지 다양한 불만들이 쏟아져 나왔다.

도저히 그대로 있을 수는 없었다. 교무회의는 애국조회가 아니니까 애국가는 특별한 기념식이나 애국조회 때 하고, 교무회의 때는 '국기에 대한 경례'만 하고 애국가는 생략했으면 어떻겠느냐'라고 교무회의에서 제안했다.

"아니, 윤리선생님이 그런 말을 하면 어떻게 합니까? 아이들을 가르치기 전에 국가관을 투철하게 하기 위하여 교무회의 때 모든 선생님이 항상 애국가를 부르고 수업에 임하면, 자세도 다시 가다듬어지고 교사들의 소명감도 투철해지니까 좋지 않습니까? 다른 선생님들도 다 그렇게 하자고 합니다. 왜 선생님만 그러십니까?"

교장은 바로 반박하며 국가관을 앞세워 자신의 권위로 반대를 억누르려고 한다.

"교장 선생님, 모든 선생님이 다 원한다고요? 그러면 과연 그런지 설문을 받아도 좋겠습니까?"라고 제안하자,

"그러면 그렇게 하세요." 말하며 교장은 나가버렸다.

간단한 설문지를 준비했다.

'학생들과 교사들이 함께하는 애국조회에 애국가를 몇 절까지 부르는 것이 좋은가? 와 교무회의 때 애국가를 꼭 불러야 하는가? 그리고 부른다면 몇 절까지 불러야 하는가? 국가관 교육 확립을 위하여 어떤 교육을 해야 하는가?' 등을 묻는 내용을 주로 하여 설문지를 만들어 설문을 받고 교무회의에서 발표했다.

"선생님들께 말씀드립니다. 저번에 제안한 대로 선생님들에게 설문을 받았습니다. 선생님들 90% 이상이 학생들의 국가관 확립을 위한 교육은 윤리과와 사회과에서 체계적인 계획을 세워서 하고, 교무회의에서는 애국가를 부르지 말고 '국기에 대한 경례'만 하자고 합니다. 설문 통계를 말씀드립니다."라고 통계 내용을 말하자,

"아니 선생님, 누구 마음대로 그런 설문을 받았습니까? 내가 허락한 적이 없는데요." 교장이 바로 치고 들어온다.

"저번 교무회의 때 제가 제안을 했잖습니까? 그리고 교장 선생님이 나갈 때 설문을 받으라고 했잖습니까?"

"나한테 결재를 받지 않았잖아요?"

"교장 선생님, 공개적으로 교무회의 석상에서 하라고 구두 결재한 거잖아요?"

"정식으로 교장의 결재 도장이 없는 설문 통계는 무효입니다." 교장은 언성을 높이며 거칠게 문을 닫고 나가자 여기저기서,

"에이, 도대체 이게 뭐야?"

"구두 결재는 결재 아니야? 공식 석상에서 한 구두 결재는 결재지, 증인이 있잖아."

"저번 회의 때 자기가 공개적으로 하라고 결재한 거잖아?"

"교장 결재가 없으면 설문도 못 받나?"

"말할 걸 가지고 말해야지, 원……."

라며 앉아서 듣고 있던 선생님들이 한숨을 쉬며 한마디씩 불평을 하자, 듣고 있던 이대운 선생이 말한다.

"김 선생, 이미 시작했으니까 학생들 국가관 교육은 윤리부에서 이제까지 하던 대로 계획을 세워 교육하고, 교무회의에서 애국가 4절까지 부르는 것은 선생님들에게 설문 받은 대로 '국기에 대한 경례'만 했으면 해."

"예 알겠습니다. 그렇게 해야지요. 교장에게 다시 한 번 말하지요."

"교장 선생님 학생들 국가관 교육 계획서입니다. 그리고 대다수 선생님의 뜻대로 교무회의에서 '국기에 대한 경례'만 하고 애국가는 생략했으면 좋겠습니다."

'윤리부 국가관 교육 계획서'를 가지고 교장실에 들어가서 정중히 결재판을 내밀고 말하자, 교장은 바로 쏘아붙인다.

"내가 결재하지도 않았는데 당신 마음대로 조사하고 발표했잖소. 학교 일을 당신 마음대로 하면 되는 거요? 그리고 윤리주임은 인사를 제대로 할 수 없소? 학교에서 '교장은 아버지고 교감은 어머니'라고 하는데. 그러면 내가 아버지뻘인데 윤리선생이 그러면 되는 거요?"

자신의 권위가 무너졌다고 생각했는지 '학교 가정론'으로 위계를 세우려고 시도한다.

"아니 뭐요? 교장 선생이 내 아버지뻘이라니, 대체 올해 나이가 어떻게 돼요? 나도 40대 중반이요. 내가 알기엔 교장 선생님은 50대 중반으로 알고 있소, 열 살 차이가 나는 아버지뻘도 있소? 그리고 인사도 그렇소, 결재 끝나고 나면 항상 '수고하셨습니다.' 라고 인사하고 나갔잖습니까? 그런 것은 기억 못 합니까? 그리고 교장 선생들은 교사들에게 항상 이따위로 대하는 거요?"

교장이 다시 대응한다.

"뭐야? 말 다했어?"

"당신이 내 아버지뻘이라니? 그게 무슨 말이요?"

"당신? 당신이라니?"

"당신이 먼저 당신이라고 했잖소? 그리고 영어의 You는 우리말로 당신이지 뭐요?"

큰소리와 함께 언성이 높아지고 말다툼이 이어지자 옆방에 있던 서무과 교직원들이 달려왔다. 같이 거칠게 말하고 맞대응을 하자 상황이 불리하다고 느꼈는지 교장은 직원들을 내보내고 말한다.

"아니 내 이야기는 내가 아버지뻘이라는 것이 아니라 학교에서 그렇다는 말이지, 그리고 김 선생은 오면 인사를 제대로 하지 않는다는 말이오."

"그래요? 그럼 말해 봅시다. 저는 분명히 인사를 했습니다. 그리고 학교에서 교장이 아버지고 교감이 어머니라는 것도 옛날얘기입니다. '학교 가정론'이라는 건데 그건 권위주의적 잔재입니다."

'학교 가정론'은 권위주의적 잔재로 이미 이야기하는 사람은 거의 없다. 지금은 교장 · 교감에게 '관리자 역할론'이 더 강조되고 있다. 교장 · 교감은 학교의 책임을 지는 관리자로서 가르치는 교사와 역할이

다를 뿐이지, 인격적으로 차이가 나는 것은 아니라는 논리다.

"학교에서 교장 · 교감이 아버지이고 어머니면, 그러면 교장 · 교감보다 나이가 더 많은 선생님에게도 그렇다는 겁니까? 도대체 말이 안 되잖습니까? 학교에서 교사는 교장의 부하 말단 직원이 아닙니다. 그러므로 교사는 직급이 없는 별정직입니다. 관리자와 교사의 관계는 서로 역할이 분리되어 있을 뿐입니다. 학교에서 모든 선생님은 인격적으로 존중받아야 하고 또 그럴 때, 아이들을 인격적으로 가르칠 수 있습니다."라고 설명하자,

"교사는 학교장의 명에 의하여 학생을 가르치게 되어 있어요. 법으로 그렇게 되어 있으니 교장의 말은 다 들어야 하는 거요." 다시 교육법을 들먹인다.

"예, 알고 있습니다. 그래서 우리가 그 법 조항을 고치려고 노력하고 있습니다. 그러나 비록 법이 그렇다고 해서 교장이 하는 모든 명령을 다 들을 수는 없습니다. 옳지 않은 것은 안 들을 수도 있습니다. 헌법에도 옳지 않은 명령에 대한 저항권이 있습니다. 그리고 '학교에서 교장이 아버지인데 교사가 교장에게 인사를 잘 안 한다.'는 것과 '학교장의 명에 따라야 한다는 교육법'과 무슨 관계가 있습니까? 교장 선생님은 지금 권위주의적으로 내리누르려고 하고 있잖습니까? 나이라는 권위를 내세우면서……. 교장 선생님은 다른 학교에서 어떻게 했는지 모르겠지만, 일방적인 권위주의적 학교운영은 우리 모두를 망칩니다. 우리가 전교조를 결성하고 5년 동안 해직이라는 탄압을 받으면서도 교육운동을 한 이유는 이런 권위주의적이고 독선적인 학교 운영을 고치고 민주적인 학교를 만들고자 한 겁니다. 더구나 이런 모욕은 참을 수 없습니다."

"참지 못한다면 어쩔건데요?'

"별수가 없지요, 그러면 앞으로 교장 선생님과 대화는 단절되는 거지요. 그리고 각자 갈 길로 갈 수밖에 없습니다."

"그렇게 하시든지……, 그만 나가 보세요."

"예 알겠습니다, 수고하십시오."

그렇게 대화가 끝났다.

한번 붙을 것이 붙었다. 평행선을 달릴 수밖에 없었고 더 큰 싸움이 예상되었다. 불만은 선생님들 사이에서 점점 커졌다.

"7시까지 근무하라는데 말이 돼요?"

이대운 선생이 답한다. "당연히 말이 안 되지, 그런데 교장이 전에 순창에서 근무할 때도 모든 교사에게 7시까지 근무하라고 했다고 그래."

"왜요?"

"거기는 전주에서 멀어서 통근을 못 하잖아, 그래서 선생님들이 학교 관사에서 생활할 수밖에 없어. 그러니까 교장이 자기 멋대로 선생님들을 5시 퇴근 시간에 퇴근 못 하게 하고 자기와 함께 7시에 관사로 퇴근하게 했다는 거야."

"허 참, 어이가 없네." 옆에 있던 선생님이 혀를 찬다.

"교장이 아무리 그래도 나는 5시 정시에 퇴근할라네. 집에 가서 쉬어야 다음 날 출근할 것 아냐?" 선생님들의 저항은 만만치 않았다.

교장 방식의 학교운영은 계속되었고 교사들과 부딪치는 일이 점점 많아졌다. 주임교사를 제외하고 오후 7시까지 근무를 하는 교사는 거의 없었다. 이를 지켜보던 교장은 4시 30분만 되면 교문 앞에서 혼자 청소를 시작했다. 교문 앞 청소는 거의 보름을 넘기고 있었다. 선생님들은 퇴근 시간에 교문 앞에서 청소하는 교장을 못 본 채 무시하고 퇴근하고 있었다. 퇴근하던 선생님이 어이가 없는지 교장에게 다가가 말을 건다.

"아니 교장 선생님, 왜 꼭 퇴근 시간만 되면 교문 앞에서 청소하시는 겁니까?"

"학교를 깨끗이 하려고 청소하는 것이 어때서요?" 교장이 퉁명스럽게 말한다.

"왜 하필 퇴근 시간이냐고요?"

"그건 내 마음대로요."

지켜보고 있던 다른 선생님들도 더는 할 말을 잃었다. 교장의 권위는 교사들에게 요구한 몇 번의 무리한 근무 지시 때문에 무너져갔다. 다급한 교장은 자신의 불찰은 생각하지 않고 애꿎은 교감만 추궁하고 있었다.

학교에서 권위주의에 의한 운영은 한번 그 권위가 무너지기 시작하면 지휘 감독의 효력을 상실한다.

16장
두 개의 시각

새로 부임한 교감은 매우 성실하고 합리적인 사람이었다. 교장의 선배이면서도 교장에게 깍듯이 예의를 갖추고, 교사들이 어떤 문제가 있으면 불러서 본인의 의견을 충분히 듣고 조언을 하며 함께 문제를 해결해 나가려고 하였다. 학교의 불합리한 점을 말하면 조용히 경청하고 큰 소리가 나지 않게 처리하려고 많은 노력을 기울였다. 학교는 교감의 드러나지 않는 노력으로 매일 일어나는 많은 문제가 그나마 해결되며 굴러가고 있었다. 교사들은 '교감은 신관이 명관이네.'라면서 신뢰감을 표했다.

그러나 학교의 최종 결재권자는 교장이다. 모든 최종 결정은 교장이 한다. 교장의 학교운영 방식은 교사들에게 학교에 대한 환멸을 느끼게 하고 있었다. 교감의 노력에도 불구하고 근본적 문제들은 해결되지 않은 채 쌓여가고 있었다. 교장과 교사들과의 갈등뿐 아니라 20여 명이 넘는 복학생들은 학교수업에 좋지 않은 영향을 끼치고 있었다. 학교에 적응하려고 노력하는 복학생들도 있었지만 그렇지 않은 학생들이 더 많았다. 학급 분위기뿐만 아니라 학교 전체의 분위기도 점점 더 나빠져

갔다. 학교에서 사건은 학생과 학생 사이에서만 일어나는 것이 아니다. 교사와 학생 · 학부모와의 관계 속에서도 문제가 일어날 소지는 언제나 도사리고 있다.

학생부 오덕선 선생의 체벌로 학생의 고막이 터진 사건이 일어났다. 감사 직후여서인지 도 교육청에 바로 사안 보고가 되었고, 경위서를 내야 한다는 것이다.

"선생님, 어떻게 된 거예요?"

주임회의가 끝난 후 오덕선 선생에게 물어보았다.

"그렇게 말했는데도 정길이란 놈이 말썽 피고 가출까지 해서, 하도 화가 나길래 두어 대 올려붙인 것이……."

"경위서까지 썼다면서요? 볼 수 있어요?"

"예, 한번 봐 주세요. 잘 되었는지 또 고칠 데는 없는지……."

사건 경위서

2학년 2반 김정길 학생이 다른 학생들과 함께 부산 제주 등지로 가출한 일이 발단입니다. 평소에도 불성실한 학교생활과 수업태도와 흡연 건으로 여러 차례 상담하고 지도를 해 왔습니다. 학부모와도 전화상담을 여러 번 했는데, 학부모는 '어떻게 해서라도 사람 좀 만들어 주시고 졸업이나 시켜 주십시오.' 라고 부탁을 했습니다. 그런데 이번에는 부모님의 결혼 패물을 훔쳐 6~7명의 학생과 함께 집단으로 가출해서 학부모와 저는 허탈하기까지 했습니다. 저는 호출기에 '돌아오라'는 음성 녹음을 보내 귀가를 종용했고, 보름 후에 돌아왔길래 학교에 오면 교실에 가지 말고 바로 학생부실로 오라고 하고는 기다렸습니다. 다른 학생들은 모두 왔는데 정길이만 보이지 않아 물은즉, '학교에 같이 왔는데 보이지 않네요.'라는 다른 학생의 말을 듣고 화가 나기 시작했습니다. 교실에 조회하러 들어간 순간, 교실 책상에 걸터앉아 양손으로 동전을 흔들고 '짤치기'를 하며 떠들고 있는 정길이의 모습을 본 순간 '정길이 너 지금 뭐 해?'라고 말하면서 홧김에 얼굴을 손바닥으로 두어 대 때렸습니다. 5교시쯤 귀에 이상이 있다고 하여 병원에 데려가 진료를 해 보니 고막이 약 30~40%가 파열되었다는 진단이 나왔습니다. 2달 동안 지켜보다가 자력 회생이 안 되면 방학 때 수술을 하기로 했습니다. 아버님도 '못난 자식 놈 때문에 선생님께 죄송합니다. 제가 생활보호 대상자만 아니면 치료비를 내겠습니다만 그렇지 못해 정말 죄송합니다.' 라며 오히려 미안해했습니다. 학생 지도를 이유로 체벌해서 다친 것은 분명하지만, 지도 차원이었고 또 앞으로의 치료는 물론이며 다른 후유증에 대해서도 충분히 치료와 보상을 해줄 생각으로 있습니다.

"잘 되었는데요, 치료비는 얼마나 들었어요?"라고 묻자,

"치료하고 몸조리하라고 100만 원 줬어요. 그리고 끝냈어요. 그런데 경위서까지 쓰라니, 참." 하고 한숨을 쉰다. 학생들의 생활지도는 갈수록 힘들어 지고 있었고 어떤 선생님들은 수업시간도 힘들어했다.

"선생님 이걸 어떻게 해요?" 구순애 선생과 함께 소경은 선생이 대화를 청하고 묻는다.

"무슨 일인데요?"

"구순애 선생의 2학년 수업시간에 일어난 일인데요……."

"그래요? 구 선생님이 직접 말씀해 보세요."

"수업이 힘들어요."

"무슨 일이 있었어요?"

"복학생들 때문에……." 더 말을 잇지 못하자 소경은 선생이 설명한다.

"수업시간에 애들이 하도 떠들고 말을 안 듣고 수업을 할 수가 없어서 가장 난리를 치는 기주일이를 교단으로 나오라고 했대요."

"아 그 반요? 복학생들이 서너 명 있죠, 그런데요?"

"그 반은 복학생들이 너무 많아요. 그 아이들이 수업시간에 장난만 치더래요. 그러다 보니 재학생들도 따라서 산만해져서 수업할 수가 없어서, 화를 내고 큰소리를 치면서 가지고 놀고 있던 호출기를 빼앗았대요. 삐삐 호출기를 교탁 위에 놓길래 호출기를 집으며 '교무실에 와서 찾아가라.'고 했더니 뺏기지 않으려고 두 손으로 붙잡고 잡아당기더래요."

"그래서요?"

"주일이가 계속 손을 놓지 않고 호출기를 뺏으려고 해서 안 뺏기려고 손을 가슴으로 올리는 순간, 구 선생에게 달려들면서 고함을 치고 얼굴에다 대고 입김을 푹 내 뿜더래요, 입에서 담배 냄새가 나고 악취가 나서 참질 못하고 순간적으로 교실 바닥에 침을 뱉고 바로 나와 버렸대요."

"아, 그래서 어떻게 됐어요?"

"그래서 지금까지 어떻게 못 하고 있는데, 내일 그 반 수업이 걱정인가 봐요."

"개들 담배 피우지요, 교감 선생님은 알아요?"

말을 못하고 있던 구순애 선생이 대답한다.

"아니, 아직 말씀드리지 않았어요."

"그러면 이렇게 합시다. 먼저 학생주임 선생님에게 상황을 설명하고 학생부에서 지도하도록 합시다. 기주일이는 복학생이고 수업태도도 나쁘고 흡연까지 하고 있으니 여선생님들이 지도하기에는 힘들 겁니다. 학생부 도움을 받는 게 좋겠어요. 그리고 더 문제가 생기면 다시 교감 선생님과 상의합시다."

"예 알겠습니다." 구순애 선생은 조금 안심이 되는 듯이 말한다.

학생주임도 힘이 부치는 것 같았다. 학생 폭력 사안부터 시작하여 학생 사안은 학생부를 거치지 않을 수 없었다. 오토바이 문제도 터지기 시작했다. 아이들은 면허도 없이 시골 길에서 겁 없이 오토바이를 타고 다니다가 사고를 내기 일쑤였다. 한 오토바이에 두세 명이 같이 타고 다니면서 사고를 내고 병원에 입원하는 사건들이 연달아 터지고 있었다. 또 경찰서에서 오토바이 절도사건으로 몇 학생을 학교에 통보했다.

"어~휴, 선생님. 병원으로 경찰서로 정신이 없네요, 시 한 편 쓸 시간이 아니라 읽어볼 시간도 없어요."

고생한다고 위로를 하고 기주일 건에 대하여 물었다.

"예, 들었어요. 학습태도에 대해서 주의하라고 하고 금연교육은 따로 할게요. 그런데 선생님들에게 대드는 녀석들이 한둘이 아니에요, 어떡하죠? 선생님들이 수업시간이나 조회 · 종례시간에 잘 지도해 주시면 좋은데, 그렇지 않은 선생님들도 있어요."

"그렇겠지, 나도 잘못하는데 뭐. 그리고 애들이 조회 · 종례 시간에 말한다고 듣나? 한 명씩 따로 지도해야지. 어쨌든 정말 고생하시네, 그렇지만 힘내요."

"예 그럴게요."

아직 경력이 적은 교사들이나 남자 고등학교에 근무하지 않았던 여교사들은 거친 복학생들이나 그 아이들과 함께 수업시간에 제멋대로 구는 아이들을 지도하는 것을 힘들어했다.

"다른 일도 있어?"

"학생부에 있으면 별별 이야기들이 다 들어와요"

"뭔데?"

"기주일 건만 해도 그래요. 주일이가 송 선생에게 버릇없이 멋대로 군건 맞아요. 하지만 애들은 애들대로 송 선생에 대한 불만이 많아요."

"어떤 것들?"

"먼저 송 선생 시간을 싫어해요. 교직 경력이 많지 않아서 그런지 모르지만, 학생들에게 고함을 많이 치고 수업이 재미없고 너무 산만한가봐요."

"신규 발령을 받고 경험이 많지 않아 그렇겠지, 그리고 또 애들이 너무 버릇없이 굴기도 하고. 아마 이 두 가지가 함께 상승작용을 하겠지."

"또 말 험하게 하는 선생님들도 있고요, 그러니까 아이들이 선생님이 막말한다고 대놓고 불평 · 불만을 말해요."

"백 선생님?"

"예, 애들에게 말 함부로 하고. 정말 기분 내키는 대로 애들을 대하는 것 같아요. 어떻게 하죠?"

"그 선생님 전공이 뭐지? 교육학도 했을 거 아냐."

"대학 때 전공은 잘 모르겠고요, 다른 공직에 계시다가 사십 대에 늦게 학교에 들어오신 것 같아요."

"나이도 오십이 넘었고 선배 교사인데 어떻게 할 수 있겠어? 어떻게 못 해, 지켜보는 수밖에. 어떤 일이 터지면 그때 자연스럽게 개입할 수 밖에 없어."

저로서는 애들 혼내랴 또 선생님들 옹호하랴……, 그것도 스트레스예요."

"그러겠네. 그래서 학주잖아, 학생 주임 학주."

다시 학생 주임 선생이 말한다.

"어쩔 수 없죠. 학주를 맡지 말았어야 했는데, 올해가 빨리 가서 이 놈의 학주를 어서 빨리 떼어 버려야지……."

힘들어하는 학생 주임에게 위로의 말 이상 해줄 수 있는 것은 없었다.

교장의 자기중심적 학교 운영은 학생들에게까지도 영향을 미치고 있었다. 학교 교육의 가장 기본은 올바른 인격형성이다. 올바른 인격형성을 위한 인간교육은 교사들의 인격과 학생들의 믿음을 바탕으로 형성된다. 그러나 교장의 일방 통행식 학교운영은 이미 교사들의 자존심을 무너뜨리고 있었으며, 교사들도 '될 대로 돼라.' 식으로 점점 체념해 가고 있었다. 계속되어 온 불합리한 학교 운영은 학교 전체를 삭막하게 만들어 가고 있었다.

교장은 근본 문제인 민주적 학교 운영과 학생들의 인격 신장을 위한 교육은 도외시한 채, 측근의 교사들과 함께 바로 눈앞에 보이는 일에만 급급해 했다. 3학년 학년부장이 교무회의에서 유인물을 배포하였다.

학부모의 처지에서 생각해 보는 여유를…

우리 익산은 옛 백제의 왕궁터로 바다와 평야가 함께 있는 살기 좋고 풍요로운 지역이고 전북의 교통 중심지다. 그러나 누가 보아도 한 가지 모자란 구석이 있다면 그것은 교육문화의 낙후라고 볼 수 있다. 전주와 이웃해서인지 지역에 번듯한 대학 하나도 없는 실정이다. 지금 우리 학교는 정보과와 인문과 18개 학급이 있지만, 학생 수는 전체 정원의 85%에도 미치지 못하고 있다.

학부모 설문조사에 의하면 자녀를 서인 고등학교에 진학시키기를 원하는 학부모는 응답대상의 5%에도 미치지 못하는 것으로 조사되었다. 실제로 지난 5월 중 전국단위 2학년 모의고사 성적 결과를 분석해 보면 인문 · 자연계열 모두 전주는 말할 것도 없고 관내에 있는 익산이나 군산의 타 고등학교에도 미치지 못하고 있는 것으로 분석되었다.

우리 서인 고등학교 교사들과 학부모들은 서인고가 익산 지역의 학력 중심학교로 성장하고 발전하기를 바라고 있다. 그런데도 우리 학교는 작년 이래 예 · 결산 공개문제, 수학여행 출장비 문제, 교재 복사비 수사 등으로 지난 1년 동안 어수선하더니 급기야는 지난해 중앙지 ㅎ신문 국민기자석에 투고하는 일로 확대되었다. 본인이 알기에는 우리 학교 교사들은 수학여행 리베이트 금전 문제와는 무관하며, 더구나 부교재 채택 문제는 언론에 기고된 내용과는 상당히 거리가 있는 것으로 알고 있으며, 일부 내용에 대하여 선생님들이 섭섭하게 여기는 것도 사실이다. 우리 학교의 문제점은 최근 일련의 상황전개를 통해서 거의 노출되었다고 본다. 이제는 상호 대화와 제도 개선을 통하여 발전의 방향을 모색하여야 할 때라고 생각된다.

그러면 어떻게 하는 것이 서인고를 이 고장의 인재를 길러내는 명문고로 발전시키는 방안인가? 교육의 수요자인 학부모들은 자녀들이 아침 9시에 늦게 등교하여 오후 5시에 일찍 집에 돌아오기를 바라지는 않으리라고 생각한다. 우리 학교 학부모들은 형편이 어려워 개인지도나 학원에 보낼 수 없으며 더구나 하숙비를 들여가며 멀리 대도시에 유학시킬 여유는 더욱 없을 것이다. 자녀들이 6시에 집에 돌아와 TV를 보지 않고 오락실에도 가지 않고 공부에 전념할지는 우리 학교 학부모들 대부분이 염려하는 사항이다. 학부모들은 자녀들이 학교에서 진실 · 정의 · 우정 · 사랑의 가치관을 배우고 전인교육을 받고 왔다고 그것만으로 만족해하지는 않을 것이다.

학부모들이 자녀를 서인고에 보내는 심정은 정보과는 자격증을 얻어 취업하기를 바라며, 인문과는 엄연한 학력 위주의 경쟁에서 낙오되지 않고 좋은 대학에 가기를 원할 것이다. 우리 교사들은 적어도 희망자에게는 다양한 측면에서 최소한의 교육 욕구를 충족시켜 주어야 한다고 본다.

서인고등학교 교사 강정기

바로 일어서서 질문했다.

"선생님, 이 글은 어떤 의도에서 쓰셨는지 말씀해 주실 수 있겠습니까?"

"유인물 내용 그대로입니다."

"먼저 유인물 내용 중 확인할 부분이 있습니다. 수학여행 리베이트나 부교재 채택에 관한 ㅎ신문 국민기자석 기고 건은 휴직하신 송강인 선생님을 말씀하시는 것 같습니다. 저도 그 기고문을 읽어 보았습니다만 우리 학교에서 일어나는 일이라고는 하지 않았습니다. 교육 민주화 운동 과정에서 느꼈던 것을 썼고 우리나라 전체의 학교 사회 풍토를 개선해야 한다는 의미의 글입니다."

"저도 압니다. 그러나 우리 학교에서 근무하시던 선생님이 쓰신 것이기에 그렇게 오해받을 수 있다는 말입니다."

"그렇다면 이 문건에도 그렇게 오해받을 수 있다고 쓰셨어야지요."

"그러면 이 자리에서 그렇게 해명하겠습니다. 그러나 그것은 이 문건 내용의 본질이 아닙니다."

"예 알겠습니다. 그러면 이 문건의 내용 중 송강인 선생의 ㅎ신문 기고 내용은 우리 학교에서 일어난 일을 쓴 것이 아니라는 점을 강 선생님이 분명히 하신 거로 알겠습니다. 이 문건의 전반적인 핵심은, 제가 보기로는 우리 학교에 그동안 있었던 문제들은 이제 접어두고 애들이나 가르치자는 말씀인 것 같은데요?"

"예 그렇습니다."

"그러면 그동안 일어난 일련의 사태는 어떤 해결도 하지 말고 덮자는 겁니까?"

"예 그렇습니다. 해결책이 없잖습니까?"

"해결책이 왜 없습니까? 먼저 아이들 보충학습을 밤 9시까지든 10시까지든, 한다면 선생님들끼리 논의를 해야 할 것 아닙니까?"

듣고 있던 유인섭 선생이 일어서서 말을 잇는다.

"지금 우리 학교는 폭력사건, 오토바이 절도사건, 가출사건 등 사건 · 사고가 연일 터지고 있습니다."라고 아이들 상황의 문제점을 설명하며, 학습 분위기가 잡히지 않은 이런 상황 속에서는 아이들에 대한 인성교육이 우선이고, 학교 운영을 무조건 성적 위주의 점수 경쟁교육으로 밀어붙이면 부작용이 클 수 있다는 점을 강조한다. 물론 아이들에게 학업이 중요하므로, 야간 보충 · 자율학습을 한다면 선생님들과 충분히 상의하여 철저한 계획을 세워서 해야 하고, 특히 학생 · 학부모들과의 상담을 통하여 꼭 원하는 학생들의 신청을 받아 자율적으로 하도록 해야 한다고 강조한다. 그리고 선생님들의 충분한 토의를 통하여 지도 지침이나 방법을 논의하여 시행해야 한다.'고 덧붙인다.

바로 유인섭 선생의 말에 뒷받침했다.

"유 선생 말이 맞습니다. 그런 단계와 절차를 거쳐야 합니다. 그런데 무조건 이렇게 지시와 명령에만 따라서 하라고 하면 누가 할 마음이 생기겠습니까?"

"누가 지시 · 명령만 합니까?" 교장이 바로 반문한다.

"교장 선생님이 그러고 있지 않습니까? 지금도 전 선생님들이 오후 7시까지 근무해야 한다고 강요하고 있지 않습니까? 그리고 보충 · 자율학습을 한다면 아이들에게 무슨 과목을 몇 시까지 할 것인지, 또 학부모에게 시킬 것인지 말 것인지 등의 설문을 받고 신청서를 받아야 하지 않습니까? 교장 선생님은 지금 무조건 전 학생을 시키자는 것 아닙니까? 모든 학생이 여기에 따르겠습니까? 이렇게 밀어붙이는 것 자체가 비민주적 운영 아닙니까?

"아니 김 선생님, 학부형과 아이들이 원하고 있으니까 시키자는 것 아닙니까? 그리고 성적 올리자는데 왜 선생님들이 거부하는 겁니까?

"거부하는 게 아니라 합리적 방안을 마련하자는 것입니다. 모든 학생이 누구나 다 보충학습을 할 수는 없지 않습니까? 신청자를 받아야 하지요."

라고 문제점과 절차를 다시 말하자, 강정기 선생이 자리에서 일어나 발언을 한다.

"신청자를 받으면 누구는 하고 누구는 안 하고 그렇지 않습니까? 그러면 하고자 하는 애들이 몇 명 안 됩니다. 결국, 못하게 됩니다. 빠지는 애들 없이 전체가 의무적으로 다해야 합니다."

"결론으로 강제로 보충 · 자율학습을 시키자는 것 아닙니까?"
"애들 성적을 올리기 위해서라면 그렇게라도 해야지요!"
"그렇게 시키는 보충 · 자율학습의 효과가 얼마나 있겠습니까?"

말은 길어지고 논쟁은 격화되기 시작하였다. 교무회의에서의 논쟁은 정리되지 못하고 끝나고 말았다. 보충 · 자율학습 시행을 둘러싸고 교사들 사이의 갈등은 표면화되기 시작하여 학교 운영에 관한 전반적인 문제로 이어졌다.

보충 · 자율학습은 주임회의에서 10시까지로 결정되었다.

대화는 단절되었다.

17장

외부세력

교사들 사이의 갈등이 계속되는 가운데 도 교육청 정기 감사가 시작되었다. 4년이나 5년 만에 한 번씩 하는 정기 감사다. 그런데 하필 강당 준공식 날과 겹쳤다. 감사나 준공식 중 하나를 연기할 만한데도 두 개의 행사가 한날 동시에 진행되고 있었다. 뭔가 이상했다. 수업은 수업대로 하면서 행정실과 특별실에서는 감사가 진행되고 있었고, 또 오전 11시부터 강당에서는 준공식이 진행되고 있었다. 학교는 굉장히 소란스러운 가운데 정신없이 바빴고 수업도 제대로 이루어지지 않고 있었다. 감사 서류를 제출하느라 관련된 교사들은 감사팀이 있는 행정실과 특별실을 들락날락했고 자연히 수업은 자율학습 형태를 띠고 있었다. 점심시간이 가까워지자 강당에선 학교와 관련된 지역 유지들이 참석하여 돼지고기를 안주로 막걸리 · 소주 · 맥주를 한 잔씩 하면서 교사들에게도 권하고 있었다. 빈 시간을 이용하여 준공식에 참석하고 수업을 하러 강당에서 바로 나와 버렸다. 점심시간이 되자 김전기 선생이 찾더니 강당에 가기를 권한다. 가서 지역 유지들과 술도 한잔 하면서 이야기를 나누자는 제안이었다. 아직 수업이 남아 있고 지금은 감사 도

중이니 그럴 수 없다고 간곡히 거절해도 막무가내였다. 나중에는 본인이 강당에 가서 교무실로 돼지고기와 맥주를 가져와서 자꾸 권한다.

"선생님은 오늘 수업 다 끝났습니까?" 물은즉,

"오후에 수업은 없고 종례만 하면 되니 괜찮아." 라고 답하며 계속 술을 권한다.

아무래도 느낌이 이상하여 잠시 할 일이 있어서 3층에 갔다 와야 한다며 자리를 피해 버렸다. 아니나 다를까, 종례를 마친 후 혹시나 하면서 기다리는데 도 교육청 감사팀에서 서류를 가지고 오라는 연락이 왔다. 그동안 있었던 업무처리에 관한 질의 응답이 끝난 후 감사를 마쳤다. 술을 먹지 않은 것이 천만다행이었다. 술 냄새를 풍기며 감사를 받을 수는 없는 것 아닌가? 자꾸 술을 권하는 김전기 선생이 이상하게 여겨졌다. 감사팀은 5시 이후에 돌아갔다.

교육청 감사팀이 돌아간 후 퇴근 직전 육성회 임원들이 교장실에서 보자는 연락이 왔다. 점심때 강당 준공식을 끝내고 오후에 학교에 다시 모여 교장실에서 나 혼자만을 부른 것이다.

"저를 부른 이유가 무엇입니까?" 라고 말하자, 나이가 든 임원이 먼저 운을 뗀다.

"김 선생과 송강인 선생 때문에 학교가 매우 복잡하다고 해서 이야기나 한번 해 보려고 보자고 했습니다."

"송 선생님은 병가로 지금 휴직 중이신데……, 그리고 우리는 학교를 복잡하게 한 적이 없는데요?"하고 되물은즉,

"두 분 선생님이 학교에서 하는 모든 일에 문제를 만든다고 들었습니다."

30대 초반으로 학교 선배라고 자신을 소개하며 선배로서 학교나 후배들의 일에 매우 관심이 많다는 말을 덧붙인다.

"누가 항상 문제를 만든다는 말이오? 제대로 알고 말씀하시기 바랍니다. 학교에서 아이들을 가르치면서, 옳은 일은 옳다고 하고 그른 것은 그르다고 말한 것뿐이요." 대응을 해야 했다.

"여기 교장 선생님이 두 선생님 때문에 교장 못 해 먹겠다고 합니다. '중이 절이 싫으면 떠나야 한다.'며 학교를 옮겨야겠다고 하고, 두 선생님에게는 인사도 받고 싶지 않다고 하던데 사실이요?"

"지금 무슨 이야기를 하는 겁니까? 교장 선생님이 그런 이야기를 해요? 그러면 그건 교장 선생이 할 말이지 육성회에서 할 말은 아니지 않소?"

언성이 커지기 시작했다. 육성회 임원으로서 학교 일에 개입을 할 수 있다고 말을 앞세우며 전에 있었던 경찰의 부교재 채택료 수사 건을 묻는다. 부교재 채택료가 아니라 교재 복사비로서 그것도 배워야 할 교재를 학생들 스스로 복사한 것으로 수사는 결국 무고로 판명이 났음을 자세히 설명했다.

"또 선생님들이 교육청 감사도 요청했다면서요? 그래서 학교가 학생들 가르치는 데 전념하지 못했고 시끄러웠다면서요."

젊은 임원이 다시 문제를 꺼낸다. 예 · 결산서가 세 종류나 되고, 그것은 예 · 결산에 의혹이 있을 수 있다는 것이므로 학생들과 학교를 위해서 써야 할 돈이 잘못되었다면, 또 결산이 맞지 않는다면 당연히 감사를 받아야 한다는 점을 말했다. 더구나 감사는 예 · 결산 문제에 관한 민원처리 과정에서 도 교육청 자체 결정으로 나온 것이라고 설명해 주었다.

"그런데 이런 이야기를 하려면 다른 선생님들도 증인으로 같이 이야기해야지 나 혼자 하면 되겠습니까? 다른 선생님들 생각도 들어 봅시다."

바로 자리를 나와서 2층 교무실로 올라갔다. 아직 퇴근하지 않고 야간 보충수업을 준비하고 있는 몇 선생님에게 상황을 설명하고 1층으로 내려와 달라는 부탁을 하고 다시 교장실로 들어갔다. 의자에 앉으니 바로 다그치듯이 묻는다.

"학교 인사 위원회 문제는 어떻게 된 겁니까? 그것도 교장 선생님이 아주 머리 아파하던데……."

사단의 결정적인 원인은 인사위원회인 것 같았다. 그동안 누적됐던 사안들이 인사위원회 문제를 계기로 한꺼번에 터져 나온 것으로 보였다. 교장은 자기가 있는 동안은 인사 위원회는 만들 수 없다고 하지만, 인사위원회 구성 또한 도 교육청의 지시이고 '인사위원회'가 아니라 '인사 자문위원회'이니 결국 결정권은 학교장이 가지고 있으므로 교장의 권한에 큰 문제가 없다고 설명했다.

"학교 상황이 안 되면 안 할 수도 있는 거 아니요?" 또 다른 임원이 묻는다.

"학교 운영에 관한 겁니다. 학사 일정과 학교 운영은 교장과 교사가 교무회의에서 서로 협의해서 하는 겁니다. 도대체 왜 육성회에서 학교 운영에 간섭하는 겁니까?" 부당함을 지적했다.

"나도 이 학교 선배이기 때문에 그럽니다."

"동창회나 육성회와 같은 외부집단은 학교 운영에 직접 간섭할 수 없습니다."

"뭐요? 왜 참여하지 못한다는 겁니까?"

언성이 점점 높아지며 분위기는 험악해지기 시작했다.

"이게 참여요? 간섭이지, 선배면 선배지 학교 운영에 외부인사가 이렇게 개입해서는 안 되는 거 아니요? 학교 일에 외부인사의 개입은 용납될 수 없습니다. "

"그러면 육성회나 동창회는 무엇 때문에 있는 거요? 학교 발전을 위해서 말도 못한다는 거요?"

"하려면 내용을 제대로 파악하시고 정식으로 절차와 예의를 갖춰서 해야 할 일이지, 이건 시비 거는 것밖에 안 되잖소?"

화를 내며 언성을 높이자 상대방도 같이 일어서서 큰소리를 친다. 서로 고함을 치고 눈싸움이 계속되었다.

"진정들 하시지요."

나이 든 임원이 싸움을 말리고 중재를 하는 사이에 세 선생님이 교장실로 들어왔다. 싸움을 말리며 팔목을 잡아끌고 나가는 바람에 교장실 밖으로 나올 수밖에 없었다. 2층 교무실로 올라가서 마음을 진정시키라는 동료 교사들의 말을 들으며 잠시 한숨을 돌리며 생각해보니, 도저히 그냥 넘어가고 회피할 일은 아니었다. 다시 교장실로 내려갔다.

이야기하고 있던 젊은 임원이 말을 건넨다.

"김 선생님, 오늘 시간이 되면 이야기 좀 합시다."

"그렇게 하지요, 대체 나에게 무슨 불만이 있습니까?"

"시간이 늦었으니 다른 분들은 돌아가시고 김 선생님과 둘이서 밖으로 나가서 이야기하면 어떨까요?" 대화의 제안을 한다.

"그렇게 합시다."

둘이서 근처의 음식점에 마주 앉았다.

"얼마 전 교장 선생님과 육성회 임원들이 같이 식사한 적이 있습니다. 그때 이야기를 좀 들었습니다."

"육성회 임원이라면 물론 학교 이야기를 함께할 수 있습니다. 그렇지만 한 쪽 이야기만 들은 것 아닙니까? 송사는 언제나 양쪽 이야기를 다 들어봐야 한다고 하잖습니까?"

"그래서 선생님 이야기를 들으러 간 겁니다. 그런데 '제대로 알고 말하라'고 해서 저도 좀 흥분을 한 것 같습니다. 술 한잔 드시면서 이야기합시다."하고 술 한잔을 권한다.

진정된 분위기 속에서 대화는 계속되었다. 오늘 강당 준공식과 도 교육청 감사 때문에 많이 지쳤고 차를 가지고 왔기 때문에 술을 할 수 없다고 사양을 하였다.

"그러면 받기라도 하십시오. 저도 이 학교 졸업생이기 때문에 학교에 관심이 많습니다. 그런데 학교에 관하여 안 좋은 이야기가 많이 들려서 저도 좀 오버한 것 같습니다. 제 친구 작은아버지가 이광정 선생님이십니다. 선생님과 같이 전교조로 해직되셨죠, 아시죠?"

"아, 이광정 선생님요? 잘 알죠, 참 좋은 선생님이시죠. 지금 임실에 있는 고등학교에 복직하셔서 아이들 가르치고 계시죠."

"그래서 선생님과 꼭 한번 술 한잔 하면서 말씀을 나누고 싶었습니다."

"그래요……, 그러면 이야기해 봅시다."

이야기가 풀리는 듯싶었다. 학교 문제는 저번 교장 때부터 쌓여온 문제가 해결되지 않고 누적되어 있었고, 지금도 문제들을 해결하지 않고 그냥 넘어가서 더 쌓인 것이라고 간략하게 설명했다.

"먼저 운동장 개방 건부터 말씀드리겠습니다. 제가 조기 축구회를 해서 학교 운동장을 개방해 달라고 교장에게 말했거든요."

"지금 학교 운동장은 개방되어 있는데요?"

"예, 그런데 운동장 개방과 함께 강당이 준공되면 샤워도 하고 기물도 보관하게 강당을 사용하게 해달라고 요청을 했는데, 선생님들이 허락을 안 한다고 해서요."

"그건 교사들이 허락을 안 한 게 아닙니다. 체육과 선생님들과 관련된 일인데, 관리문제가 있는 것 같아요. 그래서 교무회의에서는 체육과 선생님들과 협의해서 하도록 한 겁니다."

학교 운동장 개방 건과 체육관 사용에 대한 불만이 깔려 있었다.

"그래요? 그렇구먼요, 교장 선생님 말씀과는 조금 다르네요. 인사위원회는 어떻게 된 겁니까? '인사위원회'를 구성하면 교사들 마음대로 한다면서요?"

"그게 아닙니다. '인사위원회'는 어차피 자문회의입니다. 아까 말한 바와 같이 명칭도 '인사 자문위원회'입니다. 학교에서 주임교사나 담임교사 선정과 상벌 같은 인사문제들을 논의할 때, 교장 혼자 하면 여러 편파적인 일이 있을 수 있으니 학교 선생님들 의견을 모으고 논의하는 의견 수렴기구입니다. '자문위원회'이니까 결국 결정은 교장이 합니다."

"그래요? 그렇게 되면 교장은 아무 힘이 없다고 하던데……."

"명칭 자체가 자문위원회이니까 결정권이 없습니다."

인사 자문위원회의 구성과 운영에 대하여 자세하게 설명했다.

"알겠습니다. 말을 들어보니 제가 알고 있는 것과 상당히 많은 차이가 있는 것 같습니다. 그러면 작년에 채택료와 관련해서 경찰 조사받은 것이나 교육청 감사는 어떻게 된 겁니까? 송강인 선생과 선생님이 같이 난리를 치고 그랬다던데……. 김 선생님은 그래도 온건하게 일을 처리해 나가려고 하면서도 나중에는 같이 부화뇌동했다고…….”

“아니, 만약 우리가 이유 없이 제멋대로 학교에서 난리를 쳤다면 학교 뿐만 아니라, 또 도 교육청에서 가만히 있었겠습니까?”

바로 예를 들어 반문했다. 그리고 학교를 민주적으로 운영하자고 주장하고 수학여행 때 수의계약 문제나 촌지 · 부교재 채택료 등 나쁜 관행을 없애려고 노력을 하다 보니 불편해하는 사람들도 있다고 설명했다.

“정보는 누구의 말을 먼저 듣느냐에 따라 판단과 받아들이는 강도가 달라집니다. 우리 얘길 먼저 들었다면 또 달랐을 거요”라고 말하자,

“저는 전교조 선생님들이 불평 · 불만만 하고 학교 일에 태클만 건다고 들어서요.”라고 터놓고 말한다.

전교조 교사들은 학교를 민주적이고 합리적으로 운영하고 아이들에 대하여 인간교육을 하고자 하는 것 이외에는 다른 것이 없음을 충분히 설명했다.

“아마 학교에 관하여 들은 이야기 중 저희가 가장 많이 문제를 제기한 부분은 수업이나 학교 예 · 결산에 관련된 문제일 겁니다. 우리는 학교에서 잘못된 것이 있으면 고치고, 학교 운영을 합리적으로 하고, 성적만을 위주로 한 교육이 아니라 올바른 인성 교육을 하자고 말하고 있는 것이지요.”

“선생님 이야기를 듣고 보니 그런 면이 없는 것이 아닙니다. 조금씩 이해가 갑니다. 저희도 동창회비를 학교 발전기금으로 내고 있습니다만, 어떻게 쓰이는지 잘 모릅니다.”

“모든 게 투명하게 그리고 누구나 이해할 수 있게끔 학교 일들이 처리되어야 하지요. 그리고 주변에 우리 학교에 다니는 아이들 있습니

까?"

"제 아이들은 아직 어리고 조카들, 형님 아이들이 다니고 있습니다."

"그러면 그 아이들에게 송강인 선생이나 저나 전교조 활동을 하는 선생님들이 어떻게 하고 있는지 한번 물어보세요. 그러면 학교 사정을 정확히 파악할 수 있을 것 아닙니까? 그리고 수업은 우리가 들어갑니다. 아이들은 교사인 우리가 가르치고 있어요."

"하긴……"

상당히 교감이 된 느낌이었다. 그리고 학교의 최종 결정권은 학교장이 가지고 있으므로 교사가 어떻게 하자고 옳은 것을 주장해도 학교장이 결재하지 않으면 실행하기 힘들고, 잘못된 것을 고치는 것이나 꼭 해야 할 일을 추진하기도 쉽지 않음을 설명했다. 교사 개개인은 큰 힘이 없고 그래서 전교조라는 단체를 만들어 잘못된 것은 고치고 학교를 좀 더 좋게 발전시키자는 것이 전교조 설립 취지이고, 그런 단체에 소속된 교사들의 모든 행동이 올바르다고 말할 수는 없지만, 학교에서 수업을 등한시하거나 개인의 사익을 앞세우고 제멋대로 행동하면, 그런 교사가 무슨 교육 민주화 운동을 하느냐고 비난받게 되고, 그러면 전교조라는 단체 자체가 신뢰를 받을 수 없으므로 함부로 행동할 수 없다고 설명했다.

"선생님 말씀을 듣고 보니 이해가 갑니다. 그러면 이렇게 하십시다. 저도 육성회 임원이니까 앞으로 학교에 관련된 일은 저에게도 이야기를 해주시고 정보를 주십시오. 그러면 저도 제 나름대로 판단을 해서 육성회 회의 때 논의하도록 하겠습니다. 더구나 선생님은 제 친구 작은아버지와 같은 복직교사이시니까 앞으로 저도 터 놓고 의논하겠습니다.”

“그렇게 하지요. 그리고 오늘 일은 어떻게 하시겠습니까? 학교 교장실에 와서 큰 소리가 났고 또 학교 선생님들이 그걸 보았고……, 학교에 와서 결례한 건 사실이잖습니까? 학교 선생님들 모두 마음이 상한 문제입니다.”

“그러면 제가 어떻게 하면 되겠습니까?”

“다시 학교에 오시기 그렇다면 서면으로 사과문 하나 작성해 주시면 될 것 같은데요.”

“선생님 오늘 제가 죄송합니다. 서면으로는 그렇고요, 내일 학교 교무실로 가서 선생님들께 공개적으로 사과드리지요.”

“그러면 내가 오히려 고맙지요. 그러면 내일 뵙시다.”

학교의 일들은 내부와 외부의 구분이 불분명하다. 학교는 학생과 학부모, 선 · 후배 그리고 지역사회가 함께 어우러져 있었다. 안과 밖이 구분되지 않고 진행되는 뫼비우스 띠 같았다.

18장

진술은 첫 진술이 가장 중요하다

비는 추적추적 내리고 있었다. 혼자 차를 몰고 오는 퇴근길은 매우 심란했고 뒤숭숭했다. 교장의 일방적인 학교운영뿐 아니라 외부의 개입은 문제를 더 꼬이게 하고 있었다. 일단 봉합은 했지만, 머릿속이 복잡했다. 별의별 생각이 다 떠올랐다. 동료 교사들의 처신도 매우 서운하게 느껴졌다. 육성회 임원들과의 싸움에 끼어들 필요가 없다고 생각했는지, 한참 지난 뒤 어쩔 수 없이 1층 교장실로 내려온 것만 같았다. 학부모들과 껄끄러운 관계를 형성하는 것이 부담스러웠는지 학교에 와서 동료 교사에게 큰소리치고 핍박하는 사람들에게 항의 한마디 안 하고 양쪽 다 진정하고 대화로 풀라고 하면서 말리기만 하는 동료 교사들을 생각하니, 서운한 감정이 더해졌다. 교사들 사이의 갈등이나 학내의 일을 외부에서 개입하는 문제나 일방통행식 학교 운영 등을 생각하니, 이런 싸움들을 언제까지 지속하여야 하는가? 하는 생각과 함께 많은 상념이 운전 중 오고 갔다.

구부러진 고갯길을 도는 순간, 앞에서 차 한 대가 오는 것을 피한다고 운전대를 꺾었다. 너무 꺾었다고 생각하는 순간 눈앞이 캄캄해졌다.

그리고 조용해졌다. 얼마 후 오른팔에 심한 통증이 느껴졌다. 사고였다. 눈을 떠보니 차는 뒤집혔고 사람들이 모여들어 안전띠를 풀고 차에서 내 몸을 꺼내려는 것을 느끼면서 다시 정신을 잃었다. 정신을 차려보니 병원이다. 오른팔의 살점이 통째로 떨어져 나가 퉁퉁 부어있는 상태였다. 빗길에 차가 미끄러지면서 뒤집혀 바퀴가 공중에 뜨는 순간, 핸들이 급속도로 역회전하면서 운전대에 끼인 오른팔 전체의 살점이 뜯겨 나가고 팔뼈가 조각나 버린 것이다. 언제부턴가 운전대를 씌운 커버를 벗겨내야겠다고 생각했는데 그대로 내버려둔 것이 화근이었다. 차 내부는 치장하거나 어떤 것도 부착하지 말고 출고된 상태로 쓰는 것이 가장 좋다고 했는데…. 핸들 커버의 돌기에 오른팔 살점이 거의 다 날아가 버렸다. 다행히 다른 차량이나 다른 사람의 피해 없이 혼자 사고가 났다. 경찰 조사는 혼자 운전 중 일어난 사고로 전방주시 태만과 운전미숙으로 처리되었다. 운전 중 다른 생각에 빠져 조심하지 않은 것이 큰 잘못이었다.

그동안 너무 여유 없이 쫓기며 생활했나? 주변을 돌아보지 않고 혼자만의 생각 속에서 살아왔나? 후회막급이었다. 그러나 이미 지나간 일이다.

병가에 들어갔다. 뜯겨 나간 팔의 살점은 쉽게 차질 않았고 뼈도 잘 붙질 않았다. 가로 12㎝ 세로 15㎝ 정도로 뜯겨 나간 상처는 사타구니 피부로 이식하고 조각난 팔뼈는 엉치에서 뼈를 떼어다 이식수술을 했다. 세 번에 걸친 수술로 인하여 간신히 팔을 쓸 수 있도록 만들었지만, 후유증은 컸다. 팔뚝의 뜯겨나간 근육은 재생되질 않았다. 엄지손가락의 신경은 손상되어 제대로 움직이질 않았고 팔 전체가 수시로 저려왔다. 그러나 더 큰 문제는 학교 일이었다. 학교를 나가지 못하는 동안 선생님들이 나누어서 대체 수업을 해주고 있었다. 너무나 미안한 일이었다. 자기 수업시간도 아닌데 시간을 나누어 불평 없이 학교의 맡은 일과 대체 수업을 해주는 선생님들을 생각하니, 그 미안함은 말할 나위가 없었다. 방학이 아직도 한 달 정도 남았지만, 병문안을 와서 알아서 할 터이니 학교 일은 신경을 쓰지 말고 몸만 생각하라는 말을 들을 때마다 미안한 마음에 할 말을 잃었다. 육성회 젊은 임원에 관하여 물어보았다.

"그 사람요? 선생님 사고 난 다음 날 학교에 왔어요. 뭐라고 한 줄 아세요?"

"서면으로는 못하지만, 교무실에서 직접 사과한다고 했는데……."

"사과를 하기는 했지요. 2층 교무실에 와서 선생님을 찾더니만 사고가 났다는 말을 들어서 그랬는지 태도가 좀 그랬어요."

"어떻게?"

"자기가 어제 교장실에 와서 큰소리치고 떠든 것에 대하여 미안하게 생각한다고 하고는 앞으로 학교 선생님들도 다른 잡음이 나지 않게 학교를 운영하고 학생들 교육을 잘해달라고 하고 갔어요. 그게 사과인지 뭐지 잘 모르겠어요."

"사과하긴 했구먼." 자기 행위에 대한 정당화도 필요하겠지 하는 생각과 함께 쓴웃음이 나왔다.

두 달을 병원에서 지내고 퇴원을 했다. 교통사고로 인한 세 번의 수술과 병원 생활은 몸 자체를 허약하게 만들었다. 다른 아무것도 생각하기 싫었다. 치료 때문인지 방학은 빠르게 지나갔고 2학기가 시작되었다. 모든 게 걱정스러웠다. 사고 난 직후라 몸 상태도 안 좋았고 너무 학교 일에 파묻혀 달려온 것 같아, 되도록 생각을 줄이고 마음 쓰이는 일은 일부러 보지 않으려고 노력했다. 말수도 점점 줄여나갔다. 선생님들과의 모임도 나가지 않았고 학생들과 접촉도 되도록 피했다. 몸조리한다는 이유로 수업 후 바로 집으로 퇴근하고, 못 보았던 책들도 뒤적이며 나름대로 여유를 즐겼다. 그동안 못 해주었던 집안일을 해주며 아내와 자식들과 함께 시간을 보낼 때 어쩌면 사고가 잘 났는지 모른다는 생각도 했다. '바깥일에 신경 안 쓰니까 그렇게 편하지 않으냐?'라며 꽁알대는 아내에게 '바깥일은 바깥일이지만 어떻게 학교 일에 신경 안 쓸 수 있나?'라고 말하면서도 편안한 마음은 어쩔 수 없었다. 모든 게 마음먹기에 달렸다는 말이 새삼스럽게 다가왔다. '눈에 보이지 않으면 마음에서도 멀어진다.'는 말도 맞는다고 생각했다. 수업과 집안일 이외에 다른 일들은 잊어버리고 이렇게 애들과 함께 편하게 생활하는 것 자체가 행복이라는 생각이 부쩍 들었다.

새벽에 눈이 떠지기도 전에 전화벨 소리가 울렸다. 강성안 선생이 교통사고가 났다는 급한 전화다. 빨리 학교로 와달라는 요구에 이대운 선생과 연락을 하여 같이 차를 타고 일찍 서둘러 학교로 갔다. 학교에 도착하니 대부분 선생님이 출근해 있었다. 바로 교무회의가 열렸다. 강성안 선생이 어젯밤 10시 반경 용정 교차로에서 대형 덤프트럭과 충돌하여 대학병원 응급실에 실려 갔다는 것이다. 바로 대책회의가 열렸다. 먼저 수업 교체를 논의하고 학교 차원에서 사고 대책을 세우고 도와주어야 한다는 의견에 대부분 교사가 공감했다. 교무회의에서 전교조 해직 때부터 교권문제를 다뤄왔다는 이유로, 나에게 병원에 가서 사안을 알아보고 도와줄 방법을 모색해 보라고 의견을 모은다.

삶은 끊임없는 선택의 연속이다. 선택은 책임이 따르고 책임은 그것에 적합한 행위가 뒷받침될 때 주변의 신뢰를 잃지 않는다. 수업교체를 한 후 바로 병원 응급실에 가서 보니 그야말로 처참했다. 강 선생은 막 중환자실로 옮겨지기 직전이었다. 먼저 피해 상황을 알아보니 5살배기 둘째 아이는 죽고, 부인은 척추 셋째와 넷째 마디가 바스러졌으며, 7살 첫째 아이는 왼쪽 얼굴을 심하게 다쳤고, 본인은 왼쪽 팔다리가 조각나 버렸다. 대형 사고였다. 교무회의에서 부여된 책임감에 앞서 이 처참한 사고를 어떻게 해야 할지 걱정이 우선 앞섰다. 가까스로 강 선생과 대화를 할 수 있었다.

"사고 난 장소가 어디야?"

"교차로요."

"어떻게 사고가 났는데?"

"교차로로 진입한 순간 사고가 난 것 같아요. 그리고 아무런 생각이 안 나요."

"다른 생각하지 말고 일단 쉬어, 그리고 몸이 좀 좋아지면 그때 천천히 기억을 해봐. 경찰에서 사건조사를 하러 올 거야. 와서 물어보면 아직은 대답하지 마. 내가 진술하라고 하기 전까지는 아무런 말도 해서는 안 돼. 변호사와 먼저 상의를 하고 난 다음에 말해야 해, 변호사는 내가 만나볼 테니까……."

바로 전봉기 변호사를 찾아갔다. 전주에서 일하는 인권변호사다. 고등학교 선배로 전주에서 20여 년 이상을 함께 지내온 친형 같은 선배다. 전교조 가입으로 해직당할 당시 결정을 내리지 못하고 상의하자, '앞으로 교육계에서 큰일을 하려면 해직도 한번 당해봐야 하지 않냐?' 라며 웃으며 말하길래 '복직 안 되면 어떻게 먹고 살고?' 라고 되묻자 '정 안되면 내가 내 변호사 사무실 사무장으로 취직시켜줄게.'라며 웃은 적이 있다.

그 후 전봉기 변호사는 전교조 고문 변호사로 헌신하며 민주화나 인권에 관련된 많은 재판을 무료로 변론했다. 당시 전주에는 '민주화를 위한 변호사회'도 없었고 다른 인권 변호사도 없는 시절이어서 인권에 관련된 변호는 거의 혼자 도맡아 했다. 대학생들이 독재정권에 대한 민주화 투쟁으로 구속된 사건이나 노동운동 사건 · 농민운동 사건 등, 내가 가져가서 부탁한 사건의 무료변론만도 5년 동안 20여 건이 넘는다. 의붓아버지에 의한 성폭력 피해자 '김진관 김보은 사건'과 '나는 짐승을 죽였다.'라고 외치며 어린 시절에 당한 성폭력 피해에 대한 고통을 호소했던 '김부남 사건'의 주 변호사로 역할을 하며 '성폭력방지 특별법'이 제정되는데 이바지를 했던 변호사다. 그런데도 본인은 TV나 언론에 노출되기를 극히 꺼리고 자신이 한 일에 대하여 겸손해하는 성품을 지녔다. 그런 선배다.

"사건이 이렇게 생겼어, 어떡하지?" 무엇을 해야 할지 물어보았다.

"작은아들은 죽고, 부인은 척추뼈가 나가고, 7살짜리 큰아들과 본인도 큰 부상을 당하고? 사고가 커, 대형사고야. 그리고 부인은 퇴원해도 보호가 따라야 하는데……."

"보호? 무슨 보호?"

"척추뼈가 조각났으면 장애가 커서 불구가 될 거야. 평생 옆에서 도와주고 간호해 줄 사람이 필요해. 그러면 상해 보험료 보상금이 크지. 덤프트럭? 트럭은 사고가 잦으니까 그들끼리 따로 공제조합을 만들어 보험을 들지, 그런데 그 공제조합의 능력이 보통이 아니라고 들었어.

주로 퇴직 공직자들이 많다고 하던데…….”

“그럼 어떡하지?” 다시 되풀이해 물었다.

“무얼 어떻게 해, 원칙대로 따지고 잘 · 잘못을 가려야지. 일단 사고 장소를 보고 판단해 보자, 트럭들 과적하고 과속하는 경우가 많아.”

“맡아 주는 거야?”

“나가자.” 말하며 지팡이를 찾아 집는다. 전 변호사의 표정이 밝아 보이지 않는다. 전 변호사 역시 심한 고관절 장애로 지팡이를 짚고 다니는 장애인이다. 부인이 척추가 으깨졌다는 말에 걱정스러운 표정이 역력하다.

먼저 기형도로임을 말한다. 사거리와 연결된 도로가 직선이 아니라 굽은 곡선의 교차로로 사고가 날 수밖에 없는 기형도로라는 것이다. 문제는 폭이 좁은 도로에서 진입한 승용차가 교차로로 진입 전에 일단정지 표지판이 있으니까 일단정지의 의무가 있다. 물론 폭이 넓은 도로에서 교차로로 진입한 트럭도 교차로이니까 일단정지를 해야 한다. 도로 폭으로만 보아서는 승용차가 불리하지만, 과속을 비롯하여 무엇이 가장 큰 문제였는지는 사고 원인의 다른 요인들도 다 따져보아야 하며, 덤프트럭들의 과속도 큰 문제임을 지적한다.

경찰 진술은 어떻게 되었지?”

전 변호사의 물음에 아직은 진술할 상황도 아니고 변호사의 허락 없이는 진술하지 말라고 주지시켰다고 말했다.

“모든 재판이 진술의 일관성이 중요하지만, 특히 교통사고 건에 있어서는 가해자나 피해자의 첫 진술이 가장 중요해. 교통사고 건에서는 진술이 계속 바뀌는 경우가 많아. 시간이 갈수록 자기에게 유리한 방향으로 진술이 바뀌거든. 재판과정에서 진술이 바뀌면 처음 진술과 대조해 보고 첫 진술을 믿을 수밖에 없어. 다음에 바뀐 진술은 거의 신뢰성을 갖지 못해, 판사나 검사가 믿질 않지."라며 교통사고 재판 때 중요한 점을 설명한다.

"형 그러면 어떡하지?"

"또 뭘 어떻게 해, 있는 사실을 정확히 기억해서 진술하도록 해야지. 오늘은 힘들 테고, 내일 바로 병실로 가서 대화할 수 있으면 말을 시켜 보고 나에게 정확한 상황을 알려줘. 경찰 진술을 제대로 해야 할 텐데……." 하며 걱정스러운 표정을 짓는다.

학교로 돌아오니 교장과 몇 선생님들이 상황을 묻는다. 강 선생의 수술은 다친 부위의 부기가 빠진 다음에 해야 하므로 며칠 걸리는데, 그 동안 경찰서에서 나와 조서를 꾸미는 것이 걱정된다고 설명을 해 주었다. 강 선생과 부인이 같이 사고를 당했으니, 학교에서 도와줄 수밖에 없으므로 강 선생과 상의해서 적극적으로 도와주라는 교장의 의견이었다. 마침 담임도 맡고 있지 않으니 수업이 없으면 사건이 처리될 때까지 병원에 자주 들러 도와주라는 것이다. 교장은 인간적인 면을 발휘하고 있었다.

다친 팔이 불편했지만, 책임을 질 수밖에 없었다. 거의 닷새간 상황파악과 경찰 조사 때문에 수업이 끝나면 매일 병실에 들렀다. 강 선생은 이삼일이 지나자 기억을 해내고 의사소통을 할 수 있었다. 일단정지 후 교차로에 진입한 것 같다는 말에 우선 한숨이 쉬어졌다. 경찰서에서 조서를 받으러 오면, 변호사가 오면 말하겠다고 하고 바로 연락을 하라고 주지시켰다. 닷새째 되는 토요일은 마침 수업이 1시간밖에 없어 다친 팔 치료도 할 겸 조퇴를 하고 병실에 오니 경찰관 2명이 조서를 받으러 왔다.

"강 선생님, 승용차와 트럭이 서로 어떻게 부딪친 것으로 기억하십니까?"

경찰관 한 명이 질문을 던지고 다른 사람은 받아 적고 있다.

"지금 기억이 잘 나질 않아요." 강 선생이 기억하기 싫은 듯이 말을 한다.

"그래도 기억하시고 말을 해야 합니다. 그래야 조서를 꾸미고 사건 처리가 됩니다."

"트럭이 내 차 오른쪽 프랜더를 들이받은 것 같습니다."

"어느 방향으로 가려고 했습니까?"

"금구 방향으로 가려고 했습니다."

"그 방향에서 올 때 무슨 표지판 본 것 있습니까??"

다행이었다. 전 변호사와 함께 사고 현장을 보고 표지판까지 확인하고 와서 강 선생과 사고 당시의 기억을 되살리며 말할 때, 사고 지점의 상황과 표지판 이야기도 했었다. 강 선생은 잠시 기억을 더듬거린다.

"일단정지 표지판을 보고 일단정지를 한 다음에 교차로에 진입했습니다."

"그러면 교차로에 진입하기 전 어느 정도 앞에서 정지했는지 기억나십니까? 그리고 몇 킬로 정도로 운행했습니까?"

경찰관은 강 선생의 얼굴을 지긋이 응시하며 질문을 한다.

"강 선생, 이건 굉장히 중요한 문제야, 기억이 나는 대로 정확히 말해야 해. 하나도 빠짐없이."

옆에서 지켜보며 주위를 환기하자, 강 선생이 입을 연다.

"일단정지 표지판을 보고 브레이크를 밟았다가 교차로로 천천히 진입했습니다. 몇 킬로인지는 정확히 기억이 안 납니다."

"아직 가해자와 피해자가 판정되지는 않았습니다만, 만약 피해자로 판정되면 가해자의 처벌을 원하십니까?"

머뭇거리는 강 선생에게 다시 말했다.

"강 선생, 이 사고는 우리가 엄청난 피해를 본 큰 사고야. 자식 잃고 사모님은 척추가 망가져 불구가 되고 큰 녀석과 강 선생은 큰 수술을 또 해야 하고……. 보험문제를 떠나 형사상 처벌까지 관련된 법적인 문제가 걸려있는 일이야. 강 선생 기억나는 대로 정확히 말해."

"예, 교통법규 규정대로 해주십시오."

"선생님은 누구십니까?" 옆에서 조언하는 것이 불편했는지 기록을 하던 경찰관이 묻는다.

"강 선생 사촌 형입니다. 같이 교직에 있습니다. 사고가 커서 다친 곳의 통증도 심하고 아직도 힘들어하니 좀 쉬게 하고 다른 질문은 다음에 하기로 하면 어떨까요?"

"알겠습니다." 더는 어쩔 수 없는지 경찰관들은 조사를 마친다.

"사모님은 어디 계시죠? 사모님도 진술을 받아야 하는데요." 기록하던 경찰관이 묻는다.

"지금 중환자실에 있습니다." 라는 강 선생 대답에,

"갑시다, 제가 아까 사모님 병실에 들렀었거든요. 제가 모셔다드리죠."라고 나서니 경찰관들은 불편했는지,

"아니요, 아직 중환자실에 계신다면 힘드실 테니 사모님도 다음에 다시 들러 진술을 받도록 하지요."라며 조사를 마친다.

이틀 후 전 변호사를 만나 경찰관들이 조사한 내용에 대하여 설명을 했다.

"형, 이제 어떻게 되지?"

"수고했다, 저쪽 조서를 봤더니 트럭도 서서히 교차로에 진입했다는 거야. 목격자도 없고 그 밤에 누가 사진 찍어 놓은 것도 아니고……. 진술과 사건 현장, 그리고 부서진 양쪽 차량을 가지고 법률적 논쟁을 벌여야지. 조서는 그 정도면 된 것 같다. 이제 학교 일에 전념해라, 앞으로의 일은 변호사가 할 일이야."

"그러면 강 선생에게 그렇게 전할게, 고마워 형"

"그래 법적 문제는 걱정하지 말고 몸이나 빨리 회복하라고 해."

이십여 일이 지나 다시 전 변호사를 만나 물어보았다.

"강 선생 교통사고건 어떻게 되었어?"

"양쪽 주장이 팽팽하고 확인할 증거는 없고, 어떻게 하냐?"

"그래서?"

"검사에게 강하게 주장했지."

"어떻게?"

"양쪽 모두 구속하라고, 저쪽은 운전석이 높은 트럭이라 운전자가 다친 곳이 없고 우리 쪽은 사람이 죽고 불구가 되었으니 피해가 너무 커. 그래서 어느 쪽이든 교통법규 위반 사항이 있으면 모두 구속하라고 주장했지."

"그러면 강 선생도 구속되는 거야?"

"잘못된 점이 있으면 그렇게 되겠지. 그런데 다쳐서 병실에 누워 있는 사람을 어떻게 구속해? 구속한다면 우선 다치지 않은 사람부터 구속하겠지. 그러나 그렇지도 않을 거야. 누가 일방적으로 잘못한 증거가 나오지 않는 이상 상황이 매우 모호하잖아."

"그러겠네."

거의 한 달 반 이상이 지나 전 변호사에게서 연락이 왔다. 수술을 마치고 휠체어를 타고 다니는 강 선생과 함께 변호사 사무실에 갔다.

"어떻게 되었어요?" 강 선생이 서둘러 묻는다.

"검사 판정은 6:4로 우리가 피해자로 판명되었어." 전봉기 변호사가 웃음을 지으며 말한다.

"고맙습니다, 그래도 다행이네요. 잘못되면 가해자로 몰릴 수도 있는 상황인데……." 강 선생이 긴 한숨을 쉰다.

"우리 피해가 너무 커, 자식을 잃은 건 어쩔 수 없더라도 사모님은 평생 장애로 휠체어를 타고 다녀야 하는데……." 라며 전 변호사가 안타까운 듯이 강 선생을 위로한다.

"어쩔 수 없죠, 제가 좀 더 조심해서 운전했어야 했는데……."

모두 더는 아무 말도 할 수 없었다.

모든 일이 자꾸 힘들어졌다. 김선윤 선생과 윤영태 선생과 함께 사고 난 이후 처음으로 막걸리 집에 마주 앉았다.

"술 한잔 할 수 있어?" 김선윤 선생이 조심스럽게 묻는다.

"막걸리나 한잔하지 뭐, 요새는 모든 게 힘드네……."

"그럴 거야. 교통사고가 나면 그 후유증이 오래가지"

"안전띠를 매서 머리나 다른 데는 다친 곳이 없지만 팔이 작살이 났으니……."

"좀 쉬어, 모든 것 다 잊고. 그렇게 운수 사나운 해가 있어."
"운수 사나운 해?"

불현듯 빨간 교무 수첩이 생각났다.
아~, 올해 교무 수첩이 빨간색이지…….

19장

불행은 한꺼번에 밀려온다

강 선생은 퇴원하고 학교에 근무를 시작했다. 사람의 심리는 주변에 큰 사건이 있으면 그 사건을 자신에게 투영시키는 경향이 있다. 대부분 차로 통근을 하는 처지라 같이 근무하는 교사의 교통사고를 남의 일로 생각하지는 않았다. 동료 교사들의 불행에 대하여 서로 위로하고 걱정해주는 가운데 그동안 갈등이 있었던 교사들끼리도 서서히 대화가 오고 갔다.

그러나 불행은 심연 깊은 곳에 숨어 있다가 한꺼번에 그 모습을 드러낼 때가 많다. 월요일 아침, 같이 카폴을 하는 이대운 선생과 함께 학교 중앙현관에 들어서자마자 이주엽 선생이 급히 달려 나오며 말한다.

"큰일 났어요, 오두영이 자살했대요."

"뭐?"

"무슨 일이야? 어디서? 왜?"

"자기 집에서요. 옆 학교의 여학생하고 함께요."

"어떻게?"

"오늘 새벽에 둘이서 같이 자기 집에서 목을 매고 자살한 모양이에요."

입이 다물어지지 않았다.

'아, 그때 그 녀석을 데리고 좀 더 시간을 가졌어야 했는데…, 좀 더 대화했어야 했는데….' 순간 멍해졌다.

보름 전에 학교에 불이 났다. 2층 중앙에 있는 교무실과 서쪽 3층 끝에 있는 학생부실에 불이나 교실 두 개가 다 타버렸다.

방화였다. 방화가 아니라면 2층과 3층 그것도 건물 중앙과 서편 끝으로 서로 떨어져 있는 교실이 한날한시에 불이 날 이유가 없었다. 경찰은 방화를 조사한다며 바로 특별 수사팀을 만들어 숙직실에 수사본부를 차리고 학교에 상주하며 사건 수사를 했다. 대상은 주로 학생들이었다. 학교에서는 학생들 조사에 대하여 어떤 견해도 말하지 않았고 아무런 조치를 하지 못한 채, 경찰 조사를 바라만 보고 있었다. 경찰들은 수시로 전에 절도나 학교폭력으로 처벌을 받은 학생들을 데려다 조사했다.

토요일 3교시 2학년 윤리수업 시간이었다. 오두영이는 수업 중 계속 엎드려 잠만 자고 있었다.

"오두영, 왜 수업 안 받고 엎드려 잠만 자고 있지? 일어서 봐."

옆에 가서 깨우며 물어보았다. 인상을 쓰며 일어서서 고개를 숙이고 말을 하지 않는다.

"말해 봐, 무슨 일 있냐?"

계속 다그치자 조그맣게 말을 한다.

"어제 경찰 조사받았어요."

"경찰 조사받았어? 밤새? 누가 밤샘조사를 했어? 경찰이 학생을 밤샘 조사를 해? 너 이 시간 끝나고 나한테 와."

수업이 끝난 뒤 상담실에 데려가 자세히 물어보았다.

"자세히 말해봐, 그래 몇 시까지 밤샘 조사받았어?"

"밤샘조사를 받았다고는 안 했어요."

"그러면?"

"밤샘 조사는 아니고요, 금요일 어제 늦게까지 또 조사를 받았어요."

"무엇을 물어보더냐?"

"이제는 '학교에 불을 질렀느냐?'고는 안 물어보고 방화범이 누구냐고요."

"그래서?"

"저는 절대 아니라고 했죠."

"그래서?"

"내가 아니라면 방화범 찾아내라고요."

"그리고?"

"만약 못 찾아내면 전에 학교폭력으로 유예 처분 받은 것으로 이번에 구속한다고 그래요."

"뭐? 구속한다고 협박을 해? 그걸로는 구속하지 못해. 다시 한 번 확실히 물어보자. 너, 학교 방화와 관련 없는 것 분명하지?"

"예!"

그리고 불이 난 날 저녁부터 행적을 자세히 말한다. 친구들과 있다가 집에 들어간 상황과 밤늦게 집에 온 아버지 친구의 이야기를 한다. 고개를 끄덕이며 다시 물었다.

"그래, 그러면 됐다. 그런데 너와 같이 어울려 다니는 애들은?

"물어보니까 걔들도 관련 없어요."

"전에 자퇴한 한철이는?"

“걔도 관련 없어요, 서울에 취직해 있거든요.”

“알았다, 그러면 됐다. 선생님이 해결해 주마. 그리고 앞으로 경찰이 또다시 구속한다고 협박하면 언제든지 바로 나한테 와. 죄 없는 애를 협박하는 것 자체가 과잉수사고 강압수사야, 이런 일 또 있었어?”

“예, 벌써 몇 번이나 경찰서에 불려 갔어요.”

“조사받는 게 힘들면, 그러면 진작 선생님에게 말했어야지. 그동안 그러고 어떻게 살았어?”

“선생님께 상의할 생각은 못 했어요.”

“두 번 다시 그러지 못하게 하마. 다시 말하지만, 앞으로 또 부르면 나한테 와. 그럴 수 있지? 너 선생님 알아 몰라? 선생님도 민주화 운동하면서 경찰서에 끌려가서 조사받고 그랬던 거 알아 몰라?”

“알아요.”

“학교에 관련된 일이나 교통사고가 났을 때나 어떤 법률적인 문제가 생기면 선생님들이 나한테 상의 많이 해, 알아?”

“알아요, 전에 부교재 프린트 물 사건에 대하여 선생님 이야기 들었어요.”

“그러면 선생님 믿지?”

“예”

“그리고 오늘은 토요일이니까 월요일 날 경찰에 찾아가서 해결하도록 하자. 그리고 부모님께 말씀드리자.”

“예 알겠습니다, 선생님. 그런데 부모님에게는 말하지 마세요, 걱정하시니까요. 조사받았다고는 말씀드렸어요. 다른 애들도 다 받는다고 그랬어요. 그래서 어느 정도는 아시고 계세요.”

“그래? 알았다. 그러면 월요일 날 경찰서에 가서 두 번 다시 그따위

짓 못하도록 한 후에 부모님과 상의하자. 그리고 당분간 너 절대로 돌아다니지도 말고 집에서 나오지도 마라, 알았지?"

"예."

그렇게 마무리를 짓고 퇴근을 했었다.

그런데…, 월요일 새벽에….

20장

빨간 교무수첩 – 유서

올해 교무수첩은 빨간색이었다. 보통 교무수첩은 A4 용지보다 조금 작은 크기로 검은색이나 짙은 파란색이다. 그런데 올해 교무수첩은 A4 용지 절반 크기로 유독 빨간색이었다. 그동안 그냥 지나쳤지만 생각할수록 이상했다.

그래, 불행은 한꺼번에 밀려온다.

학교 전체가 뒤숭숭했다. 선생님들이나 학생들이나 모두 멍한 상태였고 수업이 제대로 되질 않았다. 오후 들어서자 각 언론사에서 전화가 쏟아지기 시작했다. 그리고 유서 이야기가 나오기 시작했다.

“이 선생, 두영이 유서가 있었어?”

“유서가 있다는 것을 저도 이제 알았어요, 방금 받았어요.”

나온 유서는 4통이었다. 두통은 부모님과 친구들에게 쓴 것이고 한 통은 담임선생님에게, 또 한 통은 선생들과 경찰들에게였다.

담임선생님께

저는 복학을 해서 선생님 반이 되었을 때 무척이나 기뻤습니다. 선생님은 언제나 저를 다른 아이들과 마찬가지로, 아니 그 이상으로 저에게 신경을 써주시고 저를 아껴 주셨습니다. 그래서 저는 아무런 문제없이, 결석 한번 없이 조용히 학교에 다닐 수가 있었습니다. 더구나 선생님께서 저에게 청소감독을 비롯하여 학급 일을 믿고 맡기며 시키실 때, 저는 정말로 좋은 선생님을 만났다고 생각하고 고마웠습니다. 그래서 선생님이 정말 좋았고 선생님 반이 된 것이 그렇게 좋을 수가 없었습니다. 선생님! 저는 졸업도 하고 커서 번듯하게 성공도 해서 선생님을 만나 뵙고 근사하게 선생님께 대접도 하고 싶었는데, 그런데 느닷없이 이런 일로 선생님과 사별을 해야 한다니 눈물이 눈 앞을 가립니다. 이젠 그런 저의 꿈도 물거품이 되어 버렸습니다. 아무쪼록 그동안 저에게 베풀어 주신 사랑과 은혜는 잊지 않고 저세상으로 가겠습니다. 부디 만수무강하시길 빌겠습니다. 그리고 이 못난 제자 오두영을 용서하십시오.

선생들과 경찰들에게

나는 복학을 하면서 진짜 잘 살아보고 싶었다. 그렇지만 입학 때부터 난 선생들의 따가운 시선을 피할 수는 없었다. 언제나 이유 없이 차가운 시선을 받아야 했고, 내가 무엇을 하든 잘못을 한다고 생각했던 사람들이 바로 학교 선생들이었다. 그래서 나는 그들을 싫어했다. 이유 없이 나를 싫어했고 나를 나쁜 놈이라고 생각했기 때문에 나도 어쩔 수가 없었다. 선생들은 나를 문제아 취급하고 나를 골칫덩어리라고 말했지만, 복학 이후 지금까지 내가 언제 학교에서 소란 한 번 피운 적이 있던가? 나는 결코 다른 학생들에게 피해를 준 적이 없었다. 그런데 이번 일이 일어났다. 다른 학생들이었다면 근신 며칠이면 끝날 일인데 선생들은 경찰들과 결탁하여 나를 학교에서 몰아내려고만 했다. 진정한 교육자라면 학교에 다니고 있는 학생들 모두에게 평등하게 대해주고 그 학생이 학교에 다닐 수 있도록 도와주는 것일 것이다.

하지만 당신들은 교사라는 자격증만 획득했을 뿐이지 학생들로부터 존경받을만한 선생님은 한 분도 안 계신다고 나는 생각한다. 당신들은 나를 학교폭력이니 뭐니 떠들어 대겠지만, 나도 당신들에게 하고 싶은 말이 있다. 당신들에게서 입은 학생들의 피해도 크다고 말이다.

당신들은 아는가? 학생들도 인격을 갖추고 지성을 지닌 하나의 인격체라는 사실을….

그런 학생들에게 당신들은 권위의식 만을 가지고 당신들 마음대로 언어폭력을 일삼아 학생들의 자존심을 상하게 하고 그 학생들의 여린 마음을 무참히 짓밟았다. 당신들의 폭력은 학생들의 폭력과 다름이 없고, 다른 학생들에게도 두려움의 존재였다. 우린 언제나 얻어터져도 학생이라는 이유만으로 대꾸조차 할 수 없었다.

왜 우리만이 학교의 폭력자인가? 당신들도 마찬가지다. 이유 없이 학생을 구타해서 고막을 터뜨리고 수업시간에 술에 취해서 교실에 들어와 학생들을 욕하고 그런 것들이 학교 폭력이 아니고 무엇인가? 그런 선생들이 존경받을 만한 교육자인가? 무슨 문제가 있으면 무조건 자르고 벌주는 것이 학교인가? 그 이유라도 들어본 적이 있는가? 학생들 앞에서 그렇게 거짓을 말하고 위선을 하면서도 당신들이 존경받기를 원하는가? 존경을 받으려면 당신들부터가 인격 수양을 해야 할 것이다. 그리고 당신들이 입버릇처럼 말하는 '학교는 선생들의 것이 아니라 학생들의 것이다'라는 그 말.

하지만 그 말이 언제 한번 현실이 되었던 적이 있었는가? 학생들의 의견에 제대로 귀 기울인 적이 있었는가? 사회는 언제나 당신들 마음대로 모든 일을 결정하고, 학교는 우리에게는 그 결정에 따르라고 강요만 하지 않았는가? 나는 당신들을 원망한다. 내 인생을 망쳐 놓은 것은 당신들의 책임도 클 것이다. 내 죽어서도 잊지 않으리라.

학생을 학생으로 생각하지 않는 선생들이 원망스럽고, 자기들이 실컷 이용하고 마치 사냥감을 가지고 놀 듯 협박하고 강요하여 데리고 놀다가는 이용가치가 없어지자 쓰레기처럼 버리는 경찰서 형사들과 나에게 집요하게 협박하고 강요하며 수사했던 경찰서 수사관을 증오한다. 내 죽어도 당신들을 잊지 않으리라. 난 내가 죽은 것이 아니라 당신들이 나를 죽인 것이라고 생각한다. 당신들이 얼마나 잘되는지 내 꼭 지켜보리라. 경찰이라는 특권을 악용하고 사람들을 괴롭히는 당신들은 민중의 지팡이가 아니라 민중의 피를 빨아 먹는 존재들이다. 그리고 선생이라는 직책만으로 권위의식으로 가득 찬 당신들도 모든 학생을 우롱하는 위선자들일 뿐이다. 나는 당신들을 원망하며 죽음의 이 길로 간다.

그리고 나는 화재와는 무관하다. 당신들은 나를 화재의 범인이라고 하지만 나는 불을 지르지도 않았고 억울하다. 나의 죽음이 그것을 증명하리라. 당신들은 무조건 아무에게나 누명을 씌우고 범인으로 만들려고 하지만 난 범인이 아니다. 그리고 나는 내가 아이들을 때린 일로 조사를 받으면서 협박과 강요를 받았다. 화재범을 잡아내면 봐준다고, 그렇지 않으면 구속을 한다고 해서 나는 어쩔 수 없이 형사들의 요구에 응할 수밖에 없었다. 그런데 그들은 내가 더는 이용가치가 없어지자 이유 같지도 않은 이유로 나를 구속하겠다고 한다. 내가 학교에 가서 자기들을 팔고 거짓말을 했다는 이유로 말이다.

난 결코 거짓말을 한 적이 없다. 그건 윤리 선생님에게 물어보면 알게 될 것이다. 나는 경찰서 수사과에서 형사들에게 그동안 수차례 협박을 받았다. 아까 말한 그런 협박. 그렇지만 내가 형사도 아니고 내가 어떻게 범인을 잡겠는가? 나는 그때부터 지금까지 마음 편히 잠을 자본 적이 없다. 나는 겁이 난다. 또 두렵다. 또다시 그곳에 불려가 그런 협박을 받고 강요를 받기는 싫다. 그리고 이렇게 이용당하고 버림받는 쓰레기 취급을 받기도 싫다.

그래서 나는 이 길을 택하게 되었다. 난 결백하다. 그리고 내가 화재범이라고 자수하면 폭력 사건은 없는 거로 해주겠다고, 그리고 한 가지 죄만 가지고 유치장에 들어가라고 말하던 수사과 형사들, 난 당신들의 그런 수사가 원망스럽고 억울하다.

난 화재범이 아니다. 난 정말 억울하고 원통하다. 그러고도 당신들이 뻔뻔스럽게 나보고 나쁜 놈이라고 말할 자격이 있는가? 무고한 학생들을 밀폐된 공간에 불러들여 협박하고 강요해서 거짓 또는 억지 진술을 받아내서 나를 그렇게 만들려고 한 당신들처럼 사느니, 차라리 이 길을 택하고 싶다. 이 한을 깊이 두고 가리라. 이 원망의 대가를 당신들도 받으리라. 당신들도 언젠가는 그 죗값을 받으리라.

참혹한 유서였다. 죽어가면서 던지는 원망을 넘어선, 관련된 모든 사람에게 던지는 처절한 한 맺힘이었다.

'죽어서도 잊지 않으리라……. 당신들도 언젠가는 그 죗값을 받으리라…….'

멍해졌다. 아무런 생각이 나지 않았다. 다시 한 번 더 유서를 읽어 보았다. 무서웠다. 두려움에 몸서리가 쳐졌다.

그날 오후 학교는 조용했다. 모든 교사와 학생들은 아무런 말이 없었다. 선생님들은 수업시간에 정해진 교과 내용만 말했고, 아이들도 앉아서 듣고만 있었다. 교사와 학생들을 비롯하여 대다수가 유서를 읽은 것 같았으나 그 누구도 오두영의 자살과 유서에 대하여 말하지 않았다. 유서 내용을 다시 살펴보았다.

'나는 방화범이 아니다.'

협박과 강요로 무리하게 수사를 진행한 경찰에 대한 원망은 그렇다 치자, 하지만 교사들에 대한 원망도 거의 원한에 가까웠다.

'………당신들의 폭력도 학생들의 폭력과 다름이 없고 학생들에게도 두려움의 존재였다. 선생이라는 직책만으로………, 위선자들일 뿐이다. 당신들을 원망한다. 내 인생을 망쳐 놓은 당신들의 책임도 클 것이다. 내 죽어서도 잊지 않으리라. 당신들도 언젠가는 그 죗값을 받으리라………'

다시 두려움이 온몸을 엄습해 왔다.

이 아이는 분명히 불을 지르지 않았다. 이틀 전 대화할 때 방화범이 아니라고 확실히 느낄 수 있었다. 그러나 화재 때문에 협박을 당하고 죽음을 택했다. 협박을 당하게 된 근본 원인은 학교 폭력사건이었다. 그리고 경찰에게 협박이라는 폭력을 당한 것이다. 결국, 모든 문제는 폭력에서부터 비롯되었다. 폭력에 의하여 가해와 피해가 동시에 진행되었다. 학교폭력에 관련된 아이가 화재 사건을 계기로 오히려 폭력의 피해자가 되어 목숨까지 잃게 되었다.

가장 큰 문제는 결과적으로 학교와 사회가 우리 주변의 폭력에 대하여 무기력했다는 점이다. 비록 학교 폭력에 따른 본인의 잘못이 있을지라도 학교는 충분히 안아 주지 못했고 경찰의 강압적인 수사는 또 다른 폭력을 행사하며 두 아이를 죽음으로 내몰았다. 폭력을 배제하고 아이들에게 따뜻한 삶을 이어주어야 하는 학교 교육의 근본이 무너지고 있었다. 주변에서 일상으로 일어나는 폭력에 대하여 사회는 학교에서 책임지라며 요구만 할 뿐이었고 내놓는 대안은 구두선에 그칠 뿐이지, 구체적 방안이나 체계적인 교육 방법을 제시하지 않았다. 학교가 경찰과 결탁해서 이 아이를 학교에서 의도적으로 내몰려고 하지는 않았다. 그러나 이 아이가 그렇게 느꼈다면 그건 분명히 학교와 교사들의 책임이고 그 책임 추궁에 대하여 더 할 말이 없다.

그렇게 애꿎은 두 생명이 스러졌다. 참혹한 죽음이다. 죽음은 학교와 학교를 둘러싸고 있는 사회 전체의 책임으로 느껴졌다.

'당신들도 언젠가는 그 죗값을 받으리라…….' 머리가 지끈거렸다.

앞으로 무슨 일이 벌어질까…. 그 날 좀 더 이야기를 해야 했는데…. 이 일을 어찌하면 좋지? 학교는 그야말로 태풍 전야였다.

다음날 바로 학교 현관에 공고가 붙었다.

21장

강압수사와 교육의 부재

제보를 바랍니다

불행히도 본교에서 화재가 발생했습니다.

조기 진화를 하지 못했다면 우리 학교는 전소하였을 것입니다.

화재가 고의적이라면 이는 반사회적 · 반국가적 · 반민족적 행위입니다. 이런 행위는 없어져야 하며 이런 사람의 검거는 우리가 모두 협조해야 하고, 숨겨주는 것은 미덕이 아닙니다.

글씨 · 제보 내용의 비공개 등 비밀을 절대로 지킬 것이오니, 자기 이름을 쓰지 말고 방화 의심이 가는 사람이나 수사의 단서가 될 만한 내용을 적어서 수사 협조함에 넣어주시기 바랍니다.

서인 고등학교장

수사 협조함의 위치 : 현관 및 1 · 2 · 3 층 화장실 앞

지나가던 선생님들이 한마디씩 한다.

"대체 이게 무슨 일이야?"

"어떻게 이런 일이……, 불나고 애들 죽고……."

"앞으로 이 일을 어떻게 해?"

"그런데 저 공고는 또 왜 저렇게 썼어?"

"반사회적 · 반국가적은 맞아. 그런데 반민족적은 또 뭐야? 틀린 말은 아니지만, 표현이 좀 그렇잖아."

"그러네, 그리고 고의적이 아니라 고의로 낸 방화지. 그렇지 않으면 옆에 있는 교실도 아니고 2층 중앙과 3층 끝으로 떨어져 있는 교실이 어떻게 한날한시에 불이 나?"

다들 불안감을 떨치지 못하고 허둥거리고 있었다. 아침부터 학교 전화통은 불이 났고 언론에 기사가 쏟아지기 시작했다. 중앙지부터 살펴보았다.

대부분 기사는 학교 화재 사건으로 조사받은 한 고교생이 유서를 쓰고 자살했다는 제목으로 주로 사실관계를 쓰고 있었다.

구체적으로 지난달 일어난 학교 화재사건의 수사과정에서 경찰의 조사를 받은 고교생 오아무개 군이 어제 새벽 6시경 자택 뒷문에 끈으로 목을 매 숨져 있는 것을 학생의 부모가 발견해 경찰에 신고했으며, 오 군은 '억울하다고 주장하며 유서를 남기고 여고생 조아무개 양과 함께 자살했다는 내용이다.

'나는 화재와는 무관하다. 나를 화재의 범인이라고 하지만 나는 불을 지르지도 않았고 억울하다.' '경찰서 수사과 형사들로부터 여러 차례 협박과 강요를 받았다.' '잘 살고 싶었지만, 선생들의 따가운 눈총을 피할 수 없었다.'는 등의 내용의 유서를 '선생들과 경찰들에게' 남겼다는 사실 기사들이었다. '이에 따라 경찰 관계자는 학교 방화사건 조사 때 오 군을 조사했지만, 협박한 일은 없었다고 밝혔고 양쪽 집 부모의 허락하에 지난해부터 오 군 집에서 함께 생활해 온 조아무개 양과 함께 목숨을 끊은 오 군은 지난해 자퇴했다가 올해 3월에 복학했다.' 는 것이 대체적인 기사 내용이었다.

이 정도만이라도…. 그러나 그렇지 않을 것 같았다.

다른 지방지들을 살펴보았다.

대다수 지방지의 제목도 대부분 경찰의 강압수사에 대한 사실 여부와 오 군의 죽음이 과연 단순한 자살인가에 대한 것들이었다. 먼저 유서의 내용을 근거로 억울한 자살에 이르도록 한 경찰의 강압수사에 대한 의문을 제기하고 있었다.

기사 내용을 살펴보면, '9일 학교 화재사건의 수사과정에서 경찰의 조사를 받은 한 고교생의 죽음은 그가 남겨놓은 유서의 내용으로 볼 때 그를 죽음에 이르게 한 원인이 무엇이었을까? 하는 물음이 강하게 들 수밖에 없으며 이 점이 사건의 초점이다.' 라고 수사 과정상의 문제점을 우선으로 제시하고 있다. 그리고 유서의 내용을 들어 오 군이 죽음에 이르게 된 한 몇 가지 요인을 구체적으로 달고 있다.

'유서에서 밝힌 것처럼 경찰은 수사 과정에서 오 군에게 강한 심적인 부담감을 주고 강압수사를 편 것으로 보인다.' 고 쓰고 있다.

'…나는 화재와는 무관하다. 당신들은 나를 화재의 범인이라고 하지만 나는 불을 지르지도 않았고 억울하다. …당신들은 무조건 아무에게나 누명을 씌우고 범인으로 만들려고 하지만 난 범인이 아니다.'라고 항변하고 있는 데서 알 수 있듯이 '방화범을 잡아내지 않으면 이유 같지 않은 이유로 구속하겠다.'는 점을 들어 협박한 사실을 적시하고 있다. 이어서 경찰은 용의자를 찾기가 쉽지 않자 중압감으로 무리한 강압 수사를 했기 때문에 이런 일이 발생했다고 수사기법에 대한 문제를 제기하고 있다.

이에 대하여 경찰은 '독재시대도 아니고 지금 같은 문민 시대에는 강압 수사로 자백을 강요할 수는 없다. 인권침해의 비난을 무릅쓰고, 또 상식적으로 뻔히 드러날 불법행위를 스스로 하겠느냐?'고 강압 행위를 전면 부인하고 있으며, '만약에 강압 행위가 있었다면 유서에 조사한 경찰 조사관의 이름과 구체적인 가혹 행위를 썼을 것이다. 그러나 그런 말이 전혀 없다고 주장하고 있다.'라며 경찰의 견해를 밝혀주고 있다. 그리고 '앞으로의 수사결과가 주목된다.'라며, '유서를 볼 때 이 사건에 대한 학교의 책임도 적지 않으며 그에 대한 것도 역시 앞으로 밝혀져야 한다.'고 쓰고 있다.

대부분의 언론 기사는 비슷한 내용으로 경찰의 강압수사를 제목으로 뽑고 조사 과정의 문제점을 짚고 있었다. 그러나 마지막 '학교의 책임' 부분이 눈앞에 크게 확대되어 다가왔다. 종일 울리는 전화벨 소리와 함께 오두영의 학교 생활태도와 신상을 묻는 물음들은 심상치 않았다. 교감과 학생주임은 계속된 전화 문의에 곤혹스러워하고 있었다. 자세한 내용을 알아보아야 했다.

"이 선생, 전화 내용은 어떤 것들이야?" 학생 주임에게 물어보았다.

"학교 생활태도와 성적, 그리고 처벌받은 것들이에요."

"그것밖에 없어?"

"그리고 동반 자살한 여학생에 관한 질문들도 많아요."

"그 여학생에 대해서 알아?"

"이야기를 조금 들었어요."

"두영이 집에도 같이 오고 갔다며?"

"예, 부모님은 여기에 안 계시고 조부모와 함께 사는데 사귀는 것을 양쪽 집에서 승낙했다고 합니다."

"여자아이 학교에서도 알아?"

"그건 잘 모르겠고, 처음 사귈 때부터 애들 사이에 화제가 됐었데요."

"처음 사귀자고 할 때 두영이가 복학해서 한 학년 아래잖아요, 그래서 여학생이 거절했데요. 그러니까 집중 공세를 펴고, 여학생 생일에 교실로 장미꽃 100송이를 직접 배달하고 구애를 했다고 그래요."

"장미꽃 100송이? 그것도 학교 교실로 직접? 여학생들 사이에 화제가 되었겠네."

"당연하죠, 여학생들이 굉장히 부러워했다고 그래요."

"그랬겠네, 더구나 감수성이 예민한 여고생들이 장미꽃 100송이를 교실에서 직접 받는 것을 보고 얼마나 부러웠겠어? 우리 때는 그런 것 생각도 못 했잖아."

"그렇죠, 상상도 못 했죠."

"여학생에 대한 기자들 질문은 주로 어떤 것들이야?"

"어떻게 남학생 집에서 여학생이 같이 목을 맸느냐는 거죠."

"그래서 어떻게 말했어?"

"들은 대로 사귀는 것을 양가 부모가 다 허락한 모양이라고 했죠. 그게 문제가 되는 거냐고 그랬죠."

"부모들이 허락한 것이라면 문제 될 것은 없는데……, 동반자살 자체가 세인들의 입에 오르내리기 좋은 요소일 거야. 언론에 보도된 내용은 아직은 그래도 학교에 큰 데미지는 없지만 심상치 않은 것 같은데, 이 선생은 어떻게 생각해?"

"저도 그렇게 생각해요. 기자들이 물어보는 내용이 심상치 않아요. 지금 교감 선생님이 곤혹스러워요"

기자들은 계속 담임선생님에게 인터뷰를 요구하고 있었고, 오두영의 학교 생활기록부 복사를 요구하고 있었다. 언론의 담임교사 인터뷰 요구야 어쩔 수 없지만, 생활기록부 유출은 신중히 처리해야 할 문제였다. 교감에게 상황을 물어보았다.

"교감 선생님 힘드시지요? 지금 학교 상황은 어떻습니까?

"유서에 김 선생 이야기 나온 것 봤어요. 그동안 수고하셨더만요."

"제 불찰도 큽니다. 좀 더 데리고 이야기 했어야 했는데……."

"그나마……. 경찰은 그렇다고 하더라도 담임만 제외하고 학교의 대부분 선생님이 못 믿을 교사가 되었는데, 김 선생 한 사람이라도 개 이야기 들어주고, 방화범이 아니라고 믿어준 선생이 있다는 말이 유서에 나오니까, 그나마 좀 낫지요."

"지금 언론 때문에 매우 힘드신 줄 아는데 어때요?"

"이미 터지고 있어요, 기자들이 생활기록부를 보자고 계속 요구하고 있어요. 그러나 생활기록부는 본인과 학부모의 허락 없이는 절대 떼어 줄 수도 없고 보여 줄 수도 없습니다."

"맞습니다. 이럴 때일수록 원칙을 지키는 게 중요하지요."

교감은 신중히 일 처리를 하고 있었다. 그러나 어려운 상황에 대하여 힘들어 하는 것이 눈에 보였다. 아직 어떤 움직임은 없지만, 오두영이와 2학년에 함께 복학한 같은 반 기주일이를 비롯하여 같이 어울려 다닌 3학년 아이들이 심상치 않다고 한숨을 쉰다.

"그럴 거예요. 유서를 볼 때 아마 그 아이들은 그대로 넘어가지 않을 것 같아요. 유서가 너무 참혹해서……. 교감 선생님, 장례식에 대해서는 들은 것 있어요?"

"내일 병원 장례식장에서 화장한다나 봐요. 그 이후에 무슨 일이 있을 것 같아요. 김 선생도 한번 가보실래요? 저하고 담임이나 학생주임은 가 보아야 하지만, 지금 두영이 친구들을 가장 편하게 대할 수 있는 교사는 김 선생 정도인 것 같은데……."

"예, 알겠습니다. 그런데 교장 선생님은 무어라고 하십니까?"

"걱정만 하고 있고 아무런 말씀이 없습니다."

"그럴 거예요. 이럴 때 어떤 대책을 내기는 쉽지 않지요. 계속 같이 상의해 보게요. 교감 선생님, 힘드시더라도 버텨 내셔야 합니다."

힘든 상황을 견뎌내는 교감 선생님을 위로하며 일단 지켜볼 수밖에 없었다.

다음날부터 언론은 학교에 직격탄을 때리고 있었다.

사설과 박스 기사의 내용은 학교의 교육부재에 대하여 엄청난 질책을 쏟아내고 있었다. 제목은 '경찰의 학생 조사에 선생들 무관심'에서부터 '만취해 제자 구타' 또는 '교사들 체벌, 학교폭력 아닌가?' 등의 내용으로 유서를 인용하여 구체적으로 교육부재를 탓하고 있었다.

오늘날 학교에 과연 진정한 제자 사랑이 있는가?

학교 방화 사건 조사로 인한 경찰의 강압수사 때문에 한 고등학생이 자살했다는 의혹이 강하게 일고 있는 가운데 학교의 학생지도 역시 오두영 군의 자살을 방관했다는 비난이 지역사회에 강하게 일고 있다. 오 군의 담임교사에 따르면 오 군은 복학 이후 최근까지 성실히 학교에 적응하려고 했다고 한다. 작년에 자퇴했다가 올해 교육부의 제적생 일괄 복교 조치로 복교한 오 군은 작년과는 다르게 학교에 적응하려고 부단히 노력했으며 교우관계도 매우 좋았다고 말한다. 무단결석도 없었으며 학업성적도 지난해와는 다르게 모의고사에서 상위권에 들을 만큼 눈에 띄게 올라 대학 진학을 목표로 공부도 열심히 했다고 전해진다.

그러나 새로운 생활 자세와 학업에 대한 의지를 갖추고 있었던 오 군은 학교 화재사건의 조사 과정에서 경찰의 강압수사로 자살하게 되었다. 이는 어린 고등학생의 심적 상황을 생각해 볼 때, 방화범을 찾아내지 않으면 구속하겠다는 경찰의 협박에 대한 그 중압감 때문으로 보인다. 더구나 경찰은 방화 사건을 수사한다는 이유로 방송실과 숙직실에서 교사들이나 보호자들을 입회시키지 않은 채 오 군을 비롯하여 많은 학생을 조사했다고 한다.

이는 오 군의 유서에 나와 있는 것처럼 학교의 교육 부재를 말하고 있다. 즉 학교에서 한 명의 학생의 인권이나 교육의 근본을 생각했더라면, 그리고 조금만 주위를 둘러보고 아이들을 관찰하였더라면 충분히 막을 수 있는 일이었다.

유서를 볼 때 '다른 학생들이었다면 근신 며칠이면 끝날 일인데 선생들은 경찰들과 결탁하여 나를 학교에서 몰아내려고만 했다.…, 왜 우리만이 학교의 폭력자인가? 당신들도 마찬가지다. 이유 없이 학생을 구타해서 고막을 터뜨리고 수업시간에 술에 취해서 교실에 들어와 학생들을 욕하고 그런 것들이 학교 폭력이 아니고 무엇인가? 그런 선생들이 존경받을 만한 교육자인가?'라는 절규는 교육 부재의 구체적 예들이다. 물론 한 학생이 절망적 상황에서 진술한 내용이라는 점을 고려하더라도, 그러한 상황이 있었고 또 그런 일이 실제로 벌어졌다는 것은 부인할 수 없는 것 아닌가?

학교에서 조금만 더 관심을 가졌더라면 조사과정에서 많은 학생이 고통을 당하지 않았을 것이고 또 희생되는 학생은 없었을 것이며, 좀 더 적극적으로 학생들의 보호하려는 자세가 있었더라면 오늘 같은 불상사는 없었을 것이다.

오 군이 '당신들은 교사라는 자격증만 획득했을 뿐이지 학생들로부터 존경받을만한 선생님은 한 분도 안 계신다고 생각한다.…'라고 말한 부분은 학교의 모든 교사가 깊게 생각해야 할 대목이다.

과연 오늘날 학교에 진정으로 교육을 생각하는 스승은 있는가? 되묻고 싶다.

대부분 사설의 내용들이다. 예상은 했지만 아픈 부분들이 적나라하게 드러나고 있었다. 너무 아팠다. 첫날 경찰의 강압수사를 질타했던 언론은 후속 기사로 학교의 교육 부재를 질타하고 있었다. 그동안의 과정들을 설명할 방법도 없었고 변명할 수도 없었다. 학교 교육의 부재를 꾸짖는 언론의 비판은 그대로 받을 수밖에 없었다. 폭풍은 예고되었다. 그러나 몰려오는 당장의 문제는 또 그대로 해결해야만 했다.

22장

아이들만의 추모식

12시경 병원 장례식장에 스무 명 남짓의 여학생들과 함께 50~60여 명의 학생이 모여 있었다. 오두영 아버지의 모습이 먼저 눈에 들어온다. 자식 잃은 부모의 얼굴을 차마 볼 수가 없다.

"두영이 아버님, 어떻게 이런 일이……."

입이 떨어지지 않아 기어들어 가는 목소리로 다가가 위로를 하자, 알아보고 두 손을 붙잡고 울음을 짓누른다.

"선생님, 이 일을 어찌해야 합니까?" 라며 말을 잇지 못한다.

"정말 어떻게 해야 해요? 두영이 아버님, 저희가 좀 더 세심히 살폈어야 했는데……, 모두 다 저희 불찰입니다."

더 어떤 말도 할 수 없었다. 그냥 두 손을 맞잡고 서 있을 수밖에 없었다. 주변에 두영이의 친구들이 모여들었다. 화장이 끝날 때까지 모두 침묵하고 있었다. 운구차가 나가는 것을 지켜보며 흐느끼는 아이들을 바라보고 한참 있다가 조심스럽게 말을 꺼냈다.

"이제 학교로 돌아가자."

복학생 두 아이가 눈물을 닦으며 다가온다. 먼저 기주일이 말한다.

“선생님, 앞으로 시끄러울 거예요.” 옆에 있던 박지문이 말을 덧붙인다.

“그래도 선생님은 괜찮을 거예요.”

“너희 그 말이 무슨 말이냐?”

“그렇게 아세요.” 다시 박지문이 말하며 자리를 뜬다.

멍했다. 이 녀석들 대체 무슨 일들을 벌이고 있는 거지? 병원 장례식장에 문상 온 아이들이 흩어지지 않고 있자, 누군가가 무언가 큰소리로 아이들에게 말을 하고 있다. 오두영의 2년 선배인 졸업생이다.

“두영이가 억울하게 죽었다. 나는 이것을 두고 볼 수만은 없다. 너희가 친구라면 이 죽음이 왜 억울한지, 그리고 오두영이 얼마나 한스럽게 죽었는지 알아야 한다. 두영이는 일단 보내자. 그러나 억울한 것은 우리가 반드시 밝혀내야 하지 않겠냐?”

오륙십여 명의 아이들은 꼼짝도 하지 않고 듣고 있었고 교사들도 지켜보고 있을 수밖에 없었다.

학교로 돌아와 장례식 상황을 선생님들에게 간단히 설명하고 휴식을 취하고 있는데 긴급히 연락이 왔다. 두 친구의 장례를 치른 아이들이 학교로 와 추모식을 한다는 것이다. 아무도 생각지 못한 일이었다. 장례를 치르고 바로 추모식을 할 줄은 누구도 예상하지 못했다.

‘추모식…….’

걱정스러운 마음이 앞섰다. 무슨 일이 벌어질지…. 제발 아무 일 없이 끝났으면 하는 마음이었다. 긴급 교무회의가 소집되었다. 추모식을 허용하자는 쪽으로 결정되었다.

10여 명의 여학생과 함께 30여 명의 학생은 3층 2학년 오두영이 공부했던 교실로 들어갔다. 교사들은 모두 퇴근을 하지 않고 임시 교무실에서 대기하고 있었다. 아무도 움직일 기미가 없어서 교감에게 말했다.

"제가 올라가 보겠습니다."

"그렇게 하시지요."

시간은 오후 6시를 지나서 어두워지고 있었다. 조용히 교실 뒷문으로 들어갔다. 아이들은 사물함과 서랍에서 오두영의 교과서와 소지품을 모두 꺼내어 교탁 위에 올려놓고 촛불을 켜고 추모식을 진행하고 있었다. 오두영과 조경선의 명복을 비는 기도가 끝나고 한 명씩 돌아가면서 그동안 같이 지내면서 기억에 남는 일들이나, 보내면서 꼭 하고 싶은 말들을 한마디씩 하면서 추모식을 진행하고 있었다. 거의 다 끝나가는 것 같았다. 여학생들의 흐느낌 속에서 조용히 입을 열었다.

"자, 이제 두영이와 경선이를 보내주자. 아픔은 아픔대로 가슴에 묻고 두영이와 경선이의 추억은 우리 마음에 간직하자. 오늘은 이만 하고 내일 다시 생각하자. 남은 몇 사람들 하고 싶은 말을 마저 하고 오늘 추모식을 마치자."

추모식을 정리하자는 말을 마치자 흐느낌은 더해졌고 참고 있던 남학생들도 소리 내어 흐느끼자 분위기는 더 숙연해졌다. 두세 명 정도 남았을 때다. 나덕연 선생이 뒷문으로 들어왔다. 그리고 조용히 발걸음을 옮겨 교단 앞쪽으로 다가가는 순간이었다.

"야 이 개새끼들아"

고함이 터졌다. 가라앉아 있던 분위기의 균형이 깨졌다. 아찔했다. 순간 조용해지더니 바로 유리창 몇 장이 박살이 났다.

"야 나가자!"

"두영이 책하고 물건들 모두 다 들고 나가!"

순식간이었다. 제지할 틈도 없었고 통제할 수 있는 상황도 아니었다. 아이들은 교탁 위에 있던 오두영 소지품을 모두 들고 운동장에 집결했다. 여학생들은 대부분 돌아가고 30여 명의 학생이 운동장에 모였다. 주변은 칠흑같이 깜깜했고 멀리 떨어진 학교 건물 2층의 임시 교무실만 불이 켜져 있었다. 언제 가져왔는지 모르지만 금세 모닥불이 만들어졌다. 아이들은 운동장 한가운데 모닥불 주위로 둥그렇게 모여 서서 두영이가 쓰던 교과서 한 장 한 장을 찢어 불 속에 던져 넣으며 한마디씩 한다.

"두영아 잘 가라."

"저세상에서는 행복해라."

"너와 같이 지냈던 시간 정말 즐거웠다."

"니 친구 경선이와 잘 지내라."

"니가 억울하게 죽은 것 우리가 안다."

아이들은 친구의 명복을 빌며 불이 켜져 있는 학교 건물을 향하여 고함을 지르고 감자를 먹이며 주먹질을 한다.

"야 이 개새끼들아."

"너희 때문에 두영이가 죽었다."

"너희가 선생이냐?

"잘 먹고 잘살아라."

험악한 욕설과 고함이 밤하늘에 터져 나왔다. 한참을 그대로 두고 볼 수밖에 없었다. 어느 정도 시간이 지나자 외칠 건 외치고 태울 건 다 태운 것 같았다.

"자, 이제 그만하자. 그래도 지킬 건 지키자. 속이 후련할 때까지 더 할 수도 있겠지만, 오늘 모든 게 끝나는 것은 아니다. 오늘은 여기까지

하고 내일 학교에서 보자. 다들 그럴 수 있지?"

아이들을 귀가시켜야 했다.

"예, 알겠습니다, 선생님. 그런데 저희 좀 복잡해요."

"그게 무슨 말이냐?"

"무슨 일이 일어날지 아무도 몰라요."

"안다, 너희 두영이랑 매우 친했지. 그리고 항상 어울려 다녔지. 마음 아픈 거 알아, 하지만 이제 그만하고 내일 다시 이야기하자. 오늘은 바로 집에 들어가자, 그럴 수 있지?"

"예, 선생님, 그렇지만 어쨌든 저희 지금 매우 복잡해요. 그렇게 아세요."

아이들의 표정은 심상치 않았다. 다행히 경찰 순찰차가 학교 주변에 배치되어 있었다. 아이들은 그렇게 하루를 보냈다. 교무실에 들어서니 9시가 넘었음에도 모든 교사가 퇴근하지 않고 있었다. 조용했다. 아무도 입을 열지 않았다. 멍하니 침통한 표정으로 앉아있던 교사들도 서서히 일어나서 퇴근했다. 그 누구도 한마디의 말도 없었다.

'아이들만의 추모식…….'

머릿속에서 여러 생각이 오갔다. '과연 추모식을 허락했어야 했는가? 교사들이 추모식에 처음부터 적극적으로 아이들하고 함께 했으면 어땠을까? 자살한 사람에 대한 공식적인 추모식이 과연 가능한가? 그렇지만 억울한 죽임을 당한 아이이므로 억울한 죽음에 대하여 그 어떤 위로의 일을 해야 했지 않았을까?' 등 여러 생각이 교차했다. 충격이 너무 컸고 생각할 수 있는 시간이 너무 짧았다. 후회막급이었지만 이미 지나간 일이었다. 사후 약방문이었다.

복잡한 상황들은 다음날부터 바로 나타나기 시작했다.

아침 1교시 시작 전 오두영의 마을에서 4명의 주민이 학생부실로 찾아왔다. 신문을 들이대며 학생 주임에게 화를 내며 말한다.

"경찰과 선생들이 공모해서 두영이를 죽였다는데 사실이요?"

"이게 학교요? 선생들이 애들을 때려 고막이 터지고, 애들에게 욕하고 침 뱉고, 술 먹고 수업하고……, 이게 학교냔 말이요." 주민들은 흥분한 목소리로 들이댄다.

학생주임이 학교가 그럴 리가 있겠느냐며 언론의 과잉보도 문제점을 말하고 지금은 두영이를 잃은 충격 때문에 교사들도 정신이 없고, 단지 죄송할 따름이라고 난감한 표정으로 해명을 한다. 그리고 다시 지금은 저희가 무어라 드릴 말씀이 없고, 학교에 대한 오해도 있으니 좀 진정이 되고 상황이 정리가 되면 그때 학교의 입장을 말씀드리고 잘못된 것은 죄송함을 표할 터이니 시간을 달라고 간곡하게 부탁한다.

다른 주민이 또 다시 고함치듯이 말한다.

"시간은 무슨, 선생 문제는 그렇다고 칩시다. 이 아이가 자살하도록 경찰이 협박하는 동안 도대체 학교에서는 무얼 했다는 말이요? 왜 학교에 경찰이 상주해서 조사한단 말이오? 신문에서 말한 대로 조사할 때 선생들이 같이 있었어야 할 것 아니요?"

"저희는 조사과정을 몰랐습니다."

"그게 말이 됩니까? 조사는 학교 내에서 이루어졌잖습니까? 또 조사를 경찰서에서 했어도 교사가 입회해야 하는 것 아니요? 우리가 학생들을 직접 만나 봐야겠습니다."

"무슨 말씀입니까? 학생들을 만나 보다니요? 두영이 친구들 말입니까?"

"아니, 그 애들 말고 우리가 학교 전체 학생들에게 할 이야기가 있습니다."

"그건 안 됩니다. 교장 선생님과 학교의 결정이 있어야 하고……, 또 아이들에게도 좋지 않을 것 같습니다. 그리고 수업시간은 안됩니다, 죄송합니다." 학생주임이 간곡히 말리자,

"허락은 무슨, 우리도 이 학교 학생들 학부모요. 쉬는 시간에 반에 들어가서 이야기하겠소."라며 바로 복도로 가더니 3학년 교실로 들어간다. 막무가내였다.

"너희 친구 두영이와 여학생의 죽음은 누가 봐도 억울하다. 너희들은 어떻게 생각하냐? 너희가 두영이라고 생각해 보자. 그동안 얼마나 무섭고 힘들었겠냐? 학교나 경찰은 애를 잡기만 했지, 방화범을 잡기 위하여 아무런 한 일이 없다. 그리고 신문과 방송에 나와서 알겠지만, 경찰뿐 아니라 학교도 잘못한 것이 너무나 많다. 너희가 두영이라고 생각하고 억울한 일은 풀어주고 잘못된 것은 고쳐라."

교실에서 언론에 보도된 학교의 문제점을 지적하며 학생들에게 말하는 것을 어떻게 막을 방법이 없었다. 주민들은 바로 옆 반에 들어가 똑같은 말을 하며 아이들의 반응을 살피고 있었다. 3학년 아이들은 아무런 대꾸도 없이 미동도 하지 않고 듣고만 있었다. 더는 그대로 두고 볼 수 없는 상황이었다.

"선생님이 좀 제지를 해 보시면 어때요?." 지켜보던 학생주임이 조용히 말한다.

"내가? 알았어, 말해보지." 바로 교실로 들어가 정중히 인사하고 요청을 했다.

"학부형님, 잠시 교무실로 가셔서 저하고 말씀을 나누시지요."

"선생님은 누구십니까?"

"저는 이 학교 윤리선생입니다."

"아, 선생님이요? 압니다. 두영이하고 마지막에 이야기했던……."

지금은 아이들도 아직 충격이 크므로 할 말이 있더라도 시간을 좀 주고 다음에 와서 하면 안 되겠냐고 요청했다. 두영이의 억울한 죽음에 대해서는 다시 논의하겠으니 오늘은 좀 참고 다음에 다시 이야기할 기회를 갖자고 간곡히 사정할 수밖에 없었다.

"알겠습니다. 오늘은 이만 가겠습니다마는 우리는 이 일을 계속 지켜보겠습니다."

주민들은 학생들에게 다시 한 번 억울한 죽음에 대하여 말을 하고 돌아갔다.

"애들의 반응은 어때요?"학생주임이 묻는다.

"그냥 듣고만 있어, 그리고 아무런 반응이 없어. 만약 애들이 더 동요하면 어쩌지? 대학입시가 두어 달밖에 안 남았는데……."

"걱정이네요, 어떻게 될지 모르겠어요. 그러나 두영이와 친한 애들이나 그렇지……, 3학년 애들은 대개 두영이와 어울리지 않았잖아요. 더구나 곧 입시고 졸업이니까요. 같이 어울려 다녔던 열댓 명의 애들은 어쩔지 모르지만요."

"그러겠네……. 교장과 교감에게 상황을 말해야지?"

"그래야죠, 아까 주민들이 교실에 있는 동안 교감 선생님에게 말했어요. 교장 선생님에게도 말했겠죠."

교감과 교장에게 바로 사안보고가 되었다. 그러나 어떠한 조치도 제시되지 않았다. 교사들은 주민들이 이 난리를 치고 그러면 바로 달려올라와서 주민들과 대화라도 하고 일 처리를 해야 하는 것 아니냐며 불평을 하고 있었다.

"대체 교장은 뭘 하고 있는 거야. ?"

"교장실에 있어요, 어떻게 할 줄 모르는 것 같아요."

"교장이 저렇게 가만히 있으면 우리는 어쩌란 말이야?"

"무슨 조치가 나오겠죠, 기다려 보게요."

갈수록 힘들어지고 있었다. 설상가상이었다. 불행은 재앙이 겹친다고 했던가? 언론의 비판 기사뿐 아니라 지역사회의 비난은 점점 거세졌고 감당하기 힘들 정도였다.

23장

인터뷰는 하지 않는 것이 훨씬 낫다

언론은 연일 교육에 관한 사설과 기획기사를 쏟아내고 있었다. 처음 이틀간은 경찰의 과잉수사와 강압수사에 초점을 두었으나, 다음부터는 학교의 학생지도에 관한 문제점을 계속 써 대고 있었다. 언론의 취재 방향은 경찰의 책임을 묻는 내용을 끝내고 후속 기사로 부적응 학생에 대한 학교의 잘못된 지도로 방향을 틀었다.

복학생을 비롯한 부적응 학생지도에 대한 교육 부재의 문제점을 중점적으로 다루는 기획기사는 연일 계속되었다. 신문 보도에 이어 바로 방송이 집중취재를 시작했다. 그 여파는 즉각 학교로 떨어졌다. 방화에 의한 화재사건은 학교에 불행을 한꺼번에 몰아쳐 왔다. 두 아이의 자살은 학교뿐만 아니라 지역사회에도 커다란 충격이었다.

학교의 부적응 학생에 대한 교육부재의 비판은 대부분 언론 사설에서 계속되고 있었다. 제목은 주로 부적응 학생에 대한 학교의 관심 부족과 교육 프로그램의 부재를 짚고 있었다.

올 2월부터 8월까지 도내 복교생은 8백 50명에 달한다며 도 교육청의 통계를 통하며 부적응 학생의 실태를 제시한다. 그리고 이 중 50% 이상인 4백 50여 명이 제적 또는 자퇴로 재탈락하고 있다고 분석하고, 그들이 또다시 방황하고 있는 것으로 보아 부적응 학생의 재교육이 얼마나 힘든 문제인지를 지적한다. 그리고 학교를 벗어나 방황하는 청소년들은 개인의 문제가 아니라 사회 문제로 비화할 수 있다는 점에서 우려를 말하고 있다.

사설들은 불안과 감정의 기복이 큰, 그리고 격정에 쌓이기 쉬운 청소년기는 그야말로 '질풍노도의 시기' 이므로, 조그만 일에도 충격을 받을 수 있고 삐뚤어지기 쉬운 시기이므로 어른들의 세심한 관심이 필요하고 한번 잘못 선택한 방향을 되돌리기 위한 가정과 학교 · 사회의 보호와 지도가 더 요구되고 있다고 논하고 있다. 그중에서도 특히 학교에서의 올바른 지도는 부적응 학생에 대한 절대적 영향을 미친다는 점을 강조한다. 물론 부적응 학생의 문제가 단순히 학교의 책임만은 아니고 주변의 잘못된 환경이나 교육과 지도, 입시 중심의 교육과 연관되어 있기에 결국 사회의 전반적인 책임임을 모르지는 않지만. 이들도 또한 잘못된 제도교육의 희생양임을 고려할 때 사회와 학교의 책임을 생각하지 않을 수 없다고 갈파하고 있다.

이 학생들에 대한 일차적 책임은 학교임을 강조하고, 학교는 단순히 지식 전달의 학원이 아닌 인간교육을 중시해야 할 교육의 장이기에 더욱더 부적응학생에 대한 특별한 관심과 교육 프로그램을 개발하고 지도해야 할 것을 요구하고 있다. 문제 학생이라고 학교에서도 외면해 버리면 발붙일 곳이 없는 이 아이들이 설 곳이 어디인가를 물으며 소외는 교육의 포기라고 강조한다. 소위 말하는 문제 학생이라고 해서 내버려 두고, 다른 아이들에게 잘못된 영향을 미친다고 소외시켜 버리면 과연 우리 사회에서 학교의 존재 의미가 무엇인지를 질타하고 있다.

그리고 마지막으로 학교 부적응 학생에 대한 다양한 프로그램을 개발하고 올바른 인성교육을 해야 할 학교의 책무를 다시 한 번 묻고 있었다.

대부분 신문 사설은 이와 비슷한 제목으로 교육의 부재에 관한 기사를 시리즈로 쏟아내고 있었다. 언론 보도와 그에 따른 지역사회의 비판, 학교 전체를 헤집고 다니며 학생들에게 인터뷰를 따가는 방송의 집중취재는 학생들을 동요하게 하였다. 학생과 교사들은 혼란스러워했고, 특히 교사에 대한 학생들의 신뢰가 상실되어 학교가 황폐해져 가는 느낌이었다. 학교 교육 현장이 쑥밭이 되고 있었다. 언론의 인터뷰 요구가 빗발침에도 학교 차원에서 대책은 논의되지 않았다. 몇 선생님들이 과학실에 모여 앉았다.

"학교가 이렇게 혼란스러운데 교장은 왜 아무런 조치도 취하지 않고 저러고 있지? 신문이나 방송이 저렇게 극성으로 떠들어 대는데, 무슨 말이라도 있어야 할 것 아니야?"

"그렇지 않아도 물어봤어요. 그랬더니 그러더래요. '도 교육청에 문의했더니 언론과 인터뷰는 하지 않는 것이 하는 것보다 훨씬 이득이다'라고 하더래요. 그래서 그런 모양이에요." 주임 선생님 한 분이 상황을 설명해 준다.

"그러면 계속되는 언론의 인터뷰 요구는 어떻게 하라고? 학교 차원의 상황설명이나 하다못해 변명이라도 있어야 하지 않나? 같은 학교 내에 있는 교사끼리도 말이 서로 다르게 나가면 뒷감당이 힘든 경우가 많이 생기는데……, 교사들에게 어떤 통일된 지침이라도 있어야 할 것 같은데…….” 몇 선생님이 고개를 끄덕인다.

“상황에 따라 오히려 가만히 있을 때 문제가 더 확산되지 않을 수도 있지, 언론이 제기한 문제들을 정리하면 주로 어떤 것들이죠?”

말을 끊으며 문제의 초점을 돌렸다.

“먼저 유서에 나오고 언론에 보도된 것들이겠지요.”

학생주임이 계속 설명한다.

“교사들이 정말로 그랬느냐고요. 애들 때리고, 침 뱉고, 술 먹고 교실에 들어와 수업하고……, 그리고 또 경찰이 학생들 조사할 때 선생님들이 참여했냐 하는 것도 큰 문제가 되는 것 같아요.”

먼저 경찰이 수사본부를 학교 숙직실에 설치한 것부터 상황을 정리해 보기로 했다. 학교 방화 사건에 관한 예를 들었다. 69년도에 전주의 모 중 · 고등학교에 연속으로 화재가 일어났다. 중학교와 고등학교 건물이 모두 불탔는데 처음에는 고등학교 건물이 타버렸고, 다음날 또 중학교 건물이 불에 탔다. 중 · 고등학교가 한울타리에 있었고 분명히 방화였다. 그때 중학교 2학년이었는데 학교 내에 수사본부를 설치했는지는 기억이 잘 나지는 않았다. 방화범은 그 고등학교에 다니는 2학년 재학생으로서 정신이상으로 판명이 났다.

“아마 경찰이 그때 일을 참고삼아 우리 애들을 중점적으로 조사한 것이 아닌가 싶기도 해.” 하고 말하자,

“그때하고 지금 하고는 상황이 다르지요. 백 명의 범죄자를 놓치는 한이 있더라도 한 사람의 인권을 중시해야 하는 것이 오늘 우리가 추구하는 사회 발전의 지향점 아닙니까?” 유인섭 선생이 경찰 수사의 문제점을 말한다.

전적으로 맞는 말이라고 공감을 표하고 경찰이 학교 화재를 수사하는 데 있어서 학교에 수사본부를 설치한다는 정식 공문을 보내 왔는지 학생주임에게 물어보았다. 학생주임은 그런 공문이 왔는지는 잘 모르겠고 구두로 학교장의 허락을 받았을 수도 있다고 말한다.

정식 공문을 받지 않고 허락했다면, 그런 경우 이번같이 사고가 터지면 문제가 될 수 있다. 교장이 공문도 안 받고 허락을 했다면, 또 경찰은 공식적인 절차를 밟지 않고 숙직실에 수사본부를 설치하고 수사본부실이라고 푯말까지 써 붙이고 교내에서 수사했다면, 경찰과 학교 모두가 책임이 있다는 게 중론이었다. 그리고 이제까지 그냥 넘긴 우리 교사들도 참 한심하고, 수업시간에 수시로 수사본부실에 아이들을 보내고 입회하지 않은 상태에서 아이들을 조사받게 한 책임을 면할 수 없다고 자책한다.

"도 교육청이 취한 조치는 뭐 있어?"

"없어요, 사건 당일 날 학교에 와서 교장실에서 교장하고 이야기하고 갔지만, 거기도 아직 상황만 파악하고 있는 것 같아요. 그리고 나중에 공문은 하나 왔어요. 이런 공문인데 단순히 유서와 언론보도만 보고 보낸 것 같아요. 사건해결에 대한 근본적인 대책은 없어요."

학생주임이 공문을 내놓는다.

제목 : 학교 내에서의 학생 체벌금지 및 공용어 사용

1. 민주시민 교육을 위한 교육개혁(4차 교육개혁 방안 '97. 6. 2. 발표) 방안의 하나인 학교 내에서의 체벌금지와 공용어 사용은 인간 존엄성을 존중하는 민주적인 학생지도 방법으로 시급히 정착되어야 할 과제입니다.

2. 그간 각종 회의 시 교사나 상급생에 의한 체벌금지 및 교사의 공용어 사용에 대하여 누차 강조하였는데도 아직도 일부 학교에서 불미스러운 사례가 발생하고 있어 다시 다음 사항을 강조하오니, 각급 학교장은 전 직원과 학생들에게 철저히 주지시켜 주시기 바라며 앞으로 학교 내에서 학생체벌과 언어폭력으로 물의를 일으키는 교사에게는 엄한 책임을 추궁할 방침입니다.

가. 학교 내에서의 교사에 의한 학생체벌 금지

나. 학교 내 또는 동아리 내에서 상급생의 하급생에 대한 체벌 관행 금지

다. 학교 공식 활동이나 집회 및 수업에서 공용어 사용

라. 학교 내에서 욕과 폭언 사용 일절 금지

마. 붙임의 자료를 이용한 직원연수 실시.

붙임 1. 학생 체벌금지 및 공용어 사용 방안 1부

2. 학생들 앞에서는 공용어로 말해야 한다. 1부. 끝

전부터 계속 나왔던 체벌금지에 관한 가장 기본적인 요소만 말하는 공문이었다. 그 이외에 학교 현 상황에 대한 구체적인 방침이나 무얼 어떻게 하라는 내용은 전혀 없었다.

"아직 교육청도 무얼 어떻게 해야 할지 모르는 것 같아요." 학생주임이 한숨짓듯 말한다.

교육감이 나서서 먼저 두 아이 가족을 위로한다든지, 도 교육청 입장에서 경찰의 학생 조사 건에 대하여 앞으로의 어떤 재발 방지책을 경찰 쪽에 요청한다든지, 아니면 앞으로의 학생지도를 위하여 언론 보도

를 신중히 해달라고 입장을 발표한다든지, 하다못해 복학생에 대한 근본적인 지도 대책을 발표한다든지 등의 대책이 있어야 한다는 것이 교사들의 견해였다.

학생주임이 얼굴을 찌푸리며 계속 의견을 말한다.

"아마 교육청에서는 이런 공문 이외에는 어떤 조치도 없을 것 같아요. 잘못하면 불똥이 그리로 튈지 모른다고 생각할 수도 있거든요."

"그러겠네……, 결국 우리가 학교 내에서 처리를 해 나갈 수밖에 없구먼."

유인섭 선생의 말에 모두 입을 다문다.

언론에서는 학교 내 경찰 수사본부 설치 문제를 더는 다루지 않고 있었다.

"수사한다면서 애들을 수시로, 그것도 수업시간에 부른 경우가 종종 있었어요. 아까 말하다 말았지만 그건 어떻게 돼요?" 듣고 있던 한 여선생이 묻는다.

"말도 안 되는 일이지. 애들은 미성년자들이야. 학교에서 부모님 이외에 외부 사람들이 학생 면담이나 상담을 할 때는 꼭 담임교사나 책임 있는 담당교사가 참관해야 하는 게 맞아. 그런데 수사본부를 학교 내에 설치해서 공적인 수사를 빌미로 수시로 애들을 불러 가니까 우리 교사들이 관여할 수 없는 상황이 벌어져 버린 거지요."

유인섭 선생의 설명에 같이 있던 교사들이 고개를 끄덕인다.

학교 내에 수사본부를 설치한 경찰 수사의 가장 큰 문제점은 거기에 있었다. 공문에 의한 공식적인 절차도 확인되지 않고, 일이 터진 지금 상황에서 교장에게 물어보면 잘못했다고 다그치는 것 같고, 그것이 또 빌미가 되어 문제가 더 커질 수도 있을 것 같았다. 어떻게 할 방법이 없었다.

"어쨌든, 수업시간에 학생들을 숙직실과 방송실에 보낸 우리가 잘못 한 것 같아요." 한 여선생님의 걱정스러운 목소리에,

"백 명의 도둑을 놓치더라도 한 사람의 인권이 중요한 건데……." 라고 유인섭 선생이 중얼거리는 말을 듣고 다들 입을 다문다.

"언론은 유서 내용 중 학교의 '고막 사건'이나 '침 뱉고' '술 먹고' 이런 부분에 더 혹하는 것 같아요." 학생주임이 심각한 표정으로 말을 꺼내며,

"참 이상하다." 고개를 갸웃거리며 다시 말을 잇는다.

"그 날 밤에 학교 위 고갯길에서 택시를 탄 두 남녀가 있었다고 그래요."

"두 남녀가 한밤중에 거기서 택시를 탔다고?" 다시 물어보았다.

경찰 쪽에서 흘러나온 이야기인데 젊은 남자와 미니스커트를 입은 여자가 학교 바로 옆 고갯길에서 불이 난 시각에 택시를 탔다는 증언이 나왔다고 한다. 그런데 그 사람들이 누군지 전혀 밝혀지지 않는 모양이었다.

"누군지 밝혀지겠어? 지나가는 사람인지도 모르고, 더구나 밤이라서 확실치도 않을 테고……. 다시 말하지만, 두영이가 죽기 이틀 전 토요일에 내가 경찰 수사 건에 대하여 두영이와 상담했을 때, 그때 확인할 수 있었던 건 두영이는 분명히 불을 지르지 않았다는 것이야, 말할 때 태도를 보면 알아, 느낌이 있잖아. 더구나 유서를 보면 확실히 알 수 있어."

"그건 맞아요, 분명히 두영이는 아닌 것 같아요." 이주엽 선생이 단정적으로 말한다.

모여서 이야기를 나누던 교사들 모두가 유서를 볼 때 오두영은 절대

로 방화범이 아니라고 동의를 한다. 옆에 있던 유인섭 선생도 오두영은 방화범이 아니라고 확언하며 계속 걱정스러움을 표한다.

"경찰의 화재수사는 아마 힘들어질 것 같아요. 그리고 경찰은 이미 언론에 두드려 맞을 대로 맞았고, 문책이 있겠죠. 그런데 앞으로는 우리 교사들이 문제지요. 언론은 계속 떠들 거고, 문제는 두영이네 집과 두영이와 함께 어울렸던 친구들이 가만히 있지 않을 것 같아요."

"그렇겠지. 저번에도 두영이 동네에서 사람들이 학교에 왔다 갔잖아. 생때같은 자식을 그렇게 비참하게 보냈는데, 가만히 있겠어? 더구나 우리가 보아도 억울한 죽음인데……. 방화와는 전혀 관련이 없는 아이가 경찰의 강압수사와 교사들의 무관심으로 억울하게 죽은 것으로 생각할 수밖에 없지."라고 이대운 선생이 말하자,

"중앙 언론에 제보되었다는 말이 있어요." 또 다른 상황이 벌어지고 있었다.

"중앙 언론에?"

"예, K TV 제작진인 것 같아요."

"어이쿠 머리야." 모여 있던 교사들 모두 심각해진다.

"학교가 다시 쑥밭이 되겠구먼, 이걸 어떻게 하지?" 이대운 선생이 한숨을 내쉰다.

"다시 학교 상황을 말해봅시다. 다른 신문이나 지방언론은 어때요?"

화제는 계속 언론으로 이어졌다.

"신문에서는 억울한 죽음에 대해서 계속 관심을 가지고 있어요." 고상진 선생이 답한다.

기자들은 죽은 여학생에 관해서도 묻고 있었다. 여학생의 부모님은 서울에 있고 할머니와 할아버지와 함께 생활해 왔다는 것 외에는 알고

있는 것이 없었다. 여학생의 학교에서도 일절 말하지 않고 우리도 아는 것이 없으니, 불필요한 말이나 쓸데 없는 말은 일절 함구하도록 의견을 나누었다.

"그런데 기자들이 학교에 계속 들락거리고 있어요. 후속 기사를 쓰려고 그러는지 기자들이 가만있질 않아요. 이미 전국 뉴스를 탔잖아요." 듣고 있던 교사 하나가 걱정스럽게 말한다.

"이 선생, 기자들이 지금은 무엇을 주로 물어보고 있어요?" 학생주임의 얼굴을 쳐다보았다.

"담임선생님과의 인터뷰를 요청하고 있고 계속 생활기록부를 요구하고 있어요."

"아, 담임선생님에 대한 유서가 있었지. 담임선생님을 존경한다는 내용의 유서가……."

"그런데 억울한 죽음에 대하여 애도를 해야 하지만, 자살이 미화되는 것 같아 마음에 걸려요. 자살이 미화되어서는 안 되잖아요." 옆에 있던 선생님이 다시 심각하게 말한다.

"그게 무슨 말이요?"

오두영이 최근에 학교에 적응하려고 노력한 건 사실이지만, 그러나 아직 모범생은 아니었다는 견해다. 학교 폭력 건으로 자퇴한 건 지난 일이지만 복학한 뒤에 담배 건으로 후배들을 교육한다고 때린 일을 예로 든다. 기자들이 그런 일들은 모두 빼고 두영이 죽음의 억울함을 부각하면서 죽음이 미화되는 것처럼 보이고, 그런 부분들이 아이들에게 영향을 크게 미치고 있어서 학교 아이들이 동요하는 면이 크다고 우려한다. 특히 열댓 명 되는 두영이 친구들이 추모식 때 본 것처럼 앞으로 어떻게 나올지 모르겠다고 염려한다.

"그런 면도 있네요, 그럼 지금 가장 큰 문제는 뭐지요?" 라고 당면의 문제를 물었다.

"담임 선생님이 어떻게 말할지 좀 걱정이 돼요."

"왜요?"

"기자들은 복학 후 두영이 성적이 상위권이었다는 부분을 물어보고 성실성을 부각하는 것 같아요. 성적이 상위권이었다는 것은 사실이 아닌데도요"

"복학 후 성적이 상위권이었다고 언론에 보도되었지, 일반적으로 성적이 좋으면 일단 성실하다고 생각하지. 그런데 누가 그렇게 말했나?"

"잘 모르겠어요. 기자들이 그냥 썼겠죠. 그런데 담임선생님은 두영이를 지도하려고 노력을 많이 했어요. 그래서 사실 두영이에게 학급 일을 많이 맡긴 것 같아요, 청소감독부터요."

"우리들의 영웅?"

"꼭 그렇지는 않지만요, 그만큼 두영이를 믿었다는 거겠죠."

"그럼 어떻게 해야 해?"

"저도 잘 모르겠어요."

잘못되고 억울한 것은 바로 밝혀져야 하고 또 사실은 사실대로 말해져야 하는데…….

혼란스러웠다.

24장
언론의 초점과 교사들의 관점

무엇을 어떻게 해야 할지 정리가 되질 않았다. 앞으로 벌어질 일들을 생각하니 머리가 무거웠다. 학교에 대한 비난은 신문 보도와 방송에서 머리기사나 기획기사로, 또 사설을 통하여 이미 회오리쳐 지나갔지만 계속되는 TV의 기획 프로가 걱정이었다. TV는 파급력과 충격이 신문기사보다 훨씬 크다. 학생들의 동요와 지역사회의 여론이 우려되면서 온몸에 힘이 빠졌다.

TV는 뉴스로 사건을 방영한 후 심층 취재를 하기 시작했다. 그대로 손 놓고 있을 수는 없었다. 무언가 해야 한다고 생각하니 조급한 마음이 앞섰다. 학교 차원이 아니면 교사 차원에서라도 어떤 조치를 해야 한다고 생각했다. 며칠을 고민하다가 성명서를 준비하기로 마음을 먹었다.

서인고 화재사건으로 발생한 일련의 사태에 관한 서인고 교사들의 견해

서인 고등학교 화재 사건과 관련해서 일어난 두 학생의 불행한 죽음에 대하여 서인고의 전 교사들은 비통한 마음을 금할 길이 없다. 우리 교사들은 화재사건으로 인하여 애꿎은 두 생명이 스스로 목숨을 끊은 데에 대하여 학생들을 보호해야 할 책임을 다하지 못한 점을 생각하면 어떤 질책이라도 받을 수밖에 없다. 학생들을 보살펴야 할 책임은 교사의 가장 기본적인 책무다. 생각하면 할수록 이런 책무를 다하지 못한 점에 대하여 고개 숙여 깊이 반성하고 스스로 자책하는 바다. 그러나 앞으로 또 다른 비극이 발생하지 않도록 교육 당국과 경찰에 우리의 뜻을 전하고자 한다.

먼저 우리는 학교 부적응 학생에 대한 체계적인 교육 정책을 세워주기를 교육 당국인 문교부에 요구한다.

이번 사태는 학교 부적응 학생 대책 즉 '제적생 일괄 복교'의 단편적인 교육정책에서 비롯되었다고 본다. 어떤 대책을 세울 시간적 여유도 주지 않고 제적생을 무조건 일괄 복교시키라는 교육정책은 학교 현장에 매우 힘든 상황을 유발했다. 부적응 학생을 교육하지 말자는 것이 아니다. 부적응 학생을 위한 교육 프로그램이 제대로 준비되어 있지 않음에도, 일괄 복교시켰을 때의 부작용은 전혀 고려하지 않고, 학교만을 탓하고 무조건 학교에서 다시 받아들여 책임지고 교육하라는 것은 교육현장의 현실을 전혀 알지 못하는 탁상공론식 교육 관료적 사고 발상이다.

둘째로 경찰은 학생과 관련된 수사를 할 때 '학생 사안 수사 가이드라인'을 제시해야 한다.

단 한 명의 학생을 조사할 때도 일반인들과는 달리 미성년자의 수사임을 명심하고 어떤 티끌만 한 인권유린이 없도록 수사 가이드라인이 마련되어야 한다. 이번 서인고 화재사건에 의한 무고한 두 생명의 희생에 대하여 우리 교사들은 책임을 회피할 생각은 없지만, 직접적 원인은 경찰의 강압수사다. 청소년기에 학생들의 심적 변화와 이때 받는 충격은 성인들과는 다르다. 아직 성인이 안 된 학생들은 말 한마디나 상황 하나에서도 큰 충격을 받을 수 있다. 이번 사태에 대하여 경찰은 강압수사를 사과하고 잘못된 수사 관행을 고쳐 두 번 다시 이런 일이 일어나지 않도록 청소년 수사에 관한 제도를 확립해 주길 바란다.

어떤 말로도 아이를 잃은 부모님들에게 위로가 될 수 없음을, 또 그 아이들을 가르친 교사로서 더는 아무런 할 말이 없음을 너무도 잘 알지만, 두 아이의 부모님들께 무릎 꿇고 죄스러움을 표하고 이번 일로 희생된 우리 제자인 두 아이의 죽음에 다시 한 번 마음 깊이 애도를 표한다.

성명서 내용부터 발표하는 문제까지 모든 것이 자신이 없었다. 중앙지 ㅈ신문의 김장진 기자를 청했다. 고등학교 후배로 종종 술잔을 기울이며 세상 돌아가는 이야기를 같이해 왔던 기자다.

"좀 어때요? 많이 힘들죠? 언뜻언뜻 말을 듣고는 있었지만, 신문에 보도되는 내용만 가지고 유추해 봐도 정말 힘들 것 같아요."

"교육청이나 학교 경영진은 어떤 대책을 거의 내놓지 않고 있고, 언론은 계속 취재를 하고 있고, 또 아이들은 아이들대로 웅성대고 있고, 지역사회 분위기도 너무 안 좋고……, 어찌해야 할지 도통 감이 잡히지 않네."

"형이 책임질 일은 아니잖아요?"

"물론 그야 그렇지, 그러나 내가 근무하는 학교잖아. 한번 와서 취재해 봐, 기자가 있어야 할 곳은 현장이고 가장 기본적 자세는 현장 취재이잖아."

"지금 학교는 전화통이 불나고, 애들에게 카메라 앵글 들이대고, 질문하고 대답 따고, 그러고 있지 않나요? 내가 가면 선생님들은 혹이 하나 더 붙었다고 머리 아파할 텐데요, 먼저 한잔해요. 그리고 오늘은 좀 쉬면서 편안하게 이야기하게요. 교육청이나 교장 쪽은 그럴 수밖에 없을 겁니다."

"불똥 튀는 거?"

"그렇지요."

"아이들을 직접 대하고 있는 우리 교사들은 어떻게 하라고?"

"죽은 아이들 부모만큼이야 하겠습니까마는 이런 상황에서는 선생님들도 힘들지요. 그런데 형은 아니잖아요? 더구나 여기 유서를 보면 형은 그 학생을 보호한 것으로 보이는데요."

"그야 그렇지만 다른 선생님들이……."

"그 선생님들 억울해요? 한 행위들이 있으면 책임을 져야 하는 것 아닙니까?"

"아까 상황을 설명했지만 '침 뱉고 때리고' 한 것은 그래서 그렇게 된 거라니까, 그리고 복학생들이 한꺼번에 이십 명이 넘게 들어오니까 학교 분위기가 무너져 버린 거라니까."

"이해는 합니다마는, 그런데 감정적으로 때리는 경우도 있지 않아요? 우리도 학교 다닐 때 많이 맞고 다녔는데요, 심지어는 야구 방망이로도요."

"그랬지 옛날에는, 그러나 지금은 그렇게까지는 못해. 정 말을 안 들으면 종아리 정도는 때리지."

"그래도 학교 많이 좋아졌네요."

"그건 그렇고, 이 성명서 한번 봐 줄래?" 성명서를 내밀고 의견을 묻자 고개를 흔든다.

선생님들이 서명한 성명서 내용 중 문교부나 경찰에 대한 교사들 요구를 부각하고, 다른 선생님들이 취재에 응하지 않으면 나를 비롯하여 전교조 몇 선생님들 인터뷰 따고, 퇴학생 일괄 복교에 대한 문교부 교육정책의 문제점과 경찰의 학생 조사에 관한 무지와 강압수사를 엮어 쓰면 사회면 머리기사로 나갈 수도 있으나, 선생님들이 더 힘들어질 수 있다며 기사화에 대하여 부정적으로 말한다. 사건은 문제를 축소해 나갈 때 충격이 줄어드는데 이 성명서가 나가고 언론에서 키우기 시작하면, 사건이 더 주목을 받게 되고 그러면 문교부와 교육청에서 전면적인 감사가 나올 수 있다는 것이다. 그럴 경우 학교와 선생님들이 더 힘들어지지 않겠냐고 조심스럽게 말한다.

"그럴 수 있겠네, 그런데 언론에서 학교를 도와줄 수는 없나?"

"언론의 기본자세는 팩트죠."

"언론의 역할 중 사회문제에 대한 비판과 견제가 중요하지만, 계도의 기능도 있잖아?"

"그건 전에 형이 신문의 여론 호도를 비판한 부분이잖아요?"

"그랬나? 기억나는 것 같은데……."

간단히 말해서 언론의 역할은 팩트에 따른 비판과 견제의 기능이고 계도의 기능도 있지만, 계도의 기능은 신중해야 한다고 언론관을 펼친다. 신문사가 추구하는 가치 면에서 어떤 시각으로 사건을 파악하고 구독자에게 제시하느냐는 기자의 몫이지만 계도의 기능은 잘못하면 여론을 호도할 수 있으므로 계도의 기능은 위험한 부분이 있다고 기자의 관점을 제시한다.

"어떤 기자들은 있는 사실도 안 쓰고 사장하는 경우도 있지만, 팩트의 정확성이 가장 중요하므로 언론이 팩트를 필요 이상으로 호도하면 위험하지요."

"맞는 얘기야. 그런데 이번 경우 학교는 학생들을 가르치는 곳인데, 학생들에게 학교와 교사의 신뢰가 모두 다 무너져 버리면 교육을 할 수 없잖아. 그렇다고 학교를 포기하고 교육을 포기해? 그럴 수는 없지, 그러니까 같은 말도 좀 우호적으로 써 줄 수 없나?"라고 부탁을 했다.

그러나 이 경우는 오히려 더 엄중할 수도 있다며 부연 설명을 한다. 명백한 증거인 유서가 있기 때문에 현 상황은 학교를 비롯하여 교사들이 비난을 받을 수밖에 없으며 도와준다는 것은 비판 기사를 쓰지 말라는 것인데 그게 가능하냐고 반문하며 덧붙인다.

"기자들이 한번 취재를 하면 거의 양보를 안 하지요. 자기가 써서 올린 기사가 잘리면 편집실이나 데스크에 항의하고 난리가 나죠."

"아니, 기사를 쓰지 말라는 말이 아니라 좀 우호적으로 써 줄 수 있지 않은가 하는 거지."

"아마 힘들 거예요. 오히려 억울하게 자살한 학생에 대한 동정심이 더 커서 경찰과 학교의 잘못을 크게 나무랄 거예요. 경찰은 어차피 수사과정의 잘못을 인정할 수밖에 없지만, 학교도 잘한 것이 없다고 할 수밖에요. 특히 애들 때리고 침 뱉고, 술 취한 채 교단에 서고……, 변명의 여지가 없어요."

"드러난 것으로만 보면 그러겠네, 할 말이 없네. 그러나 변명이라도 하고 싶은데……."

"내가 도와 드린다면, 이 성명서에 쓰인 내용을 정리해서 기사로 쓸 수도 있어요. 하지만 성명서 내는 것은 아까 말 한대로 상당히 위험할 수도 있어요, 신중히 생각하는 게 좋겠어요."

"신문은 거의 지나간 것 같지만, 아직 방송이 남아서……."

"앞으로도 계속 방송에 나간다면 취재해 간 방송사 PD를 한번 만나 보세요. 그리고 이 성명서를 낼까 생각 중이라고 하면서 저간의 상황을 설명해 주면 어때요?"

"그래도 될까?"

"형, 보니까 그동안 너무 힘들었어요. 어쨌든 이거 내라고 하면 아까 말 한대로 나는 사회면 기사 한 건 하니까 좋아요. 그건 형이 알아서 판단해요. 그리고 오늘은 그만 생각하고 나하고 술이나 한잔 해요, 좀 쉬어요."

"그러네, 그러자……."

그렇게 술잔을 기울였다. 정신적 압박감이 도를 넘는 것 같았다. 피곤했다. 그냥 그대로 쓰러졌다.

숙취에 일어나 정신을 차리고 전날 있었던 일들을 돌이켜 보았다. ㅈ신문 김 기자와 성명서에 관하여 나눴던 대화를 기억해 보니 확실한 판단이 서질 않았다. 출근하여 N TV와 인터뷰한 아이들을 찾아서 물어보니 이틀 뒤에 방영한다고 한다. 퇴근하고 바로 N TV를 찾아갔다. 아는 후배를 통하여 담당 PD를 수소문했다. 예리한 눈매에 지적이며 강한 인상을 주는 이미지의 프로듀서다.

"서인고 선생님요? 무슨 일로……."

"서인고 취재 건에 대하여 드릴 말씀이 있습니다."

"무슨 이야기인데요?"

"학교 교육을 생각하여 학교에 대하여 너무 부정적인 것은 좀 고려해 주실 수 없을까 해서 찾아왔습니다."

"지금 무슨 말씀을 하시는 겁니까? 저희는 있는 사실을 있는 그대로 보도할 뿐입니다. 잘못된 것 있습니까? 전교조 복직교사라고 해서 만난 겁니다. 방금 그 말씀은 선생님이 그동안 해 오신 교육 부조리의 개혁과 역행하는 것 아닙니까? 오히려 학교 현장의 잘못된 부분을 고쳐야 한다고 주장해야 하는 것 아닙니까?"

"예 압니다, PD님이 하시는 말씀의 의미를. 그러나 저희는 앞으로의 교육 때문에 부탁하고 싶은 겁니다."

"그러면 유서의 내용이 사실과 다르다는 겁니까?"

"그건 아닙니다만 또 꼭 그런 것만도 아닙니다."

그동안의 상황을 간략히 설명하며 간곡히 부탁했다.

상황을 이해는 한다며 본인의 입장을 말한다. 그 학생이 자살하게 된 일차적 책임은 경찰의 과잉수사가 분명하지만, 그렇다고 학교 선생님들의 책임이 없는 건 아니지 않으냐고 반문한다. 본인의 작은아버지도 교직에 계셨고 그래서 항상 교육에 관심을 가지고 되도록 긍정적인 방향으로 보도하려고 생각해 왔지만, 지금은 상황이 다르다고 못을 박는다. 그리고 먼저 교사들의 체벌에 관한 문제를 꼬집는다.

"학교 다닐 때 저도 체벌을 경험했기 때문에 체벌을 이해는 하지만, 그러나 죽은 학생의 유서를 보면 이런 일들은 학교에서 일어나서는 안 되는 일들 아닙니까? 질책을 받을 건 받고 맞을 건 맞고, 그래서 반성을 하고 잘못된 것은 고쳐야 할 게 아닙니까? 그래야 학교가 발전하지요. 그렇게 되도록 하는 것이 우리가 해야 할 일 아닙니까?"라고 강하게 비판을 한다. 그리고 한마디 덧붙인다.

"잘 아시잖습니까? 선생님이 이러시는 게 이해가 안 갑니다. 그리고 저는 이런 대화 자체가 불편합니다."

“죄송합니다, 그러나 제 개인의 문제 때문에 이러는 게 아닙니다. 아이들이 동요하고 있고 학교 교육 전체가 쑥대밭이 되고 있기 때문입니다.”

“알겠습니다. 그 점은 생각해 보겠습니다마는 그러나 기대는 하지 마십시오.”

“생각만 해 주셔도 고맙습니다. 부탁하겠습니다.”

그렇게 대화는 끝났다. 씨도 먹히지 않을 이야기였다. 그러나 부탁을 해보는 수밖에 없었다.

다시 김 기자를 만났다.

“형 어때요? 안되지요?”

“그래, 안돼.”

“먹고 사는 직업의 의미를 떠나 기자가 가지고 있는 자존심과 고집이 있어요. 쓰고자 하는 것이 있으면 사생결단 하고 쓰는 게 기자의 생리지요. 그건 절대 양보 안 해요. 다만 진정으로 부탁하고 공익을 들이대면 다시 한 번 생각은 하지요. 하지만 내용이 크게 변하지는 않아요. 관점을 조금 다르게 바꾸어 줄 수는 있을 거예요. 그것만도 큰 거죠. 그 정도 말했으면 좀 나은 내용으로 방향을 틀어 줄 수도 있을 것 같네요. 그리고 여러 꼭지 내보낼 것 중 한 두어 꼭지는 빼 줄 수도 있고요.”

“그랬으면 좋겠다, 어쨌든 김 기자 고마워.”

다시 술잔을 기울였다. 그냥 잊고만 싶었다. 다시 만취했다.

25장

문건은 함부로 내는 것이 아니다

언론의 관점이 아닌 다른 시각의 조언이 필요했다. 배동연 교수가 떠올랐다. 친매형이다. 교육 민주화 운동에 관여하게 된 것도 배동연 교수의 영향이 컸다. '민주화를 위한 교수협의회' 활동을 하면서 초·중등학교의 교육 민주화 운동에 관심을 가지고 전교조 창립 이전의 '교사협의회' 활동에도 많은 도움을 주신 분이다. 전교조 창립 초기 정권의 탄압이 가중될 때, 전교조 탄압저지 농성도 함께하고 과일을 비롯하여 부식을 챙겨 다른 교수들과 같이 농성현장을 매번 방문하여 교육 민주화 운동을 격려하고 끊임없는 관심과 도움을 주신 분이다. 실제로 전교조 활동을 지원한다는 이유로 대학에서 징계를 받았고, 그 징계로 인하여 부교수 승진이 1년 늦어지기도 했다. 교수들의 전교조 가입에 적극적으로 나섰고 교육운동을 탄압하는 정권과 맞부딪쳤던 교육 민주화 운동의 산 증인이다. 학교 문제가 터졌을 때 상의해 보아야겠다고 생각하고 있었다. 마침 일요일이었다.

"그 학교지? 뉴스를 통해서 알고 있다. 그래, 학교 상황 힘들지?"

"예, 이 유서 한번 봐주실래요?"

"유서?" 하고 반문하더니 신중하게 읽어보고 묻는다.

"유서를 볼 때 이 아이는 절대로 방화범이 아니다. 대부분 사람은 죽음 앞에서 자신의 마음을 솔직히 말하지. 이렇게 절절하게 유서를 쓴 걸 보면 이 애가 불을 지르지 않았다는 것은 확실하다. 그런데?"

"저도 그렇고 학교 선생님들도 그렇게 생각해요. 그런데 언론에 계속 보도가 되고 있고 또 학생들의 동요가 심합니다. 특히 TV 기자와 PD들이 카메라를 들이대고 학내에서 심층 취재를 하고 있는데, 이것이 굉장히 힘듭니다."

"언론이 취재하고 보도한다면 막기는 힘들지, 그래서 어쩌려고?"

"이 성명서 한번 읽어 보시겠습니까?" 성명서를 내밀었다.

"이 성명서를 어떻게 하려고?" 한참을 살펴보고 진지한 어투로 말을 건넨다.

"학교 선생님들의 서명을 받고 기자회견을 하려고요."

"기자회견을? 신중히 생각해라."

김장진 기자와 같은 의견이었다. 사건이 터졌을 때 어떤 계기를 만들어 불을 끄고 해결할 수도 있지만, 한마디의 말이나 하나의 행동이 더 큰 문제를 불러일으킬 수도 있다고 우려를 표명한다. '문건은 한번 내면 돌이킬 수가 없고 또 잘못 내면 사건을 더 키울 소지가 있으므로 이런 문건은 함부로 내는 게 아니다.'라며 잘라 말한다. 내부 구성원들이 모두 동의하고 문건에 대한 책임을 다 함께 질 수 있다는 결의가 없으면 내서는 안 되고 그렇지 않을 경우 오히려 더 힘든 상황이 올 수도 있다는 견해다.

"그럼 어떻게 하면 좋을까요?"

"그래도 지금 이 상황에서 움직이기가 가장 좋은 사람은 김 선생 아닌가? 자살한 아이를 마지막까지 지도한 사람이 김 선생이니까 유족들이 어쩌면 고맙게 생각할 수도 있고, 또 학교에서도 나서 주었으면 하고 생각할 수도 있지 않나?"

"지금 상황은 그런 면이 있습니다. 그 애와 절친한 친구들이 한 열댓 명 되는데 제 말은 무시하지 않고 듣고는 있어요. 그런데 선불리 나서기도 그래서요."

"유서를 보면 그 애 부모나 친구들이 가만히 있지 않겠지. 하루아침에 당장 해결될 것 같지 않은데……."

"성명서가 적절치 않다면 아직 뚜렷이 어떻게 해야겠다는 방법이 생각나지 않아요."

"그래? 아까도 말했지만, 이 상황에서 그래도 조금이라도 편하게 움직일 수 있는 사람은 너다. 나서서 방법을 찾아내라. 모두 미적거리고 있다면 나서는 사람이 있어야지, 그래야 문제를 해결할 수 있지. 전교조 활동을 하면서 그 힘든 해직 때 했던 일들을 생각해 보면 방법을 찾아낼 수 있을 게야. 내가 그 학교에 있지 않으니까 개입할 수는 없고, 옆에서 조언한다면 문제가 복잡하면 할수록 단순화시켜라. 그리고 가장 먼저 내부 정리를 하고 그 바탕에서 외부 문제를 해결하는 게 순서다."

"먼저 내부 정리부터요?"

"물론이지, 가장 먼저 학교 선생님들과 함께 논의하고 같이 방법을 찾아내야지."

정확한 지적이었다. 교사들과 충분히 의견을 나누고 해결 방안을 같이 논의하는 것이 우선이었다. 생각을 정리했다. 사건을 바라보는 관점은 다를 수 있을지라도 학교를 안정시키고 해결책을 찾기 위해서는 전 교사의 논의와 합의가 있어야 했다. 학교 경영자인 교장과 교감이 지금 못하고 있는 일이다. 교장은 어찌할 바를 몰라서 그러는 것 같고, 교감은 교육청과 언론 · 경찰과의 관계 속에서 계속 떨어지는 공문과 학생 사안을 비롯한 내부의 급한 일들을 처리하느라 정신이 없을 뿐만 아니라, 교장의 지침이 없으니 어떤 방안을 내지 못하고 있는 것 같았다.

화재로 본 교무실이 불타 버려서 교무실은 3개의 특별실에 분산되어 있었다. 교무실마다 돌아다니며 의견을 수렴해 보았다. 추모식 이후 제대로 된 대책회의가 없었고 화재 발생 초기와는 또 다른 상황이 전개되고 있으니, 교직원 전체회의를 통하여 교사들 생각을 모으고 의견 통일을 할 필요가 있다는 것이 중론이었다. 교장에게 대책회의를 요구하였다.

처음으로 대책회의가 열렸다. 교감이 사회를 보며 화재와 추모식 이후의 과정과 그동안 학생지도와 관련하여 처리된 공문사항과 진행된 일들을 보고하였다.

"교감 선생님, 지금 언론 취재는 어떤 상황입니까? 방송국에서 정식으로 협조요청 온 것 있습니까?"

"구두로 취재 요청을 했습니다. 학교 내 곳곳을 다니면서 카메라로 찍고 있고 학생들 개개인에게 인터뷰하고 있습니다."

"당황하는 아이들도 있지만, 오두영 친구들은 적극적으로 인터뷰에 응하고 있는 것으로 보입니다. 교감 선생님도 아시겠지만, 도저히 학습 분위기가 형성되질 않고 대부분 선생님이 수업 자체를 힘들어합니다."

"예, 알고 있습니다. 그래서 오늘 대책을 상의하고자 합니다. 선생님들께 어떻게 하면 좋을지 의견을 구합니다."

"확실히 어디 방송입니까?

참석한 교사들은 그동안 궁금했던 것들에 대한 물음을 한꺼번에 쏟아내고 있었다.

"방송 3사는 다 왔습니다. 이미 S TV는 찍어 갔고 지금 M TV와 K TV가 찍고 있습니다. K TV는 '추적 60분.' 팀입니다.

"그 프로는 사건을 집중적으로 심층 취재해서 한 시간가량 방영하는데, 그러면 학교에서 앞으로 한 달 이상 취재를 할 것 아냐?"

"지금도 죽겠는데 앞으로 한 달 이상을 어떻게 견뎌?"

"지금 분위기로 보면 애들이 가만히 있지 않을 것 같은데……."

"더구나 가족들이 그냥 넘어가겠어?"

여기저기에서 웅성거리자 회의는 잠시 중단되었다.

교감이 분위기를 가라앉히며 회의를 계속 진행한다. 모든 것이 다 걱정스럽고 이 자리에 계신 선생님들 누구나 다 마음 아프고 힘들 것으로 생각하지만, 어려울 때일수록 함께 생각과 힘을 합해 보자고 분위기를 추스른다. 이미 언론에 나온 것처럼 경찰의 과잉수사에 대한 부분은 그쪽에서 알아서 할 문제이지만, '학교에서 가장 중요한 것은 학생들'이라며 논제를 학생들에게로 돌린다. 특히 유서를 본 두영이 친구들이 매우 격해 있는 상태이고 지역 사회의 분위기도 학교에 호의적이지 않지만, 어떻게 하면 학생들 마음을 가라앉히고 학습 분위기를 바로 잡아 학교를 정상으로 되돌리느냐 하는 것이 가장 시급한 일이라며 논의의 초점을 정리한다.

“교감 선생님, M TV와 K TV가 학내에서 계속 취재하고 있는데, 아이들이 쉽게 진정 되겠습니까? 그리고 방송에서도 학교에 호의적이지 않은 것 같은데요…….”

선생님 한 분이 일어나 언론 취재상황과 학교의 상황을 느낀 대로 말하며 문제점을 지적한다. ‘학교에 불이 나고 두 아이가 희생되고 유서가 언론에 나오면서 학교는 교육하기 힘든 상황이 전개되었다. 이 과정에서 학교가 잘못한 부분만 두드러지고 학교 교육 자체가 엉망이 되어버렸다. 사태가 여기까지 오기 전에 학교 차원의 어떠한 노력과 사태를 진정시킬 수 있는 시도가 있어야 했다. 적어도 유족에 대한 공식적인 사과와 경찰의 과잉수사에 대한 것이나 앞으로의 대책에 대한 공식적인 학교의 입장표명이 있어야 했다. 그러나 우리 학교는 그런 것에 대한 노력이 부족했고 이러한 점들을 먼저 반성해야 한다.’며 약간 격앙된 목소리로 문제점들을 말한다.

“사실 그렇습니다. 모두가 처음 겪는 일이고, 저도 일들이 한꺼번에 몰아닥치는 바람에 그동안 적절한 대책을 수립하기가 힘들었습니다. 선생님들께서 지적할 만합니다. 많은 것을 놓친 것도 알고 있습니다. 이제부터라도 문제점들을 하나씩 해결해 나갑시다.” 교감이 난감한 표정으로 설명한다.

앞으로의 방향에 대한 의견제시가 필요했다.

화재 수사에 대한 유감 표명과 두 아이의 희생에 대한 공식적인 애도, 앞으로의 학교 운영에 관한 대책 등에 대하여 학교 차원에서 공식적으로 발표할 수는 없느냐며 해결책에 대한 대안으로 먼저 성명서를 내자고 제안했다. 그러나 시간이 많이 지나가 버려서 학교의 공식적인 의견표명은 큰 효과가 없을 것 같고, 비록 사후 약방문이지만 교장 선생님과 함께 희생된 두 아이의 유족을 만나 뵙고 마음 깊이 사죄를 드렸다며 그동안의 일을 설명한다. 그런다고 해서 자식 잃은 부모 마음이 풀리겠느냐마는 앞으로도 학교 책임자로서 해야 할 일은 다 하겠다며 앞으로의 역할에 대하여 설명을 한다.

"학교 차원에서 공식입장을 발표하는 것은 시간이 지나서 적당치 않다는 말씀이군요?" 단도직입적으로 물었다.

"예, 교장 선생님도 그런 생각인 것 같습니다."

잘못하면 또 다른 문제를 불러일으킬 수도 있고 그래서 지금은 학교의 입장 발표보다 우선 사태가 진정되도록 시간을 가지고 차분히 해결해 나가는 것이 좋을 것 같다며 지켜보던 교장이 일어나서 자신의 견해를 말한다.

"교장 선생님, 우선 시급한 것은 동요하고 있는 아이들과 언론 문제입니다. 여기에 대한 대책은 있어야 할 것 아닙니까?"

유인섭 선생이 교장에게 구체적인 대책을 묻는다.

"학생들은 그동안 학교에서 일어난 비교육적인 언행에 대한 것과 앞으로의 대책에 대하여 선생님들과 대화를 요구하고 있습니다."

학생주임 선생이 심각한 어조로 말하자 잠시 조용해지며 회의 분위기가 가라앉았다.

"선생님들 생각은 어떻습니까?" 교장이 교사들에게 의견을 묻는다.

"유서 내용에 있는 비교육적인 부분들에 대한 해명은 있어야 할 것 같습니다. 도 교육청에서도 그 부분에 대한 교사들의 해명을 요구하고 있습니다. 아마 관련된 선생님들도 경위를 말해야 할 것 같습니다. 그리고 학생들 요구는 어떻게 하면 좋을까요? 지난번 추모식 때와 같은 일이 또 벌어지면 어떡하나 걱정입니다." 교감이 걱정스러운 표정으로 교사들에게 의견을 묻는다.

"추모식 때는 학생들이 너무 흥분되어 있었습니다만 지금은 시간도 좀 지났고, 학생들을 진정시키고 잘못 전해진 상황을 이해시키는 의미에서라도 대화는 해야 할 것 같습니다. 그것이 회의 형식이든 아니면 건의를 받는 형식이든지 간에요."

아이들과 대화할 필요성을 말했다.

"다른 선생님들 의견은 어떻습니까?"

"두영이 친구들은 지금도 모이고 있고 방송 취재에 대하여 의논하고 있는 것 같습니다. 학생들과 자리를 함께하고 허심탄회하게 이야기할 필요성은 있습니다." 학생주임이 아이들 동향을 설명하고 아이들과의 대화에 찬성한다.

"다른 의견은 없습니까? 대다수 선생님이 학생들과의 대화에 동의하시는군요."

'학교 정상화 방안에 대한 학생들과의 대화'로 회의 주제가 정리되었다. 참석자는 기주일이를 비롯하여 학생 열두어 명과 교장 · 교감 · 교무주임과 학생주임을 비롯하여 여섯 명의 교사가 추천되었다. 학생들이 여교사에 대한 오해도 있는 것 같으니 여교사들도 몇 명 있어야 할 것 같다는 여교사들의 제안에 성진영 선생을 비롯한 세 명의 여선생이 추천되었다. 교사들이 너무 많으면 그것도 그러니 열 명 내로 참석교사를 정하고 시간은 학생들과 상의해서 결정하겠다는 교감의 제안에 모두 고개를 끄덕이며 동의한다.

"그러면 언론 대책은 어떻게 할까요?"라는 교감의 제안으로 언론에 대한 대책이 논의되었다.

“신문은 이미 거의 다 취재를 한 것 같고, 방송이 남았는데 심층 기획취재라서 매우 조심스럽고 잘못 대처하면 학교가 더 힘들어질 수 있다고 보는데요, 취재 때문에 학교에 요구하는 것은 어떤 것들입니까?” 유인섭 선생이 질의하자,

“생활 기록부는 학부모 동의서를 가져오라고 했습니다만, 학생들과 교사들의 인터뷰를 계속 요구하고 있습니다.”라고 교감이 설명한다.

“취재팀이 개인적으로 학생들을 취재하는 것은 어쩔 수 없지만, 학생들에게 어디서 어떻게 멘트를 따고 있는지 혹시 아십니까?” 다시 유인섭 선생이 묻는다.

학내에서 계속 인터뷰를 해 왔고 이미 오두영 학생 가족이나 친구들을 일대일로 취재하고 있는 것으로 알고 있지만, 그건 어쩔 수 없고 지금 상황에서 학교 선생님들 한분 한분의 인터뷰도 매우 중요하고 신중해야 할 필요가 있다는 교감의 상황 설명이다. 선생님들 말 한마디에 따라 방송의 전체 내용이 달라질 수 있다는데 의견이 모이자 이주엽 선생이 일어선다.

“언론 대책은 비상 대책위원회 차원에서 창구를 단일화하는 게 좋을 것 같습니다. 시민운동을 해서 언론 쪽을 잘 아는 김용현 선생이 맡으면 어떨까요?”

“그러면 언론 쪽은 김 선생님이 맡아 주실 수 있겠습니까?” 교감이 바로 얼굴을 쳐다보며 제안한다.

“책임을 맡으라면 그렇게 하겠습니다. 그럼 좀 정리를 합시다. 먼저 교사 인터뷰는 어떻게 할까요? 방송에서 요구하면 무조건 거절할 수만은 없을 것 같은데요.”

"학교에서 인터뷰할 선생님을 정해서 아무 데서나 함부로 하지 말고 교장실에서 인터뷰하도록 하면 어떨까요? 얼굴은 나오지 않는 거로 하고요. 교장 선생님 어떻습니까?" 유인섭 선생이 제안한다.

"그렇게 합시다. 그리고 학생들은 학생주임 선생님이 맡아 주시지요." 교장이 동의한다.

거의 정리가 되는 듯싶었다. 무려 2시간 이상의 시간이 소요되었다. 어떤 큰 사건이나 많은 사람의 이해가 걸린 일이 터졌을 때, 하나의 의견으로 모으기는 쉽지 않지만 큰 틀이 정리되니 다소 마음이 놓였다.

학교에서 관리자로서의 해야 할 역할은 전체를 통괄하고 문제가 생겼을 때 문제의 핵심을 파악하여 올바르고 정확한 방향을 제시하여야 한다. 그러려면 구성원 전체의 의견을 집약하고 대안을 마련하여 적시적소에 사람과 대책을 투입해야 한다. 그렇지 못하면 문제는 확대되고 또 다른 문제가 얽혀져서 사태는 걷잡을 수 없이 커질 수 있다. 그 단적인 예가 언론에 관한 대처가 미약했고 학교 학생들에 대한 지도의 실종으로 이어졌다. 결국, 교사들이 학생들에게 제대로 설명을 할 수 없는 상황이 되고 말았다. 한계였다.

이미 벌어진 일이므로 언론은 회피하지만 말고 그동안 어려웠던 학교 상황을 되도록 이해할 수 있도록 설명하고 교육적 관점에서 양해를 구해야 한다. 학생들에게는 교사들의 학생 지도에 있어서 잘못 인식된 부분에 대하여 이해를 시키며, 입시와 졸업 때까지 앞으로 할 일에 대하여 공감을 하게 하고 학업에 대한 본연의 자세를 설득시켜야 한다. 그동안의 상황을 이해시키면 꼭 설득이 불가능하지는 않으리라고 생각되었다. 유서와 언론에 보도된 교사의 음주 문제나 욕설을 비롯한 폭력과 비교육적 언어사용의 문제는 아이들과 함께 대화로 풀어내야 할 문제였다.

공식적으로 내부 정리를 했다는 것은 문제에 대한 접근을 공식적으로 할 수 있다는 것을 의미했다.

먼저 이원진 선생을 상담실에서 만났다. 나이가 대여섯 살 많은 선배교사다.

"선생님 어제 교직원 대책회의 어떻게 보십니까?"

"회의는 잘 되었다고 생각해."

"담임교사로서 그동안 오두영을 지도하시느라고 수고 많으셨습니다. 그래서 그런 유서를 남긴 것 같습니다."

"아니 뭐, 두영이가 학교에 재미를 붙이고 잘 적응할 수 있게, 되도록 많은 역할을 주려고 했지."

"그런데 기자들이나 방송국 PD들이 담임 선생님께 인터뷰 요구를 많이 하는 것 같던데요?"

"그건 그래."

"그래서 어떻게 말씀하셨어요?"

"복학 전에는 잘 모르겠지만, 복학 후 많이 변했다고 말했어."

"성적은요?"

"성적도 많이 올랐다고 했지. 그런데 성적은 왜?"

"일반적으로 사람들은 모범생인지 아닌지를 따질 때 성적과 출 · 결석을 많이 봅니다. 실제로 두영이가 복학 후 학교에 적응하려고 노력했던 것은 사실이지만, 성적이 상위권은 아니었잖습니까?"

"상위권은 아니었지. 많이 올랐다고 말했지 상위권이라고는 안 했는데…….”

“근데 신문은 상위권이라고 내고 있어요. 그래서 학교가 더 심한 질타를 받고 있고요.”

“그게 그렇게 되나? 나는 모의고사 성적이 많이 올랐다고만 말했는데…….”

“그렇습니다. 생활기록부는 유출이 안 되니 언론에서는 그동안의 학교생활에 대한 성실성을 성적으로 판단하는 것 같습니다. 그래서 학교의 문제점이 더 크게 부각되는 경향이 있는 것 같아요.”

“그런가? 그럼 어떻게 하면 되지?”

“두영이가 결석도 하지 않고 학교에 적응하려고 노력한 것은 사실입니다. 그렇지만 성적은 상위권은 아니었다고 알고 있습니다. 사실은 사실대로 말하고, 성적 부분은 있는 대로 그대로 말하면 될 것 같습니다. 그래서 판단은 듣는 사람들이 하도록 하면 될 것 같고요. 두영이의 억울한 죽음은 우리 모두 마음 깊이 애도해야 합니다. 그렇지만 학교는 다른 아이들을 위하여 교육이 계속 진행되어야 하니까, 어제 대책회의에서 정리한 대로 선생님들 모두가 함께 고민하고 해결책을 찾아야 할 것 같습니다.”

이원진 선생은 한참을 생각하는 눈치였다. 얼마 후 생각을 정리한 듯 말한다.

“알았네, 무슨 말인지……. 앞으로도 인터뷰 요구가 왔을 때 모의고사 성적이 올랐다고 말하지.”

일단 안도의 한숨이 내 쉬어졌다. 담임교사로서의 입장은 충분히 이해할 수 있을 것 같았다. 친구 중 기주일부터 시작하여 한 명씩 만나 대화할 방법을 이주엽 선생과 상의하고 있는데 방경준 선생이 대화를 요청한다.

"선생님, 제가 이 지역에 살고 있어서 그런지 지난 '지역 MBC TV 스튜디오 730 기획취재' 팀에서 만나자고 연락이 왔어요."

"방 선생에게 인터뷰 요청 왔어?"

"인터뷰라고 할 것까지는 없지만, 학교 상황에 관하여 묻더라고요."

"그래서 어떻게……."

"알고 있는 대로 말했죠 뭐, 먼저 화재사건 이후 학교 상황을요."

"그리고?

"두영이 학교생활에 관하여 물어보던데요."

"그 아이에 대해서 말하기가 좀 그렇지. 학교생활 자체도 잘했다 못했다 말하기가 힘들었을 텐데……."

"그러니까요. 그래서 그동안 있었던 학교 폭력에 관한 것들은 되도록 말하지 않고 학교에 적응하려고 노력했다고 했어요. 그런데 '우리들의 영웅' '임정태'와 비교해 볼 때 어떠냐고요."

"프로그램 제작자로서는 그렇게 생각해 볼 수 있지, 그래서 어떻게 말했어?"

"어떻다고 단적으로 말하기는 힘들고 취재하고 아이들 이야기를 비교해 보고 판단하라고 했어요."

"잘했네, 언제 방영된다고 그래?"

"다음 주에요."

"지켜보게, 제발 가족이나 친구들이 또다시 자극받고 오해하는 내용이 없었으면 싶은데……."

"그러니까요."

TV 방송의 심층 기획 프로로서는 처음 나가는 프로였다. 이미 인터뷰를 한 가족들은 말할 것도 없고 학교 학생들이나 지역 주민에게도 큰 영향을 미칠 것이 분명했다.

불안감으로 며칠이 너무 길었다.

26장

아이들의 또 다른 영웅

"이 지역 두 고교생의 자살사건 소식을 들었을 때 모두 놀랐습니다." MBC TV 스튜디오 730 기획취재 프로다.

"두 학생은 애인 사이였고 여학생은 할머니와 같이 살고 있었는데 양가 부모님의 허락으로 올 초부터 오 군 집에 같이 살았다고 합니다. 두 학생의 동반자살은 많은 관심을 불러왔습니다. 자살은 화재사건에 대한 경찰의 강압수사로 밝혀져서 큰 파문을 일으켰습니다. 이에 대한 자세한 내용을 소개합니다."

기획취재는 사회자의 사건 설명으로 시작한다.

학교의 화재사건은 지난달 10월 18일 새벽 2시경 2층 교무실과 3층 학생부실에서 같은 시각에 두 군데서 동시에 일어났기 때문에 누전 가능성은 없고, 이와 관련하여 경찰 조사를 받은 한 고교생이 자살했다는 내용이다. 새벽 6시경 교복을 입고 가방을 멘 채로 목을 매고 두 학생이 자택에서 자살했는데, 죽음을 발견한 사람은 남학생의 어머님으로 새벽 2시경 아들 목소리를 들었는데 4시간 후 어머니가 깨우려고 가보니 몇 통의 유서와 녹음테이프와 함께 죽음을 발견했다는 상황 설명이다.

이어서 부모님이나 친구들에게 쓴 유서와는 달리, 학교와 경찰들에게 쓴 유서는 죽음의 참혹함을 말하며 그 이유로 경찰의 강압수사를 비난하며 자신이 방화범이 아님을 죽음으로 결백을 밝히고 있다는 멘트다.

'교복을 입고 가방을 멘 채로…,' 죽는 순간 얼마나 학교가 가고 싶었으면…. 그동안 이야기로만 건네 들었는데, 비록 재연 영상이지만 실제로 눈으로 보기는 처음이었다. 아직 어린애는 어린애였구나…. 사뭇 마음이 저려왔다.

원인 미상의 실화로 방화와 마찬가지라는 멘트와 경찰 수사관의 인터뷰에 이어 바로 유서의 내용이 확대되어 보이며 녹음테이프 음성이 흘러나온다.

'어디냐?'라는 경찰 수사관의 물음에 이어 부모님이 계셔서 전화하려고 했지만 못했다는 답변이 있고 '뭐 나온 것 있냐?'라는 수사관의 물음에, 나온 것은 없고 애들도 아무 말도 안 하고 학교 끝나서 당구장을 돌아다녀 물어보아도 그런 얘기 모두 다 안 한다는 대답이다.

녹음테이프 대화가 끝나자, 정보원으로 이용한 건 사실이라는 경찰 수사관의 곤혹스러운 표정이 화면에 나온다. 수사 협조를 요청했고 그래서 호출기와 휴대폰 전화번호를 적어 줬으며 무슨 내용이 있으면 협조 좀 해달라고, 통화했다는 수사관의 설명이다.

아, 정보원으로 이용했구나…. 그 날, 토요일 날 상담할 때 경찰이 어떻게 조사했는지 좀 더 구체적으로 물어봤어야 했는데…, 왜 그 생각을 못 했지? 전교조 해직 당시 정보부나 경찰에서 학생들을 정보원으로 이용하는 경우가 있다고 들었었는데…. 심한 자책감이 들 수밖에 없었다.

많은 학생 가운데 왜 하필 두영이 학생을 지목했는가? 라는 물음에 경찰 수사관은 아이들 사이에서 두영이의 아주 독보적인 위치와 연관이 있다고 설명하고 통솔력에 방점을 찍는다. '우리들의 영웅'에 나오는 아이의 리더십과 같이 두영이의 말은 아이들 사이에 바로 법이 될 정도로 위력이 있었다고 아이들 사이의 신뢰를 들고, 바로 친구들의 말이 뒤를 잇는다.

아이들이 선생님 말씀보다도 오히려 두영이 말을 더 잘 들었고 선생님이 두영이에게 말했을 때, 두영이가 자기가 알아서 한다고 하면 다음 날 선생님이 와 보고 교실이 훨씬 더 깨끗해졌다고 말했다는 증언이다. 그리고 자율학습 시간에 선생님이 조용히 하라고 할 때, 두영이가 다시 '조용히 하라'고 그러면 조용해졌다고 또 다른 학생을 통하여 예를 든다.

이어서 경찰 수사관이 '그 아이가 그 위치에 있으니까 사건이 빨리 해결되도록 수사에 협조해 달라고 요구한 것은 사실'이라고 말하는 수사관의 증언과 함께, 두영 군의 영향력이 대단했고 평소에 활동 폭이 넓었기 때문에 화재 용의자를 찾아내는 데 유리할 것으로 판단하고 경찰에서는 정보원으로 이용했다는 설명이다.

이어 두영이의 죽음이 경찰의 위협 때문이었다고 유서에서 밝혔는데 어떤 내용인지를 사회자가 묻자, 바로 그 부분이 경찰의 강압수사라고 지적되는 부분이라는 취재팀의 해석이다. 경찰은 조사하는 과정에서 두영이가 고등학생들에게 여러 번 학교폭력을 행사했다는 사실을 알았다는 설명이다.

지난 고 1학년 때 '학교폭력 및 금품갈취'로 집행유예를 선고받았고 작년 가을 다시 한 번 폭력 사건에 연결되어 학교를 그만두었다는 설명과 함께 관련 기록이 화면으로 보인다. 그 후 올 초 문교부의 제적생 구제조치에 따라 다시 2학년을 다니게 되었는데 최근에 있었던 두 가지 사건을 가지고 경찰에서는 위협을 했던 것으로 보인다는 견해다.

이 두 가지 사건이란 수학여행 때 쌈치기를 해서 70만 원대의 돈을 딴 일과 후배들을 때린 일이고, 이 일로 경찰에서는 만약 화재범을 잡아내지 않으면 두영 군을 구속하겠다고 위협했다는 것이다. 만약 이번에 구속되면 현재 집행유예 기간이라 가중처벌을 받게 된다는 상황 설명이다.

그리고 화면은 동료 학생을 구타하는 장면의 재연과 오두영의 임의동행 재연 장면, 방송실서 쓴 자필 진술서와 경찰서 자진 출석 날짜와 진술서 작성 날짜를 확인하는 장면이 나오고, 그래서 많은 심적인 중압감을 느꼈다고 덧붙인다.

머릿속에 유서의 내용이 떠올랐다.

'화재범을 잡아내면 봐준다고, 그렇지 않으면 구속한다고…, 이용가치가 사라지자 이유 같지도 않은 이유로 구속한다고….'

'그런 문제였구나, 왜 좀 더 길게 물어보지 못했지?…' 입이 절로 벌어지고 한숨이 나왔다.

곧바로 오두영이 녹음한 녹음테이프에서 음성이 흘러나온다.

'내가 만약 학교 화재를 일으킨 범인을 알려 준다면 그냥 눈감아 주겠다고…, 그래서 어쩔 수 없이 요구에 응하게 되었고…. 저는 솔직히 불을 낸 사람도 모르고 잡아낼 자신도 없습니다. 그런데 너는 안다고 하면서, 아니면 니가 불을 낸 거라고 하면서, 알아내지 않으면 이걸로 구속해버린다고 강요하면서…, 저는 어쩔 수 없이 그렇게 한다고 하면서, 솔직한 마음은 그렇게 하고 싶지도 않지만, 한다고 해도 알아낼 수도 없었습니다. 너무도 힘들고 그래서 녹음을 하게 되었습니다."

아~, 그래서 녹음을…. 아직 어린데, 정말 무섭고 힘들었겠구나….

'이렇듯 방화범을 잡지 못하면 구속된다는 중압감이 두영 군을 죽음으로 몬 것으로 보인다.'라는 멘트와 함께 자살 전날 친구들과 한 대화로 이런 사실을 잘 말해 주고 있다며 친구들의 이야기를 들려준다.

죽기 전날 '죽고 싶다'고 울면서, 내일 아침에는 못 볼 거라고, 아침 일찍 구속된다고 울면서 집에 갔다는 친구의 증언과 자기 부모님을 친부모님처럼 잘 대해주고 동생들을 잘 부탁한다고 말하며, 친구들이랑 감정이 안 좋은 것이나 화해를 못 한 것도 어떻게 보면 자기 잘못이라고, 자기가 따뜻하게 말 한마디라도 해 줬어야 하는데, 다 자기 잘못이라고 울면서 얘기하다가 내일 학교에서 보자고 그러면서 전화를 끊었는데 아침에 학교에서 보니까 그렇게 됐다는 또 다른 친구의 증언이다.

다시 화면은 경찰 쪽 취재 내용으로 이어진다.

경찰 측은 구속을 미끼로 위협했다는 사실에 대하여 적극 부인하고 있다는 설명이다. 두영이에게 심하게 하거나 말을 거칠게 하거나 항간에 떠도는 소문같이 그런 일은 없었고 욕 한마디 안 했다는 경찰 수사관의 항변이 나온다.

그리고 영상은 다시 자식을 가슴에 묻은 부모의 아픈 마음을 전하고 있다. 현재 오두영의 죽음을 둘러싼 파장은 지역 전체를 떠들썩하게 만들고 있지만, 워낙 민감한 사안이라 다들 어떤 이야기를 하지 않는 상황이고 다만 갑작스럽게 아들과 딸처럼 여기던 조 양을 잃은 부모님은 아직도 마음을 가라앉히지 못하고 있다는 멘트와 함께 오두영의 집과 영정사진이 나오며 자식 잃은 슬픔에 가득 찬 부모의 목소리가 가슴에 꽂힌다.

'이번 기회에, 참 어떻게 보면 구태에서 벗어나지 못한 경찰 수사 관행과 또 학생들에게 더더욱 따뜻한 사랑과 관심을 가지고 애들을 보살펴야 할 학교에서 애들에게 일종의 선입견이라든지, 소위 문제 학생이라고 말하는 복학생들이 설 자리를 없게 만들어 버리는 그런 학교 교육 지도방법도 꼭 개선되어야 한다고 생각합니다. 또 하나 앞으로 우리 애 같은 제2의 제3의 희생자가 발생하지 않도록 하기 위해서라도 이번 사건은 명명백백하게 진실이 규명되어서 우리 애의 명예가 회복되었으면 하는 바람입니다.'

자식 잃은 부모의 뼈아픈 호소이고 가슴을 후비는 말이었다. 이어서 자식을 가슴에 묻은 어머니의 한스러운 모습이 화면을 가득 채운다.

'제가 차라리 죽어서 우리 자식이 살아올 것 같으면, 제가 죽었으면 쓰겠어요. 내 마음이 그래요. 내가 남편이 죽었다 해도 이렇게 기가 막히지는 않겠어요. 그놈한테 의지하고 살았는데, 내가 정붙이고 살길이 없어요. 어떤 일도 이렇게 기가 막히지는 않겠어요.'

자식 잃은 슬픔으로 한 맺힌 어머니의 얼굴이 화면 전체에 가득하며 사회자의 정리 발언이 이어진다.

"예, 참 가슴 아픈 이야기입니다. 학교 측 입장은 어떻습니까?"라며 학교의 입장을 묻는다.

학교 측은 유족들의 심기를 생각해서 어떠한 이야기도 하고 있지 않지만, 논란이 되는 부분 중의 하나는 두영이가 복학한 후에 예전과 달라졌는가? 하는 점이라고 교육의 관점을 제시한다. 이에 대하여 많은 사람이 예전하고 달라졌다고 하는 반면에, 거기에 대해서 회의적으로 얘기하는 사람들도 있지만 두영 군이 어떤 학생이었는가 하는 문제는 두영 군의 죽음을 밝히는데 부차적인 일이라는 견해다.

이어서 화면을 통해 봤을 때는 경찰의 강압수사가 작용했을 것이라는 판단이 가능한데, 더 조사가 필요하겠다는 견해와 이 문제에 대해서 도움을 줄 만한 분들이 어떠한 이야기도 하지 않기 때문에 경찰의 강압수사 부분을 밝히려면 그런 분들의 증언이나 도움이 있어야 더 확실하게 드러날 것 같다는 멘트다.

마지막으로 여성 사회자가 가라앉은 목소리로 '무엇보다도 유족의 슬픔을 저희가 함께하면서 기획취재를 마친다.'라며 취재 내용을 정리한다.

사건의 실체를 정확히 파악한 기획취재다. 원인과 결과의 관계를 확실히 정리했다. 억울한 죽음에 이르는 과정이 충분히 드러났다. 그리고 고통스럽고 억울하게 죽은 아이의 아픔과 아이를 잃은 부모의 애절한 마음을 그대로 밝혀주고 있었다.

가슴이 미어져서 나오지 않는 목소리로 아들을 부르는 고뇌에 가득찬 어머니의 얼굴이 크게 확대되며 잔영으로 한동안 남는다. 통한의 모습이다. 잠시 멍해졌다. 분명 억울한 죽음이다.

'저 한을 어떻게 풀어주지?'

긴 한숨이 저절로 내쉬어졌다. 경찰의 책임은 그렇다 하더라도 학교도 책임을 피할 도리가 없었다. 무언가 무겁게 가슴을 내리누르는 것을 느끼며 다시 한 번 되뇌어진다.

'자살 아닌 자살….'

27장

자살 아닌 자살

"어제 'MBC 기획취재프로 '자살 아닌 자살' 봤어?"

"봤어"

"어떻게 생각해?"

교무실에서 어제 TV에 방영된 내용에 대하여 의견교환이 한창이다.

"있는 그대로 취재한 것 같던데."

"경찰의 강압수사는 확실한 것 같아."

"수사 협조는 무슨, 그게 말이 돼? 말이 수사협조지, 협박이야."

"애를 정보원으로 이용했다는 것은 경찰도 인정했잖아."

"친구들을 끌고 다니는 활달한 성격이었는데, 구속된다는 중압감이 엄청났구먼."

"그럴 수밖에 없지, 집행유예 기간이니까. 방송에 나온 대로 경찰이 구속한다고 협박했으니 떨 수밖에, 저희끼리는 어떨지 몰라도 아직 어리잖아. 아니 어리지 않아도 경찰서에서 그런 이야기 들으면 누구라도 떨지."

"결국, 책임은 경찰에 있는 것 아냐?"

선생님들은 이야기하면서도 학교에 관하여 방영된 내용은 되도록 꺼내지 않았다. 교감을 만나 보았다.

"교감 선생님, 어제 TV 내용 어떻게 생각하세요?"

"학교 얘기가 많이 나오진 않았던데, 초점을 경찰에 맞춘 것 같아요."

"예, 저도 그렇게 생각합니다."

"학교에 대한 비난은 좀 누그러질 것 같기도 한데요."

"교감 선생님, 그런데 전에 대책회의 때 유서와 관련된 교사들은 경위서를 써야 할 것 같다고 하신 적 있지요?"

"예, 아마 그래야 할 것 같아요."

유서에 나온 교사들의 폭력이나 폭언, 술 먹고 수업한 것 등에 대해서 교육청서 진상을 파악하고 경위서를 내라고 한다. 오후에 전교조 분회원 10여 명의 교사가 모여 대책을 논의했다.

"교육청에서 진상 규명을 하려고 하는 것 같은데, 유서에 나오는 일뿐만 아니라 한 2년 동안 있었던 일들 모두 대상이 될 것 같아요, 다른 학교로 간 선생님들까지요."

"'침 뱉고'의 부분은 구순애 선생인 것 같고 '때린' 부분은 오덕선 선생인 것 같고, 그리고 '술 먹고' 부분은 김전기 선생인 것 같은데……."

모인 교사들이 상황을 파악하자 구순애 선생이 아무런 말없이 고개를 숙인다.

"구 선생, 있는 사실을 있는 대로 말하면 돼. 실제로 그 상황에서는 어떻게 할 수 없었잖아?"

소경은 선생이 옆에서 조언한다.

"구 선생 말을 좀 들어 봅시다. 구 선생, 어차피 도 교육청에 경위서를 내야 할 것 같으니까, 상의 차원에서라도 복학생들과 어떤 일이 있었는지 다시 자세하게 말해 볼 수 있어요?"

"이미 경위서를 썼어요." 구 선생이 경위서를 내민다.

"수업 중 한 복학생이 여러 번 주의를 시켰음에도 불구하고 계속 떠들어 더는 참을 수가 없어서 다가가 '왜 자꾸 떠드는 거야?' 하며 가볍게 군밤을 한 대 주었습니다. 그랬더니 수긍을 하는 것이 아니라 '왜 때리냐?'며 자꾸 대들고 달려들어 군밤을 한 대 더 주었더니 벌떡 일어나며 '니가 뭔데 때리냐? 학교 안 다니면 될 거 아니냐?'며 가방을 짊어지고 밖으로 나가 버렸습니다. 그리고 또 수업 도중 태도가 좋지 않아 뒤로 나가서 손을 들게 한 적이 있는데 그중 복학생이 끼어 있었습니다. 유독 그 복학생만 벌을 거부하고 차라리 매를 맞고 들어가게 해달라고 합니다. 그래서 다른 학생들과 똑같이 대하는 것이 맞는 것 같아 무시했더니, 결국에는 그 학생이 수업 분위기를 흐려놓고 시간이 되어 끝나 버렸습니다. 수업이 끝난 후 복학생 2명과 상담을 했는데 상담 결과는 '복학생인 자기들을 특별하게 대우해 달라.'는 것이었습니다. 나이 한 살 더 먹은 것이 무슨 큰 자랑인 것처럼 특별대우를 요구하며 재학생들에게 우월감을 과시합니다. 또 특별실에서 수업할 때가 많은데 수업 시작하고 출석을 부르면 복학생들만 빠져있었습니다. 결석은 아닌 것 같은 생각이 들어 반 교실에 가보면 책상 위에 올라가 누워서 쿨쿨 잠을 자고 있고, 또 어떤 때는 교실에서 놀고 있어서 교사가 수업시간에 모시러 가야 하는 일이 몇 번 있었습니다.

수업이 굉장히 힘들었는데 특히 재학생들과 복학생들을 따로 지도

해야 하는 것이 가장 힘들었어요. 가령 수업시간에 떠든다든지 잠잔다든지 할 때, 똑같이 혼내려고 해도 복학생들은 '날 잡아 잡수시오.' 하며 버티기가 일쑤이고 하나같이 '의욕상실'임을 매번 느낍니다. 수업 중 과제를 해보라고 아무리 좋은 소리로 타일러도 '제발 절 가만히 놔두세요.' '아무것도 하기 싫어요.' '저는 하나도 몰라요.' 하며 그냥 책상에 고개를 숙이고 잡니다. 어떻게 할 수가 없었습니다."

"이렇게 경위서를 작성했어요." 구 선생은 맥이 풀린 듯 힘없이 말한다.

"너무 솔직히 작성했네……."

"우리도 초임 때 다 겪은 일들이야."

"그런 상황들, 우리 알아."

듣고 있던 교사들이 구 선생을 위로한다.

"그런데 어쩌면 송강인 선생님도 진술해야 할 것 같아요. 전에 두영이 폭력사건 때 징계를 약하게 했다고 학교에 항의한 적이 있거든요."

다시 소경은 선생이 화제를 바꾸며 말을 잇는다.

"제가 알기엔 송강인 선생은 애들에게 체벌한 적은 없는 거로 알아요. 두영이 친구들과 함께하는 대책회의 때 무슨 말이 나오겠지요. 그때 보고 논의하도록 해요." 이주엽 선생의 제안을 끝으로 분회 모임을 마쳤다.

MBC '자살 아닌 자살'의 방영 후 학교는 겉으로는 대체로 큰 소란이 없이 일상의 학교생활이 진행되고 있었으나 두영이 친구들의 움직임이 이상했다. 눈을 마주치는 것을 피하고 있었고 표정은 굳어 있었다. 무언가 심상찮은 분위기가 느껴졌다. 방과 후 아이들이 모인다는 말이 들리더니 교감이 상의해온다.

"김 선생, 두영이 친구들이 내일 교사들과 함께 대책회의를 하자고 하네요."

"그래요? 해야지요. 언젠가 한 번은 부닥칠 일이니, 합시다. 전에 회의에서 논의한 대로 하면 될 것 같아요."

열두세 명 정도의 학생들과 10여 명의 교사가 자리를 함께했다. '학교 정상화 방안에 대한 학생들과의 대화'는 교무주임의 사회로 시작되었다.

"학교 화재사건 이후로 그동안 학교에 여러 가지 일이 많았고 우여곡절도 많았습니다. 생각하면 할수록 마음이 아프지만, 이제는 학교가 정상화되어 모든 학생이 학업에 정진할 때라고 봅니다. 이를 위하여 오늘 이 자리를 만들었습니다. 여기 참석하신 선생님들이나 학생들 모두 마음을 열고 학교를 위하여 진지하게 의견을 나누어 주시길 바랍니다. 회의를 시작하기 전에 화재사건으로 애석하게도 우리 곁을 떠난 오두영 군에 대한 묵념이 있겠습니다."

"모두 묵념"

참석자 전원의 묵념 후 교장 선생이 회의 소집에 대한 취지를 설명한다.

"학교를 위하여 여기에 참석해 주신 선생님들과 학생들에게 먼저 감사의 말씀을 드리겠습니다. 그동안 불행하게도 학교에 화재사건이 있었고 더구나 그 일로 인하여 교무주임 선생님 말씀과 같이 우리는 큰 슬픔을 겪었습니다. 오두영 학생에 대한 깊은 애도의 뜻을 표합니다. 또한, 그 과정에서 우리 모두 커다란 마음의 상처를 입은 점에 대하여 교장으로서 책임을 통감합니다. 그러나 이제 다시 우리 본연의 자세로 돌아가 학업에 정진할 때라고 생각합니다. 선생님들은 선생님들대로 학생들은 학생들대로 하고 싶은 이야기가 많을 것으로 생각합니다. 허심탄회하게 거리낌 없이 대화하고 생각을 함께 나누어 다시 정상적인 학교생활이 되도록 했으면 합니다. 아무쪼록 오늘 이 자리가 학교와 우리 모두를 위한 시간이 되기를 부탁합니다."

교장의 발언이 끝나자 교무주임이 회의를 진행한다.

"선생님, 저희가 그동안 묻고 싶었던 것들을 솔직하게 전부 다 말해도 되겠습니까?" 기주일이 먼저 말문을 연다.

"오늘은 우리 학생들이 의문을 가졌던 것들이나 오해한 것들에 대한 불신을 풀고 앞으로의 학교생활을 상의하고자 이 자리를 만든 것이니 기탄없이 말해도 좋아요."

교무주임의 말이 끝나자 전성용이 질문한다.

"교장 선생님, 화재 방화범을 잡는다고 경찰이 학교에 수사본부를 설치하고 상주하면서 조사했습니다. 그래서 두영이가 죽었습니다. 수사관이 학교에 상주해서 조사해도 됩니까?"

"수사는 학교가 관여할 수 있는 일이 아니었고, 당시로써는 학교도 경찰의 수사협조에 응할 수밖에 없는 상황이라서……."

교무주임이 말끝을 흐리자 기주일이 잇따라 반문한다.

"교장 선생님, 어제 TV에 나온 대로 '자살 아닌 자살'입니다. 두영이의 죽음은 억울한 죽음입니다. 이 죽음에 대하여 학교는 책임이 없습니까? 방송에 나온 것처럼 학교 방송실서 수사하도록 내버려 둔 것은 분명 학교 책임 아닙니까?"

"이제 저희도 압니다. 경찰이 학생들을 조사할 때는 보호자가 옆에 있어야 한다고 들었습니다. 그런데 저희는 보호자 없이 수시로 불려가 조사받았습니다. 학교에서는 왜 이런 일을 그대로 두었습니까? 학교 책임이 큽니다." 옆에 앉아 있던 안문일도 항의를 한다.

"그 점은 인정합니다. 학교도 처음 겪는 일이라 그런 것까지 세심한 배려를 하지 못했어요."

"저희는 학내에서 수시로 조사를 받았습니다. 저희를 소홀히 해서 그런 일들이 생긴 것 아닙니까? 그동안 저희 복학생들은 학교에서 무시당해 왔습니다. 복학생들을 문제아라고, 골칫덩어리라고 생각하지 않았습니까?" 한명운이 격하게 불만을 토한다.

"그렇게 대한 적은 없는 거로 아는데……." 교무주임이 변명조로 응답하자 교감선생의 설명이 잇따른다.

"학교에서 복학생들을 그렇게 생각한 적은 단 한 번도 없었습니다. 다만 문교부의 제적생 구제조치에 따른 일괄 복교 조치로 너무 많은 학생이 한꺼번에 복학해서 충분한 교육 프로그램을 세울 시간이 없었습니다. 지금 문제는 그런 것들이 복합되어 생긴 문제이지 절대로 복학생들을 무시하거나 소외시키려고 한 적은 없습니다."

"선생님들이 조금만이라도 마음을 열어 주셨다면 두영이가 그렇게 극단적인 행동을 하지는 않았고, 조사받으며 힘들었던 것들을 말했을 것 아닙니까? 원망스런 마음입니다."

"두영이와 대화를 하긴 했지……, 그러나 좀 늦었지……." 끼어들면서 말을 꺼내자,

"저희는 지금 그때 일뿐만 아니라 그동안 평소 때의 일들도 함께 말하는 겁니다. 유서에 나오는 대로 우리 학교에서는 선생님들의 폭력

이 심합니다. 애들을 때려서 고막이 터지고 또 걸핏하면 복도에 꿇어 앉히고 사정없이 몇십 대씩 구타합니다. 학생 폭력은 폭력이고 교사 폭력은 폭력이 아닙니까?"

"그뿐이 아닙니다. 언어폭력도 심합니다. 예를 들면 '담배 피우는 놈들이 어떤 놈들이냐?' '야 이 새끼야'라고 하면서 욕을 해대는 선생님들도 있습니다. 교단에서는 '놈'이나 '새끼야' 같은 그런 욕을 해서는 안 되는 것 아닙니까? 더구나 술 먹고 교실에 들어오는 선생님도 있습니다."

"여선생님들도 문제가 있습니다. 수업시간에 학생들에게 침 뱉고 함부로 말하는 경우도 있습니다. 이건 선생님들의 자질에 관한 문제라고 생각합니다."

불만의 토로는 돌아가면서 계속 이어졌다.

"학생들을 인격적으로 대하지 않고 침 뱉고 머리 뽑고 하는 것들이 과연 학교 학생들에게 할 일입니까?"

"차별대우하지 않도록 해주십시오."

"위탁 교육도 문제가 있습니다. 실업과 학생들은 강제로 위탁 교육을 나가지 않습니까? 강제로 하는 것은 문제가 있습니다."

"언어폭력에 대해서 다시 말씀드립니다. '자식들, 새끼들'이라는 말을 항상 하는 선생님도 있습니다. 그러지 않게 해주세요."

다시 기주일이 일어서서 목소리를 높인다.

"강당 준공식 때 음식 기증은 거부하면서 왜 음식점에 가서 학부형 접대는 받았습니까? 그것은 촌지가 아닙니까?"

계속 이어지는 항의에 교감 선생이 말을 끊는다.

"우리 학생들이 당시 상황을 잘 몰라서 이해를 못 하는 부분이 있습니다. 복학생들에게 좀 더 신경을 쓰지 못한 점은 저의 불찰입니다. 지금 생각해 보니 저를 비롯한 우리 교사들이 부족했던 부분입니다. 다시 말하자면 너무 많은 복교생이 한꺼번에 복학해서 제대로 된 교육 계획을 충실히 세우지 못한 것이 큰 실책이었지, 학교에서 복학생들을 따로 소외시키거나 차별대우한 적은 없습니다. 다만 사안이 생겼을 때 그에 따른 학교 규칙을 적용하고 규정대로 처리하고자 했을 뿐입니다. '고막 사건'이나 '침 뱉은 사건'은 학생들을 지도하는 과정에서 우연히 일어난 일일 뿐입니다. 그 점은 그 당시 그 상황에 있었던 선생님과 학생의 이야기를 들으면 이해할 수 있을 겁니다." 교감선생의 해명이 있자,

"그러면 교감 선생님, 술 먹고 교실에 들어오는 선생님은 뭡니까?"

잠시 침묵이 흘렀다. 거세고 드셌다. 한 명씩 돌아가면서 불만을 터뜨리고 있었다. 아이들은 해야 할 말들을 분담하고 회의에 들어온 것 같았다. 그동안 언론이나 지역사회에서 말해진 사건에 관련된 모든 문제를 다 쏟아내고 있었다. 미리 대책회의를 위한 대책회의를 한 것 같았다. 일일이 해명과 설명이 필요한 사항들이었고 충분히 시간을 가지고 설득하여 이해시켜야 할 일들이었다.

그러나 가장 나쁜 구도였다. 교사와 학생 사이의 대화로서는 가장 경계해야 할 공격과 방어의 형국을 띠고 있었다. 더구나 유서에 나오고 신문과 TV에 방영된 내용을 가지고 들이대며 몰아치는 기세에 아이들에게 기선을 제압당한 느낌이었다. 정리되질 않았다.

"이제까지 저희가 질문한 것들에 대하여 말씀해 주시고 잘못된 것은 전교생에게 사과해 주시길 바랍니다. 그리고 대책을 말씀해 주십시오." 기주일이 질문의 매듭을 짓는다.

"시간이 많이 지났습니다. 여러분들이 말한 것들은 학교에서 논의해서 대책을 마련하겠습니다. 다음 수업시간도 있고 그러니, 또 대화시간을 갖도록 하고 오늘은 이만 마치도록 하죠." 교장의 정리 발언으로 학생들과의 대책회의는 끝났다.

아이들은 기가 승했다. 언론 취재가 계속되면서 아이들은 여기저기에서 들썩였고 학교는 매우 소란스러웠고 산만했다. 두영이 친구들의 움직임이 곳곳에서 눈에 띄었다. KBS TV '추적 60분' 팀은 학내의 곳곳을 찍어대며 아이들과 인터뷰를 했다. 점심시간, 쉬는 시간에, 또 방과 후에도 취재는 계속되었다. 아이들은 인터뷰에 적극적이었고 심각한 표정을 지으며 긴말을 쏟아 내었다. 다른 아이들에게서 취재 내용이 전해졌다. 두영이의 교우관계에서부터 시작하여 자퇴 전과 자퇴 후의 학교생활, 학생들 사이에서의 평가나 가정생활 등 거의 모든 부분을 훑고 있는 것 같았다. 특히 두영이와 가까운 아이들과 인터뷰를 많이 하는 것이 유독 눈에 띄었다. 다시 학교는 혼란에 휩쓸릴 것 같은 예감에 불안하기만 했다.

바로 다음 날이다. 스피커에서 교내 방송이 흘러나왔다.

"어제 선생님들과 학생들이 학교 정상화 방안에 대하여 함께 회의하고 학생들의 의견을 충분히 들었습니다. 회의 내용을 검토해서 더 세부적인 방안을 마련하겠습니다만, 학생들이 요구한 바와 같이 우리 학교에서는 두 번 다시 학생들에게 체벌하는 일이 없도록 할 것이고, 교사들이 침 뱉고 욕을 하거나 술 먹고 교실에 들어가는 일이 없도록 하겠습니다. 이제 학생들은 모든 것을 잊고 학업에 전념해 주길 바랍니다."

방송을 듣고 심란한 생각 속에 있는데 교사모임을 갖자는 연락이 왔다. 조합원 7~8명의 교사가 모였다.

"일이 어떻게 된 거지요? 아침에 있었던 방송 내용에 대하여 아는 선생님 있어요?" 유인섭 선생이 이주엽 선생을 바라보며 묻자,

"저도 잘 모르겠어요." 이주엽 선생이 난감한 표정으로 답한다.

"이런 일은 학생들이 오해하고 있는 것들도 많이 있으니까 선생님들이 조 · 종례 시간이나 따로 시간을 내어 학생들에게 상황을 충분히 설명하고 이해시켜야 할 일들인데……." 이대운 선생이 한숨지으며 말한다.

"이미 발표해 버린 것을 어떻게 해요……"

"더 논란을 만들고 싶지 않고 문제를 끝내고 싶어서 그런지도 모르지, 이 방법이 문제를 더 빨리 정리할 수 있을지도 모르지……"

옆의 한 여선생님의 견해에 학교의 처지를 이해하는 투로 말을 하면서도 도저히 그냥 두고 볼 수만은 없었다. 입시가 얼마 남지 않았다. 학생들이 자신과 주변을 돌아볼 수 있는 상황을 만들어 주기 위해서라도, 당장 눈앞의 해야 할 일뿐만 아니라 앞으로의 장래를 위해서라도 학생들의 관심을 본래의 자리로 되돌려 놓아야 했다. 고리를 끊어야 했다. 익산 지역에서 시민운동을 하는 후배를 만났다. 그리고 문건을 내밀었다.

K TV 프로의 책임 프로듀서님께

저는 익산에 있는 30여 명으로 구성된 '주민자치를 위한 지역 모임'이라는 조그만 시민단체의 대표입니다. 이번 화재사건과 관련하여 일

어난 서인고 학생의 자살은 우리 지역에 큰 파문을 몰고 온 사건이었습니다. 그래서 저희 모임에서 회원들과 같이 논의해 보았습니다.

이번 일은 하나의 억울한 죽음이 참혹한 유서를 남기고 간 상태에서 여러 파문을 일으키고 있고 그 파장은 매우 큽니다. 아이를 잃은 부모의 억장이 무너지는 아픔은 더 말할 수 없을 것으로 생각합니다. 그러나 억울한 죽음 후에 학교와 관련된 많은 오해와 억측이 생겨날 수 있고 또 생겨나는 과정을 발견하였습니다. 그래서 저희는 이 일로 인하여 학교와 지역사회에 또 다른 부작용과 잘못된 인식이 확산되지 않기를 바라는 심정입니다.

어떤 사건이 있을 때, 그 사건을 이해하는 데는 사건과 관련된 사람들의 퍼스널리티가 매우 중요하다고 생각합니다. 그래서 저희는 사건을 객관적으로 이해해 보고자 지역에 이미 방영된 M TV '자살 아닌 자살'을 같이 경청하고 토론을 해 보았습니다. 이 TV 프로에서는 사건의 초점을 사건의 사실 자체에 객관적으로 맞추었다고 평가했습니다. K TV에서도 취재를 나왔다고 들었습니다. 저희가 이제까지 보아 온 K TV 취재팀 시각은 항상 편향되지 않은 것으로 생각해 왔습니다.

저희는 이제 지역에서 어떤 갈등이 일어나기를 원치 않습니다. 그래서 혹시 도움이 될까 싶어 M TV 기획취재 '자살 아닌 자살'을 녹화하여 보내드립니다. 참고해 주시면 고맙겠습니다. 학교는 우리 아이들이 계속 공부를 해 나갈 공간이고 교육의 현장입니다. K TV의 프로그램 제작팀에서는 지역사회와 교육계에 미치는 파장을 조금이라도 고려하여 주시면 고맙겠습니다. 이 지역의 사는 주민으로서 간곡하게 부탁합니다.

익산지역 주민자치를 위한 대화모임 대표 드림

“K TV에 이걸 보내려고요?”

“응, 우리 이름으로 보내면 그 학교 교사들인데 방송사에서 신뢰하겠냐? 학교와 관련이 있으니까 보냈다고 하겠지. 그래서 이 편지와 녹화테이프를 지역 시민단체 이름으로 보냈으면 하는데…….”

“그렇지 않아도 서인고 사건에 관한 기사와 방송을 다 봤고 상황을 지켜보고 있었어요. 그래서 형하고 한번 상의하려고 했는데, 알았어요. 이 편지 내용에 동의해요, 그렇게 해요. 우리 단체 이름으로 그리고 내 이름으로 보내요. 언론에 관한 대책은 앞으로 계속 상의해 보게요.”

고마웠다. 지역의 민감한 문제에 나서기가 쉽지 않음에도 학교의 교육을 함께 걱정해 주고 지역 사회의 일을 진정으로 염려하는 모습이 가슴에 와 닿았다.

국어선생인 방경준 선생을 만났다.

“이 편지 한번 봐줄래?”

“뭔데요?” 편지를 살펴본 후 진지한 표정으로 묻는다.

“이걸 K TV에 보내려고요?”

“응, 학교 선생님들이 상의해서 썼는데, 학교의 혼란이나 애들의 학업에 불필요한 일들이 하루라도 빨리 정리되려면 지금 상황에서는 K TV의 방영 내용이 가장 중요한 것 같아. 그래서 되도록 객관적인 시각에서 사건을 봐 달라고 하려면 이 방법밖에 없는 것 같아. 책임 프로듀서가 사건의 실체를 파악하는 데는 자기네 방송사가 취재하고 있는 것과 이미 방영된 것이지만 M TV가 방영한 내용을 비교할 때 훨씬 정확히 알 수 있을 것 같아.”

“그러겠네요, 같이 갑시다. 우체국에 가서 바로 보내게요.”

편지와 테이프를 보낸 지 사나흘이 지났다. 인터뷰한 아이들 입에서 반응이 흘러나왔다.

"누가 그러는데요, 방송국에 무슨 편지가 왔다고 그래요."

아, 반응이 있구나….

28장

아이들 변화는 어떻게 알 수 있는가?

화면은 '어느 복학생의 죽음'으로 시작한다. 서인고의 모든 교사와 학생들은 물론이고 지역 사회에서도 초미의 관심사로 떠오른 KBS TV '추적 60분' 프로다.

"청소년 시절은 꿈과 좌절이 교차하는 시기입니다. 청소년들에게 꿈과 희망을 북돋워 주는 일, 그것은 우리 어른들 일입니다. 한 복교생이 지난달 자살을 했습니다. 이 자살을 추적함으로써 우리 사회의 복교생 문제점을 집어 보도록 하겠습니다. 이 자살 사건이 우리 사회에 상당히 큰 충격을 주었는데요, 무엇이 어떻게 해서 이 학생을 자살에 이르도록 했는지 그것을 먼저 알아봅시다. 사건은 지난 10월 초에 발생했습니다"

아, 복교생의 문제! 교육 문제를 주로 다루었구나…. 학교의 복교생 교육을 어떻게 다뤘지? 앞으로의 전개 내용에 대하여 걱정이 앞서기 시작했다.

사회자의 여는 말과 함께 이 학생은 복학하기 전까지는 소위 문제 학생이었지만 학교에 돌아온 후에는 친구들이 놀랄 만큼 많이 달라진 모습을 보였으나, 학교 화재사건을 계기로 궁지에 몰리다 결국 자살하고 말았는데 이를 통하여 복교생이 다시 정상적인 학교생활을 하는데 얼마나 많은 어려움이 있는지, 과연 무엇이 이 학생을 죽음으로까지 몰고 갔는지 취재해 보았다는 프로듀서의 사건 소개다.

화면은 집 주변과 목을 맨 밧줄과 참담한 죽음의 장면을 설명하는 어머니가 슬픔으로 말을 잇지 못하는 모습이 나오고, 학교 화재사건의 설명과 화재 사건의 원인은 밝혀졌느냐는 사회자의 질문이 이어진다.

새벽 1시경 2층 교무실과 3층 생활 지도실에서 동시에 불이 났기 때문에 누군가 고의로 불을 질렀다고 추정하고 있고, 그래서 소위 문제 학생들을 중심으로 방화범 수사를 시작했으며 복교생이었던 오 군도 그때 수사 선상에 올랐지만, 오 군은 곧 알리바이를 증명해 범인이 아니라는 사실이 밝혀졌다고 PD가 사건을 설명한다.

학교에 불이 났던 날 새벽 1시경 당시 오 군의 집에 아버지 친구가 놀러 와 있었고 그때 아버지 친구를 찾는 부인의 전화를 오 군이 직접 받았다는 증언이다.

알리바이가 증명된 후에도 경찰이 오 군에게 방화범 수사에 협조해 달라고 요구했기 때문에 오 군은 경찰 수사로부터 자유로워질 수 없었다는 설명이다.

학교 내에서 주도적인 위치에 있는 오 군에게 협조를 얻으면 사건 해결의 단서를 얻을 수 있을 것이라는 생각에서 부탁한 사항이라고 설명하는 경찰 수사관의 난감한 표정이 화면이 비친다.

그러나 오 군은 경찰의 수사협조 요구에 매우 심한 중압감을 느껴 매일 방화범을 찾으러 밤낮없이 다 물어보고 다녔고, 그런 것을 들은 적이 있냐고 후배들이나 아무한테나 애원하다시피 찾아다녔다는 사회자의 설명과 친구의 증언이 나온 후, 경찰 수사관과의 통화내용이 녹음테이프를 통하여 흘러나온다.

아무리 돌아다녀 봐도 화재사건 얘기는 아무도 말하지 않는다는 녹음테이프의 육성이 끝나자, 방화범을 찾는데 이렇게 협조했는데, 왜 그렇게 부담을 느꼈느냐는 사회자의 질문이 있고 화면은 수사관이 오두영에게 말하는 내용이 재연된다.

이어 방화범을 수사하는 과정에서 오 군과 관련 있는 몇 가지 사건들이 드러났는데 오 군이 속칭 삥치기를 해서 학생들로부터 많은 돈을 땄다는 내용과, 또 후배들이 교내에서 담배를 피운다고 후배 4명을 얼차려 시키는 장면이 화면에 재연되며 설명은 계속된다.

경찰이 이 사건들을 빌미로 오 군에게 상당히 심각한 심리적 압박을 주었다는 게 가족들의 주장이고, 만약 방화범을 찾지 못하면 학교폭력으로 오 군을 구속하겠다고 협박했다는 설명과 함께 오 군이 구속에 대해 불안해했다는 사실은 그가 남긴 육성 녹음테이프에 나와 있다며 테이프 화면과 함께 육성이 흘러나온다.

"솔직히 나는 불을 지른 사람도 모르고…… 그러나 알 거라고, 아니면 내가 불을 지른 거라면서, 방화범을 알아내지 않으면 이 일로 구속해 버린다고……, 그렇게 강요를 하셨기 때문에 나는 어쩔 수 없이 방화범 수사에 협조한다고……."

지난 95년 학교폭력 사건으로 받은 집행 유예기간이 아직 끝나지 않은 상태로 만약 이번에 다시 구속된다면 처벌이 훨씬 가중될 위기에 처해 있었으므로 결국 자살하기 나흘 전 초조함을 느낀 듯 어머니에게 모든 상황을 털어놓자, 자신이 처한 상황을 힘들어하는 아이를 달래는 어머니의 모습이 눈에 들어온다.

"니가 참아라. 니가 참으면, 죄는 진대로 가고 공은 갚은 대로 간단다. 니가 안 저지른 일을 가지고 어떻게 가둔데? 말 같지도 않은 소리 허지 말라고 하고, 전혀 딴생각 말어, 어른들이 그런 게 전혀 달라들지 마라, 달라들지 마. 저는 그렇게만 당부했습니다. 그러니까 제가 바보죠……."

후회에 찬 가라앉은 목소리로 말하는 어머니의 모습이다. 차마 볼 수가 없다.

하지만 어머니의 당부에도 오 군은 불안을 떨치지 못하자 오 군의 아버지가 직접 경찰을 만나서 해결하겠다며 오 군을 안심시켰다는 아버지의 증언이 잇따른다.

토요일 날 경찰 수사관을 뵈러 가서 '학교에서 학생들이 후배들 담배 피운 걸 훈계한 사건이 구속사유가 됩니까?'라는 말과 함께 '우리 애가 이렇게 집행유예 기간이라는 특수한 위치에 있으니까 선처해 달라고 부탁했다'는 증언이다. 그랬더니 '구속은 불가피하다. 이미 내 손을 떠났으니까 경찰 서장님을 만나 뵙고서 사정을 해보라.'는 말씀을 듣고 월요일 날 개 죽은 날, 경찰 서장님을 만나기로 약속이 되어 있었다고 부언한다.

하지만 그날 저녁 수사관을 만나고 온 아버지가 별다른 말이 없자, 오 군은 구속이 확실하다고 믿게 되었던 것 같고 그래서인지 다음날 오 군은 아침 일찍 서둘러 친구들을 만나러 나갔다는 설명과 함께 친구의 육성 증언이 뒤따른다.

두영이가 울면서 '자기 부모님하고 동생들 잘 부탁한다.'고 해서 왜 그런 소리를 하냐고 물은 즉, 구속된다면서 하는 말이 '경찰서장 집이 어딘지 아느냐?'고 물어서 모르겠다고 그러니까, '지금 심정으로는 경찰서장 다리라도 붙잡고 부탁하고 싶다고, 내일 나 구속되면 어떻게 되느냐?'고.

다시 친구와 헤어진 후 오 군이 찾아갔던 자신과 자매결연을 한 청소년 선도위원의 증언이 이어진다.

'할아버지 이번 한 번만 무조건 잘 봐달라고……, 내가 앉아서 듣고 있는데 무슨 말을 한마디도 못하겠더라고요. 그래서 아무 말도 하지 않고 있다가, 알았으니 가거라 내가 서장 만나보마, 그 말만 했어요.'

사회자와 프로듀서의 설명이 계속된다.

자신이 어려움에 부닥칠 때마다 해결책을 상담해 주던 선도위원마저 별말이 없자, 오 군은 뭔가 석연치 않게 느껴졌던 모양이고, 그래서 자신의 구속은 더 돌이킬 수 없는 거라고 믿게 되었고 다음 날 새벽 스스로 목숨을 끊었다고 설명한다. 결국 어디에도 기댈 곳을 찾지 못했던 오 군은 자신의 미래에 대한 불안을 감당하지 못한 채 짧은 생을 마감하고 말았으며, 이제는 오 군이 남긴 20여 장의 유서만이 자살할 당시 절박했던 그의 심정을 말해주고 있다는 멘트다.

몇 번을 읽어 보았던 '…난 당신들처럼 사느니 차라리 이 길을 택하리라. 이 한을 내 두고두고 길이 두고 풀리라….'라는 유서 내용이 화면에 나오는 순간 눈을 감을 수밖에 없었다.

유서 내용을 볼 때 특히 경찰 수사에 대해서 한을 품고 있었고, 결국 자살했는데 이 시점에서 문제가 되는 것은 오 군이 기질적으로 좀 약해서 자살했느냐? 아니면 경찰의 수사가 너무 강압적이어서 거기에 충격을 입어서 자살을 했느냐? 를 의문으로 제기하고 경찰이 오 군을 폭력사건으로 구속할 계획이었는가를 묻는다.

PD는 경찰이 단순히 방화범을 잡기 위한 수사기법으로 오 군을 구속하겠다고 한 것인지 아니면 정말 구속하려는 의지가 있었는지는 아직은 확실히 알 수 없다며 현재 검찰에서 조사하고 있지만, 어느 쪽으로 결론이 나든지 간에 오 군이 구속에 대해 불안을 느끼고 있었던 것은 분명한 사실이라고 설명한다.

다시 오 군의 심정을 알기 위해서는 유서 내용을 분석해 보면 좋겠다며 진행이 계속된다.

유서는 가족 · 친구 · 경찰 · 선도위원 · 선생님 등 여러 사람 앞으로 20여 장에 가까운데, 대부분 자신이 그동안 말썽만 일으켜 죄송하다는 내용이지만 유독 경찰과 학교에 대한 유서에서는 경찰에 대한 원망과 독설, 그리고 학교 측에 대한 서운함이 가득 담겨 있다며 곧바로 '선생들과 경찰들에게' 유서가 화면에 확대된다.

사회자가 유서 중 '다른 학생들이었다면 근신 며칠로 끝날 일인데 학교에서는 나를 몰아내려고만 했다.'라고 쓰게 된 이유에 대하여 취재 내용을 묻는다.

이에 대하여 오 군은 화재사건을 계기로 경찰이나 학교 측에 뛰어넘을 수 없는 커다란 벽을 느꼈던 것 같다는 PD의 설명과 함께,

'화재범에 대한 제보를 바랍니다.' 라는 벽보 화면이 나온다.

화재사건이 발생한 후 경찰은 교내 방송실과 숙직실에서 수사하며

학교 폭력사건에 대해서까지 조사하기 시작했고, 이때 복교생이나 학교에서 징계를 받은 적이 있는 소위 문제 학생들은 모두 수사 선상에 올랐다는 설명이다.

오두영에게 포인트를 맞춘 게 아니고, 문제성 있는 학생 200명 정도를 수사했는데, 그중 3, 40명 정도를 두 번 이상 수사를 했으며 오두영이는 그런 선상의 학생 중의 한 명이지, 꼭 찍어서 집중적으로 수사한 것은 아니라는 수사관의 해명이다.

그러나 경찰은 수사를 시작할 때부터 오 군을 지목하고 있었다는 말과 함께 담배 핀 학생을 구타한 일 등 오 군과 관련된 몇 가지 일들이 수사과정에서 세세하게 드러났던 점들을 당시 수사를 받았던 학생들의 증언으로 PD는 설명한다.

이어서 오두영의 수사내용에 관련된 임의동행, 동료 학생 구타에 대한 진술조서 등 날짜별로 정리된 내용의 서류가 화면에 나오며 학생들이 담배 피우는 영상이 재연되고 2학년 학생의 증언이 뒤따른다.

형사들이 맨 처음에 두영이 형이 칼 들고 다니는 것을 봤냐고 물었는데 다른 애들과 마찬가지로 처음 듣는 소리였고, 그래서 그런 것 본 적도 들은 적도 없다고 그러니까, 그러면 두영이 형한테 맞았던 적 있냐고 솔직히 쓰라고 했고, 대부분 애한테 그것만 물어보았는데, 억지로 진술서를 쓴 애들이 진짜 많았다는 진술이다.

이에 대하여 학교 내에서 오두영이 학생들을 장악하고 있는 게 사실이었고 그런 측면에서 수사하다 보니까 여러 가지 폭력이나 갈취, 그런 것들이 나와서 수사를 한 것이지 용의 선상에 놓고 수사를 한 것은 아니라는 수사관의 말이 이어지며 진술서를 쓰는 장면이 재연된다.

하지만 경찰은 유독 오 군에 대해서만 피해 학생들로부터 진술서를 받았고 수사도 화재사건에서 학교 폭력사건으로 무게가 실린 느낌이라는 프로듀서의 말에 이어 수사관의 설명이 뒤따른다. 수사하다 보니까 다른 여죄가 많이 드러나고, 여러 가지 정황으로 봐서 여죄가 드러나면 그걸 배제하고 오로지 방화범만 잡을 수는 없고 당연히 여죄가 드러나면 수사는 할 수 있다고 생각한다는 견해다.

다시 '상기인은 가해자 오두영으로부터 신체적 가해를 받은 사실이 있으나 본인이 잘못한 점도 많이 있어서 가해자 오두영에 대한 법적인 처벌을 원치 않기에 진정서를 제출합니다.' 라는 진술서가 화면에 나온다.

그렇지만 경찰이 집요하게 수사했던 이 사건들은 이미 학교에서 큰 문제 없이 마무리되었던 일들이었고 피해 학생들도 오 군의 법적인 처벌을 원치 않는다는 진정서를 제출하였다는 설명이 있고, 학교에서는 그 내용을 조사했지만 큰 사안으로 안 보고 적절하게 조치했고 그것에 대해서 큰 문제는 없었다는 교사의 증언과 함께 프로듀서는 학교 폭력서클에 대한 이야기로 관점을 돌린다.

오 군이 올해 초 오락실 앞에서 신 터미널 파라는 학교 폭력서클에 가입하고 있었다는 사실에 주목하고 있었고, 오 군이 복교 후에도 계속 활동해 왔다는 경찰의 주장을 전한다. 신 터미널 파와 오두영의 관계는 확실하냐는 사회자의 질문에 이어 신 터미널 파 조직에 관한 기록 문건이 화면에 나오며 수사관이 답변한다.

사건 기록이 있으므로 기록을 확인하면 명백하게 드러난다는 답변에 이어 오두영이 신 터미널 파란 걸 인정했느냐는 질문에 '그렇다'라고 답변하자, 다시 97년 2월 말에 신 터미널 파를 탈퇴했다는 진술서가 화면에 나오며 프로듀서의 반론이 뒤따른다.

오 군이 직접 쓴 진술서에는 오 군은 이미 2월에 탈퇴한 것으로 나와 있고 복교한 후에는 전혀 관련이 없었다는 설명과 함께 친구들의 이야기도 이 진술서와 일치하고 있다고 부언한다. 그리고 오두영은 오래전에 조직에서 빠져서 신 터미널 파와는 무관하다는 신 터미널 파 행동대장의 증언이다.

오 군이 복교 후 생활태도가 달라졌는가? 에 대한 질문과 설명이 계속된다.

이에 대해선 아직도 상반된 시각들이 많지만 오 군은 아직도 학교폭력을 행사하는 문제 학생이었고, 따라서 수사를 계속해야 한다는 경찰의 입장은 분명하다는 설명이다. '1년 전에 벌써 탈퇴를 했다고 그러던데요?'라는 질문에 학생들의 주장은 그렇지만, '요즘에 이 사건이 있었던 후 문제를 일으킨 학생들이 바로 그 학생들'이라는 수사관의 답변에, 신 터미널 파가 실제로 조직이 있느냐고 사회자가 다시 묻자 '있습니다.'라고 수사관이 확인한다.

'권위의식 만을 가지고 당신들 마음대로 언어폭력을 일삼아 학생들의 자존심을 상하게 하고 인격체가 아닌 동물처럼 그 학생들의 여린 마음을 무참히 짓밟고….' 라고 쓴 유서가 화면에 크게 클로즈업된다.

이처럼 경찰의 수사방향이 갑자기 자신에게 집중되자, 오 군은 구속에 대한 불안과 함께 심한 절망감을 느꼈던 것으로 보이고 자신을 문제 학생으로 낙인찍고 있는 경찰의 시각이 오 군에게는 넘을 수 없는 벽으로 다가왔다는 멘트에 이어,

'내가 형사도 아니고 내가 어떻게 범인을 잡겠는가? 나는 그때부터 지금까지 마음 편히 잠을 자본 적이 없다. 나는 겁이 난다. 또 두렵다…….' 는 유서 내용이 화면에 흐르며 프로듀서가 경찰과의 대화를

정리하고 사회자가 학교 문제로 방향을 돌린다.

오 군이 이 유서에서 학교에 대해서도 상당한 서운함을 남겼는데, 왜 학교에 대해서 그런 서운한 감정을 가졌는가에 대하여 의문을 제기한다.

지난 96년 학교폭력 사건에 연루되어 자퇴했던 오 군은 올해 초 다시 학교로 돌아왔고 자퇴하기 이전에는 두 달 이상씩 학교를 결석할 만큼 문제가 많은 학생이었지만 복교 이후 한 번도 무단결석을 하지 않았고 졸업에 대한 의지도 강했다는 설명과 함께 친구의 증언이 뒤따른다.

자기 성격은 다 못 버리지만 그래도 말썽은 일으키지 않고 다녔고, 애초 영웅심도 있고 과시도 하고 그랬지만, 이번에 복학하고 나서는 그런 게 없었고 학교만 조용하게 다니고 크게 말썽 같은 것은 일으키지 않고 수업도 잘 받고 잘 다녔다고 봐야 한다는 친구의 증언이다.

또 오 군은 지역 인사들로 구성된 선도위원과 자매결연을 하고 1주일에 한 번씩 꾸준히 면담해 왔고, 특히 오 군의 변화가 두드러졌던 것은 선생님과 지역 어른 · 학생들이 함께하는 '한마음 실천대회'라는 복교생 선도행사 때, 오 군은 강연을 통해 잘못된 자신의 과거를 반성하고 새롭게 태어나겠다는 의지를 밝히기도 했다는 사실을 소개한다. '사람이 좋아졌고 이런 사고가 없을 때까지는 밀착 선도해서 성공한 사례라는 얘기가 나올 정도였다.'는 선도위원의 증언이다.

하지만 오 군의 학교생활이 그렇게 순탄했던 것만은 아니었다고 복교의 어려움을 설명한다. 복교 후 큰 사고는 아니지만 몇 차례 물의를 일으키기도 했고 복교하기 이전의 생활습관을 완전히 바꾸지는 못한 것으로 보인다는 설명과 함께 또 다른 시각의 학생 증언이 나온다.

복학 후에도 그렇게 많이 달라졌다고 볼 수는 없지만, 그래도 후배들이니까, 그렇게 심하게 하지는 않았을 거지만 학교생활도 그전하고 많이 달라졌다고 볼 수 없다는 견해다.

'졸업하겠다는 의지는 강했지만 학교에 적응하지 못한 상태에서 발생하는 충돌들, 이때마다 생기는 자격지심, 이것들이 쌓여 누군가 학교사회에는 보이지 않은 벽을 만들었던 것 같다.'는 PD의 해석이다.

'일단 학생들의 닫혀있는 마음을 어떻게 열 것인가? 그것이 제일 큰 고민거리이고 우리는 최선을 다한다는 자세로 있기는 하지만, 학생들이 조금이라도 순화되고 적응할 수 있는 중간 단계를 거치지 않고 이렇게 일방적이고 갑자기 제도적으로 학생을 복귀시킨 상태에서….' 교장실에서 다섯 명의 교사들이 대담하는 장면과 함께 사회자가 설명한다.

정부의 복교 조치에 따라 많은 학생이 학교에 돌아왔지만, 학교나 학생 모두 서로를 받아들일 준비가 되지 않은 상태임을 설명한다. 오 군이 다니던 학교에도 오 군 외에 20여 명의 복교생이 더 있지만, 대부분 오 군처럼 몸은 학교로 돌아와 있지만, 학교생활에 제대로 적응하지는 못하고 있다는 점을 지적한다.

'처음에 복교했을 때는 이제부터 학교를 잘 다녀야겠다는 생각을 많이 했는데 학교에 다니면서 흥밋거리도 없고, 학교에 취미를 붙일 것도 없고, 그냥 있는 것 같습니다. 세월아 네월아 하면서 졸업만 하자고…. 딱 학교에 맞춰서 생활하려니까 불편한 점도 많고…. 옛날같이 자유스럽게 돌아다니고 싶은데 학교에 있다 보니까 힘이 듭니다.' 복교생의 인터뷰에 이어 교무실에서 교사의 설명이 보충된다.

'학생들이 학교를 떠나 있는 동안에 자기가 가지고 있던 생활 습관이나 그동안 쌓여온 사고방식 같은 것들을 스스로 전환하기 어려운 나이이고 그러기도 쉽지 않고…. 지금 복학한 지 1년도 되지 않았잖아요? 학교생활에 다시 적응하기에는 아직은 시간이 적고….'

피디의 설명이 뒤따른다.

학교에서는 오 군에 대해서 각별한 관심을 가지고 지도를 해 오고 있었지만 오 군을 완전히 이해하지는 못했고, 오 군 또한 자신의 지난 과거에 얽매여 마음의 문을 완전히 열지 못한 상태였다는 분석이다.

그리고 '언제나 이유 없이…, 나는 무엇을 하든…'유서의 내용이 화면에 크게 클로즈업되고, '오 군은 언제나 자신이 학교에서 이유 없이 차가운 시선을 받았다고 느꼈고 이런 두영 군에게 학교의 화재사건은 다시 한 번 자신에 대한 주위의 따가운 시선을 실감하게 하는 사건이었다.'는 설명이 뒤따른다.

'나도 남들처럼 그냥 평범하게 살아보고 싶다, 왜 나는 남들처럼 평범한 삶을 살지 못할까….'라는 말을 들었다는 친구의 증언과 함께 오두영의 유골함을 아이들이 운반하는 영상이 흐르며 프로듀서와 사회자의 대화가 계속된다.

문제아라는 멍에를 학교도 사회도 벗겨주지 못했고 오 군 스스로도 벗어 던지지 못한 채, 오 군은 끝내 무너져 버리고 말았다는 멘트다. 보통 자살한 사람에 대해서는 상당히 동정을 갖게 마련이므로 이 동정이 사건의 본질을 혹시 오도할 가능성도 있다는 것을 고려해야 한다고 전제하며, 오 군이 혹 기질적으로 약했던 것은 아닌지를 묻고 자살에 대한 시각을 묻는다.

자살은 분명히 잘못된 선택임을 확인하고, 그러나 그 또래의 아이들에 비해서 오 군의 기질은 그렇게 약한 편은 아니었지만, 이번 취재를 하면서 가장 절실하게 느꼈던 것은 이 복교생들이 학교 폭력을 유발하는 문제 학생이기 이전에 아직은 쉽게 상처받을 수밖에 없는 어린 학생들이라는 사실을 강조한다. 그래서 정상적인 학생이라면 충분히 극복할 수 있는 문제들도 오 군에게는 죽음과 같은 돌이킬 수 없는 결과를 초래할 수 있다는 점을 짚는다.

그리고 이 사건을 계기로 복교생 문제를 다시 한 번 생각하게 되었다며 현재 전국적인 복교생의 실태에 관한 분석으로 취재의 핵심을 교육문제로 되돌린다.

작년 9월부터 올 3월까지 전국적으로 만오천 명이 학교로 돌아왔지만, 이들 중 30% 이상이 학교에 제대로 적응하지 못하고 있다는 통계치를 제시한다. 기대하고 복교를 했던 많은 학생이 다시 학교를 떠나게 되었을 때는 학생 본인에게도 더 큰 상처가 남을 뿐 아니라 학교에도 큰 후유증이 생길 수 있으므로, 복교 조치 이전에 먼저 이 아이들이 마음을 여는 길이 무엇인가? 모두가 진지하게 고민을 해야 할 때라는 해설을 덧붙인다.

'예, 취재하느라고 수고 많으셨습니다.' 마지막 정리발언이다.

우리 학교는 학생폭력으로 해서 상당히 많은 문제를 일으키고 있으므로, 한편으로 이 학교폭력을 완전히 근절시켜야 하는 과제를 우리가 안고 있고 또 다른 한편으로는 오 군 사건에서 보는 것처럼 복교생 문제라든가, 또 문제 학생을 선도하는 문제, 이것도 또 하나의 과제로 남아 있음을 지적한다. 복교생 문제는 살펴본 바와 같이 매우 세심하고 또 신중하게 접근해야 할 문제로, 무엇보다도 교육은 사랑을 앞세워야 하는 점을 강조한다. 경찰이나 학교가 아이들에게 사랑을 앞세워야 한다는 것을 특히 깊이 기억해 주었으면 좋겠다는 말과 함께 이번 오 군 사건이 오 군을 둘러싼 지역사회를 더욱 갈등시키고 또 분열

시키고 황폐화하는 계기가 되지 않고, 이 사건으로 해서 서로 반성하고 부끄러워하면서 사랑을 일깨우는 그런 계기가 되었으면 하는 기대를 해본다는 진정어린 바램을 멘트로 전한다. '시청자 여러분 대단히 감사합니다.'라는 사회자의 인사와 함께 모든 내용을 매듭짓는다.

끝났다.

억울한 죽음에 대한 문제점은 확연히 드러났다. 억울한 죽음에 대하여 수사의 문제점을 확실히 짚었고, 학교 부분은 복학생 일괄 복교의 문제로 방향을 잡았다. 고개를 끄덕일 수밖에 없는 방송내용이다. 앞으로 있을 수 있는 학교 교육 현장의 어려움을 충분히 고려한 것 같았다.

특히 '이 사건이 지역사회를 더욱 갈등시키고 또 분열시키고 황폐화하는 계기가 되지 않고….'의 부분을 보면 '추적 60분'이 교육 현장에 대하여 고뇌하고 배려한 흔적이 뚜렷했다. 그러나 '서로 반성하고 부끄러워하면서 사랑을 일깨우는 그런 계기가….'라는 사회자의 요청은 다시 한 번 가슴을 후벼 파는 느낌이었다.

사건의 설명부터 수사 문제점의 지적, 그리고 교육의 관점까지 정확했다. 그러나 초점은 아이들의 교육 문제였다. 특히 교사의 입장에서 볼 때 PD와 사회자의 교육에 대한 지적은 함께 시청을 하고 있던 우리를 진정으로 부끄럽게 했다. 더구나 지역사회의 갈등 부분까지 생각해서 정리한 부분은 고마움을 표할 수밖에 없었다. 과연 '추적 60분'이었다.

이것으로 모든 것이 정리될 수 있을까? 학교는 안정될 수 있을까? 바로 반문이 머릿속에 맴돈다. 또한, 바로 근본적인 물음이 떠오른다.

'복학 후 이 아이는 달라졌는가? 과연 변했는가?'
'아이들의 변화는 어떻게 알 수 있는가?'

29장

책상 앞에 앉아라

학교는 조용했다. 교무실에서 간간이 KBS TV에서 방영된 '어느 복학생의 죽음'의 내용에 대한 평가나 출연하여 대담한 교사들의 후일담과 의견 교환 정도는 있었지만, 부정적인 견해는 아니었다. 아이들도 방영된 내용에 대해서는 거의 말이 없었고 별다른 움직임도 크게 눈에 띄지 않았다. 학교 전체 분위기는 가라앉은 모습이 역력했고 대체로 차분했다. 안도의 한숨이 쉬어졌다. 비로소 화재 사건부터 두영이의 죽음, 언론 보도와 TV 방영까지 일단락된 것 같았다.

그동안의 일들이 다시 되뇌어진다. 갈팡질팡하고 우왕좌왕한 면이 너무나 많았다. 모두가 힘들었다.

'어떻게 해서 일이 이 지경이 되었을까?

'일이 터졌을 때 왜 좀 더 합리적인 방안을 마련하지 못하고 제대로 대처하지 못했을까?'

'우리가 정말로 힘들었던 건 무엇인가? 왜 여기까지 왔는가?'

회한이 밀려왔다. 사건의 중심에는 학생과 교사가 있었다. 친구의 죽음은 아이들에게 커다란 충격이었다. 화재사건에서 비롯된 친구의 억울한 죽음은 아이들에게 집단마취와 같은 효과를 가져왔고 그에 대한 아이들의 반응은 폭풍우가 몰아치듯이 밀려왔다. 아이들은 펄떡이는 물고기처럼 무리를 짓는다. 다른 아이들에게 어떻게 했을지 몰라도 두영이는 무리 짓는 아이들 사이에서는 중심이었고 리더였고, 그들의 또 다른 영웅이었다. 그 아이의 억울한 죽음은 무리 지었던 아이들에게는 자기 일로 다가왔다. 유서는 억울함을 풀어달라는 메시지였고 그에 따른 아이들의 행동은 당연했다. 아이들은 그랬다.

교사들은? 외부의 충격에 취약했고 비틀거렸다.

교육의 현장인 학교에서 학생 사안이 발생했을 때 아이들에 대한 교사의 책임과 역할은 막중하다. 그래서 교사는 법률적 차원을 넘어서 도덕적 의무를 다해야 한다. 학생 하나하나에 대해 세심한 배려를 해야 하고 이 배려는 교육적 효과가 수반될 때 의미가 있다. 여기에는 추동과 제재가 뒷받침되어야 한다. 이것이 교육적 효과에 필요한 조건들이다. 이런 모든 교육적 상황과 조건들은 교무회의에서 논의되고 계획되어 적용되어야 한다.

교무회의에서 교육적 상황과 조건들이 파악된 후 충분한 토론과 비판과정을 거쳐 의사결정이 된 후, 효율적으로 교육현장에 적용되어야 한다. 그래서 교무회의는 합리적 논의의 장이 되어야 하고 교육현장의 총 사령탑이어야 한다. 교무회의가 한사람이나 몇 사람에 의해서 좌우되고 독단적으로 흐른다면 교육의 효과는 기대할 수 없게 된다.

비합리적이고 독단적인 학교 운영의 책임은 교장과 교감 즉 경영자에게만 있는 것은 아니다. 합리적이고 창의적인, 진정으로 아이들을 위한 그야말로 바람직한 교육은 학교 관계자들 모두의 몫이다. 경영자와 교사들은 교무회의에서 그 책임과 역할을 분담하고 함께 방향을 잡아야 한다. 그러기 위하여 모든 교사는 논의의 장인 교무회의가 활성화되도록 노력해야 한다. 교무회의가 활성화되려면 몇몇 교사의 제한된 노력으로는 불가능하다. 학교의 모든 교사가 입을 열고 비판과 견제를 통하여 문제점을 도출해 내고 대안을 찾기 위하여 의견을 제시해야 한다. 교사가 입을 닫고 있으면 결국, 수동적이고 무기력해지며 아이들에 대해서도 무감각해진다. 그러면 학교는 죽은 학교가 된다. 비합리적인 학교 운영의 책임은 경영자에게만 있는 것은 아니다. 어쩌면 교사들의 방기로 자초한 것인지도 모른다.

그동안의 문제점들을 하나씩 해결하고 제거해 나갔다면 지금과 같은 사태가 오지 않았을지도 모른다. 쌓여온 것들이 뭉쳐져서 결국엔 한꺼번에 터지고, 그래서 불행은 한꺼번에 밀려왔다. 서인고 사태는 잘못 끼워진 단추가 계속 잘못 끼워지고 문제점들이 쌓일 대로 쌓여서 극한 상황까지 오게 된 일이다. 그래도 마지막에 최악의 상황은 면한 것 같았다. 잘못되고 뒤엉켜버린 상황 속에서 그나마 다행이라는 생각이 들었다. 그러나 다시 자책 어린 반문이 끊임없이 머릿속을 맴돈다.

'그 아이는 달라졌는가? 과연 변했는가?
'아이들은 어떻게 변화되는가? 또 그걸 어떻게 알 수 있는가?'

한번 형성된 아이들의 습성은 쉽게 변하지 않는다. 더구나 고등학교 2, 3학년이면 몸은 이미 성인에 가깝고 사고도 나름대로 자기 정체성이 거의 형성되어 가는 과정이다. 그 형성 과정은 대부분 학교에서 이루어진다. 아이들은 학교에서 무리를 지으며 생활하고 자란다. 그러나 외톨이도 있다. 무리는 무리대로, 외톨이는 외톨이대로 지도하는 것이 교사의 역할이다. 공 선생님의 말씀이 다시 생각났다.

'교육은 관심이야, 세심히 지켜보면서 끊임없이 교사의 관점이 투입되어야 하지…….'

아이들이 처한 상황과 조건에 따라 관심을 가지고 끊임없이 지켜보며 변화를 시도해야 하는데…. 회한이 머리를 어지럽힌다.

수능과 대입도 끝나고 방학을 며칠 앞두고 기주일과 안문일 · 한명운과 함께 라면집에 마주 앉았다.

"라면도 먹고 떡볶이도 시키자. 그래, 이제 곧 졸업이지?"

"선생님 그동안 힘드셨지요?" 기주일이 고개를 숙이고 조그맣게 말한다.

"나만 그랬나? 학교 선생님들 전부 다 힘들었지, 그리고 너희도 힘들었을 거야."

"선생님, 상원이 형이 그래요. 그때 왜 그랬는지 모르겠다고……."

"너희들 선배, 졸업생 오상원이?"

"예."

"너희 그때 상원이하고 계속 이야기하고 상의하고 그랬지?"

"예"

"짐작은 하고 있었다마는, 그랬군……. 그건 그렇고 너희는 이제 어떠냐?"

"졸업해야지요."

"진로는 정했냐?"

말없이 라면을 먹고 있다가 한명운이 말을 꺼낸다.

"선생님, 저희 생각이 짧았어요, 아직 어리잖아요. 죄송해요……. 그런데 졸업은 하지만 앞으로 어떻게 해야 할지……." 말을 맺지 못한다.

"그래? 선생님 이야기 들을래?"

"무엇을 어떻게 해야 할지 모르겠어요." 안문일이 다시 묻는다.

"그래, 이야기하자. 이제 책상 앞에 앉아라. 지나간 일은 일단 덮어두자. 서인고에서 있었던 일들은 너희 키가 훨씬 더 자란 후 다시 생각해보자. 이제까지 일들은 접어두고, 새롭게 시작하자. 한번 시작하면 그때부터 또 달라진다. 우리는 머릿속으로 생각만 하고 계획만 하지 실제로 시작하지는 않는다. 그 안에 게으름이 숨어 있어서 그렇다. 게으름을 떨쳐 버리기 위해서는 책상 앞에 앉아라.

책상은 책을 읽고 문제를 풀기 위해서만 있는 것은 아니다. 물건을 만들 때 구상을 하고 모형을 만드는 곳이 책상이고 세상에 쓸모있는 것을 만드는 곳도 책상이다. 책상은 학교이고 농장이고 공장이다. 모든 건 책상에서 계획되고 만들어진다. 정말 중요한 것은 책상에서 이루어진다. 공부하지 않더라도 책상에 앉아서 무엇이라도 해 보아라. 책상 앞에 앉아 생각도 하고, 무엇을 시작하겠다는 마음을 먹는 것이 가장 중요하다. 시작이 가장 어렵다. 시작은 너희가 서 있는 그곳에서부터, 지금 당장 해야 할 일 그것부터 해라. 알겠지?"

"예 알겠습니다, 선생님."

"선생님, 두영이가 천당에 갔는지 우리 한번 알아봐요."

"어떻게?"

"우리 같이 분신 사바 해봐요." 기주일이 제안하며 종이에다 원을 그려 칸을 둘로 나누고 천당과 지옥을 쓴 다음 볼펜을 두 손으로 쥐고 눈을 감고 주문을 외우자 나머지 두 녀석도 같이 손을 잡고 진지하게 따라 한다.

"분신 사바! 분신 사바! 두영이가 어디로 갔는지 가르쳐 주세요!" 볼펜은 천당에 떨어진다.

"선생님 보세요! 두영이는 천당에 갔어요."

"그래, 너희가 바라는 대로 두영이는 분명히 좋은 곳에서 지금도 너희 생각하면서 있을 거야."

세 녀석이 환히 웃는다.

"선생님, 다음에 찾아뵐게요. 그래도 되지요?"

해마다 아이들은 그렇게 인사하고 학교 문을 나간다.

"그래, 시간 날 때 언제든지 오너라. 항상 건강하고……."

헤어질 때면 언제나 아이들을 또 볼 수 있다는 막연한 기대가 마음속에 돋는다.

학교, 못다 한 이야기를 마치며

그렇게 어느덧 30여 년이 지나갔다. 돌아보면 돌아볼수록 회한만 쌓인다.

'그때 그 애와 더 이야기를 나누었어야 했는데…….'
'그때 그 아이에게는 이렇게 말해 주었어야 했는데…….'
'왜 집에서나 학교에서나 혼만 나는 아이들에게 한 번이라도 등을 두드려 주고 안아주지 못했는지…….'
'좀 더 잘할 수 있었는데……' 하는 아쉬움은 후회 어린 조바심으로 이어진다.

교육은 백지에 자신의 얼굴을 그려 가는 과정이라고 말한다. '나는 이런 사람이다'라고 하는. 아이들 스스로가 그리는 그림이다. 교사는 아직 여물지 않은 아이들이 스스로 그리는 그림에 많은 영향을 미친다. 그러므로 교사의 역할은 너무나 엄중할 때가 많다. 그래서 교사들은 항상 자신을 되돌아보며 아이들과 함께 한 시간을 되짚어 보아야 한다. 그러나 그렇지 못했으니 한심하다는 자책 밖에…….

그동안 많은 선생님과 함께 근무했고 수많은 학생과 만났다. 교육은 사람 사이의 일이다. 사람 사이에는 별의별 일들이 다 있다. 아이들을 가르치는 교사 입장에서는 별의별 일들이 더 기억에 남는다. 그런데 되돌아보면 마음 아팠던 일들이 먼저 떠오른다. 그중에서도 서인 고등학교에서 화재와 관련된 한 아이의 불행한 죽음은 너무나 큰 충격이었다.

그 아이는 절대로 화재범이 아니었다. 그리고 억울하게 죽었다. 앞서 말한 바와 같이 우리가 조금만 더 눈을 돌리고 관심을 가졌더라면 아직 펼쳐 보지도 못한 무고한 삶이 그렇게 스러지지 않았을 것으로 여겨졌다.

'조금만 더 일찍, 그리고 조금 더 주의 깊게 살펴보았더라면….'

그랬으면 그렇게 억울한 죽음은 없었으리라고 생각되었고 마음 아프게 다가왔다. 그 아이의 억울한 죽음의 한을 어떻게 해서든 풀어주고 싶었다. 교사로서 책임의 무거움을 다시 한 번 느끼며 진정으로 명복을 빈다.

사후 약방문이다. 그러나 교사는 사후 약방문이라도 가지고 있어야 한다. 그래야 또 다른 실수를 줄일 수 있다. 그렇게 축적된 학교현장 교육의 경험 하나하나가 우리 사회의 교육을 위한 검증된 지혜로 함께 공유되어 학교현장에 적용되고 활용될 때, 우리의 학교 교육은 풍요로워진다고 생각한다.

어떤 사건이 일어나는 것은 어느 날 갑자기 우연히 그 사건 하나가

뚝 떨어져서 일어나는 경우는 많지 않다. 그 사건이 일어나기까지에는 여러 일이 있었고 그런 일들이 계속 쌓이고 쌓여서 어떤 계기로 그 사건이 발생하게 된다.

학생 사안이 생기면 학교에서 사건을 처리하고 학생을 지도하는 것은 교사다. 교사는 아이들 하나하나와 피부적으로 접촉하며 지도하기 때문에 아이들 인격형성에 큰 영향을 미친다. 그러나 학생을 지도하는 교사도 주어진 틀, 즉 시스템에 많은 영향을 받고 또 제약도 받는다. 그래서 교육은 교사 개개인의 노력도 중요하지만, 학교의 시스템 또한 매우 중요하다.

학교 교육에 큰 영향을 미치는 학교의 시스템에 있어서 그때 그 학교의 교육정책과 학교 관리자의 역할은 결정적이다. 그중 관리자의 사고는 학교 현장교육에 절대적인 영향을 미친다. 여러 학교를 거치면서 관리자들의 경직된 권위주의는 학교뿐만 아니라 자신까지 망치는 것도 많이 보았다. 그러나 정작 본인은 자신이 권위주의에 빠져 있는 것을 모르는 경우도 많았다. 권위주의는 직위와 나이에 의한 권위주의가 일반적이다. 직위에 의한 권위주의는 말할 것도 없지만, 나이에 의한 권위주의의 문제도 매우 크다. 교사들도 나이에 의한 권위주의에 빠질 때가 많다. 그런 나 자신을 발견할 때도 많았으니까 말이다. 이런 권위주의의 발산은 주변을 망가뜨리고 교육 자체를 흐트러뜨린다.

이 책은 30여 년 교직 생활 동안 주변에서 보고 듣고 느꼈던 일들과 많은 예를 참고하고 상상력을 가미하여 학교에서 있을 법한 일들로 재구성하고 압축하여 소설로 썼다. 따라서 본 소설에 나오는 인물이나 상황들은 실제 사실과는 다른 재창작에 의한 허구다. 그래서 소설은 사실이 아닌 허구로서 소설일 뿐이라고 한다. 그러나 우리는 내면에 이런 모습을 누구나 가지고 있지 않나 싶다. 그래서 특히 아이들을 가르치는 사람들은 끊임없이 자신과 주변을 돌아보아야 하는 것 같다.

80년대 초 교직 생활을 처음 시작했던 때부터 사회는 변혁의 시기였다고 생각한다. 변혁의 시기인 만큼 학교생활뿐 아니라 삶 자체가 힘들었다. 힘들었던 만큼 여기까지 오기에는 많은 사람의 도움이 있었다. 대학 때 도서관에서 같이 공부했던 선배와 후배들, 교육운동과 시민 · 사회운동을 하면서 함께 고뇌했고 힘든 일상을 나누었던 교사들과 친구들, 그리고……. 그들과 함께 대화와 깊은 생각을 나누지 못했더라면 여기까지 오지 못했을 것이다. 함께해 주었던 주변 분들에게 진심으로 고개 숙여 감사함을 전하고 싶다.

세상이 꼭 힘들고 외롭지만은 않다고 생각되었다. 힘들면 힘들수록, 어려우면 어려울수록 사회의 모순에 관심을 가지고 잘못된 일에 대하여 더 분노하며 자신보다 주변을 생각하는 사람들이 있고 또 생각을 함께할 사람들이 있다고 느꼈다.

교직 생활 초부터 전교조 해직 때나 시민 · 사회운동까지 함께 해주신 분들에게 진심으로 고마움을 느끼지만 그중에서도 '전북행정개혁시민연합'까지 함께 해 준 친구 김선태 · 윤영선 선생은 언제나 든든한 힘이었다. 삶의 과정에서 느꼈던 세상에 대한 서운함과 우리 자신의 부족함을 교육운동과 시민 · 사회운동으로 함께 풀고자 했던 친구들이다. 30여 년 세월이다. 그러다 보니 어느덧 모두가 정년 할 때가 다 되어버렸다. 언제나 옆에 서 있어준 그들에게 진심으로 고마움을 느낀다.

아내가 없었으면 이 책은 나오지 못했을 것이다. 아내의 주 관심사는 언제나 자신보다 아이들과 남편이었다. 힘들 때의 투정까지도 받아내며 옆에서 지켜주었기 때문에 버텨낼 수 있었던 것 같다. 그 아내에게 고단한 삶을 살게 했기에 진심으로 미안함과 고마움을 이 책으로 전하고 싶다.

2015년 10월 **김용남** 씀

| 소설평 |

교육현장의 진솔한 보고서 형식의 교육소설

김용남 선생은 자신이 작가인 줄도 모르고 이 작품을 썼다. 실은 지금까지 김 선생은 자신이 작가이면서도 작품을 쓰지 않으면서 살아왔다. 우리가 그에게 작가라고 하면 수줍은 표정을 지으면서 겸손해한다. 자신의 글쓰기를 부끄러워하기보다 자신의 글쓰기가 글쓰기를 경시한다고 생각했기 때문이다. 그는 자신의 창작의욕을 아무렇게나 끄집어내어 글쓰기를 하지 않았던 것 같다. 작품을 쓰지 않은 그 기간에 자신의 전공인 철학과 교육학을 바탕으로 폭넓은 문학과 문학이론 텍스트 읽기를 통해서 문학이론을 체계화했고, 또한 문학의 주변과 예술에도 관심을 가지고 해박한 예술이론까지 준비했다. 더욱이 그는 교권과 학생의 인권이 짓밟힌 암울한 시대에 교육현장에서 행동으로 저항했으며, 교육현장 밖에서 환경운동과 시민운동에 주도적으로 참여했다. 그래서 그의 글쓰기 정신은 문학작품보다 훨씬 순수하고 진솔하다. 그는 첫 소설에서 '우리가 교사로서 아이들에게 가르쳐야 할 가장 근본적인 가치는 무엇일까?'라고 고민하면서, '인간의 가장 기본적 권리 즉 인권'을 제시한다.

김 선생과 우리의 80년대는 '사회 전체가 한마디의 말을 할 때도 주변을 살펴보아야'하고, '교단에서도 말을 가려서 해야 하는 시절'이었다. 그래도 교직을 천직인 줄 알고 살았다. 당시 군부 독재정권은 정권 유지를 위하여 사회 전체를 강압적 분위기로 몰아갔고, 교육을 철저히 통제하고 이용했다. 이런 사회의 분위기 속에서 교육기관들은 취약한 정권의 정통성을 확립하기 위한 정책의 수립 · 홍보기관으로 전락했으며, 영혼 없는 교육 관리들도 마찬가지였다. 작가의 말처럼 '인간다움과 사고의 자유스러움을 구가하고 비판의식과 창의력을 키우는 교육은 생각할 수도 없었다.' 따라서 작가는 교직 경력이 늘어날수록 교직에 대한 회의감과 절박감에 휩싸였던 것 같다. 이런 절박감에 대한 회고가 이『물고기는 무리를 지어 산다』라는 소설을 쓰게 된 동기일 것이다. 이 소설은 교육현장에서 일어날 수 있는 사건을 날카로운 시각으로 관찰하고, 냉철한 머리로 분석 비판하여, 애정이 어린 따뜻한 마음으로 기술하고 있다. 그래서 이 소설은 교육현장의 진솔한 보고서 형식의 교육 소설이다.

김용남 선생은 이 소설을 펴내므로 어쩔 수 없이 소설가라는 고행의 여행길을 떠나게 되는 것 같다. 어찌 이 한 권으로 끝나겠는가. 앞으로 계속 그의 소설이 출간되기를 바라면서, 그의 첫 출발에 축복을 보낸다. 우리는 기대를 하고 교사이자 소설가 김용남 선생의 앞날을 옆에서 지켜보고 싶다.

2015년 10월 어느 가을날

옆에서 함께 같은 교사로 살아온 **윤영선**